人约黄昏后

怡霖作品

厦门大学出版社
XIAMEN UNIVERSITY PRESS
国家一级出版社
全国百佳图书出版单位

本书重版特别推荐

感慨,感叹,感动,这是一个苦难成就了文学的又一典范。这样的苦出身放在这样的美女子身上,现在可以写出这样的美文,美丽如神话,却又是如此真实。苦难的生活与经历,化成文学的典雅与优雅,这是一个励志成才的奇迹。这样的书是会受到读众的欢迎的。因为幸者会从中得到自己的幸,更加珍惜似水年华。不幸者从中得到希望与力量,知道如何使自己更好,甚至美好。

——丹娅,中国女性文学委员会副会长、厦门大学教授

《人约黄昏后》表现了作家内心的丰盈和热烈,洒脱和豁达;以清新优美的文学语言,在对美的感知、内心之美的映衬、倒影上作了独具个性的文学阐述。

——张胜友,原中国作协书记处书记,现任中国作协报告文学委员会主任

作品浸润着一种忧伤而美丽的格调,那些带着生命体温的书写,给读者以泣血般的疼痛,也弥漫着时代进步的悦耳音符,以及她对温暖亲情与田园牧歌的追忆。作品写出了亲人们宿命般的苦难,鲜活淋漓的贫穷却不失希望的生活状况,以及他们善良、坚忍和乐观的性格,拨动了读者灵魂深处柔软的心弦,表现了一种凄美的艺术感染力。

——胡平,原中国作家协会创研部主任

她给人以温馨、柔软,给人以缅怀、追溯,让人能够感受她的温度,又能够触摸她的隐痛。她在这种暖色的情感中寻觅、游走,以她独有的细腻和敏感,以她宽厚的悲悯和温情,实现着对自我的释放和救赎。

——白描,原鲁迅文学院常务副院长

读着这些情爱浓得如蜜又纯得如清泉一般的散文诗,如同品一壶清酒,让人心消化得很透明。时光更替,纸页会发黄变脆,但怡霖的《人约黄昏后》肯定还是会存在的,在读者的手里,譬如一群少男少女在阳光下的花园里朗读,或是在月光下背诵,当然也可能是呢喃,抑或在QQ或博文中相互引录,那一定是一些爱恋的人儿,在缠绵中用怡霖的散文诗互诉衷肠,一如传递着泰戈尔、希梅内斯、川端康成……

——丁一,中国散文家协会副会长

怡霖散文：暖色调的情感天籁
——序《人约黄昏后》

白 描

很多作家都有自己坚守的生活领地和感情领地。这个圣洁的领地孕育了无限的血缘和对于生命的热切幻想，有暗河与血管相通，有脐带与泥土相连，带着母体的热度，又承继了祖辈的遗传密码。这是一个高度敏感的区域，喜悦、痛楚、甜蜜、苦涩、激越、悸动、哭、笑、欢跃、呐喊……人类这些极端感知和浓烈情绪时时汇集于这个共鸣区，它是生命的载体，又是生命的内容，更是生命的灵魂和精神的所在地。

怡霖的散文中就有着这样一个广袤的情感区域，从情绪色彩来说应该归入暖色调，她给人以温馨、柔软，给人以缅怀、追溯，能够感受她的温度，又能够触摸她的隐痛。她在这种暖色的情感中寻觅，游走，以她独有的细腻和敏感，以她宽厚的悲悯和温情，实现着对自我的释放和救赎。她以她的文字记忆和重温她的没有终点的情感长征。在她的散文中，外公、父亲、祖母、母亲、姐姐、女儿，提着竹篮的阿姨，"腌制的野姜"、"灶中的锅巴"、"一碗热气腾腾的豆花"、"一张越剧唱片",女儿手中的蚕宝宝,都构成了坚实的情感支撑,打上了她的胎记,谁也无法将他们分解,更无法漠视。甚至文章的标题,例如《路那头的颤栗》、《那年豆花香》、《温暖的隐痛》……都在传达一种情感浓酽的信号,就像一杯珍藏多年的美酒,未及唇边,早已让她的醇香微醺了。乡音和母语,亲情和乡情,重合,叠加,交汇成一曲绵长的情感天籁。这些都是真实的,真切的,没有发酵粉,没有添加剂,原始而拙朴地呈现。这是一条无法更改的情感河流,有注定的发源地,有必然的流域,有虔诚的走向。在《情花》、《情潭》中,这种暖色调不只停留在温暖上,而是变成了炽烈的火焰,她在舞蹈,她在燃烧,她更在涅槃。"在时光的隧道中,我的骨头醒着,为的是聆听你的脚步;我的身体醒着,为的是等待你的亲近;我的思想醒着,为的是迎接你灵犀的飞渡。""请在黑夜里等我,我会是你的火焰。请在黎明时等我,我会是你的晓星。"伫立在她波涛汹涌的感情岸边,唯有感受她灵魂的颤栗,血管的搏动,以及神经末梢的温度。你就像《起舞》中的那群女人,"外婆,母亲与我",因为越剧,"时而开怀大笑,时而低泣拭泪"。你不再是一个旁观者,而是成了怡霖散文中情感长河里的涉水者。每个人的内心都有一条只属于他自己的河流,你走进了这条河流,你无法拒绝对这种身份的认同。

但怡霖不是一个泛情者。她的暖色调并非粉饰情感,也不是小资形态的矫情,而是在于她对苦难的超越,在于她没有将苦难的痛楚传染给别人。每个人的生命历程中都有着各自无法言说的痛,有着无法承受的生活之重,作为作家的怡霖,秉承了母亲的隐忍和善良,秉承了健康和乐观的心态,给人的始终都是阳光和微笑。"有一回,娘亲口告诉我,她多想一辈子仅唤一个人为娘。"即便这样,可在寒夜,母亲坚持"用她的体温烘暖我的冰冷"。也许正是母亲的这种温暖,让怡霖有了焕发不尽的热度和光亮,这也构成了她情感抒写的独特魅力。

怡霖散文的暖意还表现在她对人性的剖析和批判。在《狼族》、《猴性》等篇章中,她揭示了动物和人类的相似性,挖掘两者在人性上的共同点,诸如智慧、凶残、勇敢、阴暗、团结、自私……给人以自我审视,给人以善意的批评及警醒。在《苍穹之王》中,她记录了一个鹰孩的故事,"有一天,雌鹰告诉他:'你属于人类,我们脚下这片被沙漠埋没着的大地就是你的故乡,风口处有一个大洞,如果你能堵住那个大洞,你的村民就会摆脱苦难获救。'鹰孩就朝那个风口飞去,并最终到达那里,用自己的翅膀堵住了那个巨大的黑洞。"这个故事蕴含了巨大的牺牲精神和感人至深的悲悯情怀,怡霖将她暖意融融的情感抒写提升到了一个深远的高度,一个更广阔的空间。从某种意义上说,怡霖的文字是她人生中一次不止于生命的精神突围,已经超越了生命本身。

怡霖是个勤奋的作家,短短几年时间出了数部散文集。从《岁月追风人》、《月上柳梢头》,到《追梦霞满天》,再到手头这本《人约黄昏后》,怡霖走过了一条清晰而坚实的写作之路。怡霖是鲁迅文学院第十五期高研班学员,作为她的师长,我期望也有理由相信她走得更快,更远。怡霖诚恳地邀请我为她的新书作序,我欣然从之。

(白描:鲁迅文学院常务副院长、著名作家)

第一辑 牵挂

- 01 声声慢 / 3
- 02 温暖的隐痛 / 8
- 03 路那头的颤栗 / 13
- 04 那年豆花香 / 16
- 05 起舞 / 20
- 06 圣洁的柔软 / 24
- 07 捡拾吉祥 / 30
- 08 异地的行走 / 33
- 09 一个女人的乡愁 / 38
- 10 妆成每被秋娘妒 / 41
- 11 情牵竹篮 / 45
- 12 每扇门开着 / 49

第二辑 呢喃

- 13 情花 / 63
- 14 情潭 / 92

第三辑 精灵

- 15 苍穹之王 / 105

16 鼠之联想 / 116

17 狼族 / 121

18 猴性 / 131

19 少年侣伴 / 143

第四辑　风　语

20 泰山观瀑 / 155

21 镜泊照影 / 160

22 九寨瀑韵 / 164

23 鼎湖洗心 / 168

24 崂山读瀑 / 172

25 长白飞瀑 / 176

26 星之绪 / 179

27 月之绪 / 182

28 牵牛花 / 191

29 浪漫诱惑东坪山 / 194

30 风情万种话平和 / 198

31 梦回同里长相思 / 202

32 桐花情愫深几许 / 206

第五辑 梦 回

33 情系北戴河 / 215

34 后海徜徉 / 248

35 空号的快递 / 251

36 意外 / 254

37 欲望 / 257

38 同鱼骨飞翔 / 260

39 一个叫金山的故乡 / 266

40 尝试 / 270

41 相思满山 / 278

人性、尊严、信仰和爱(跋)/丁一 / 283

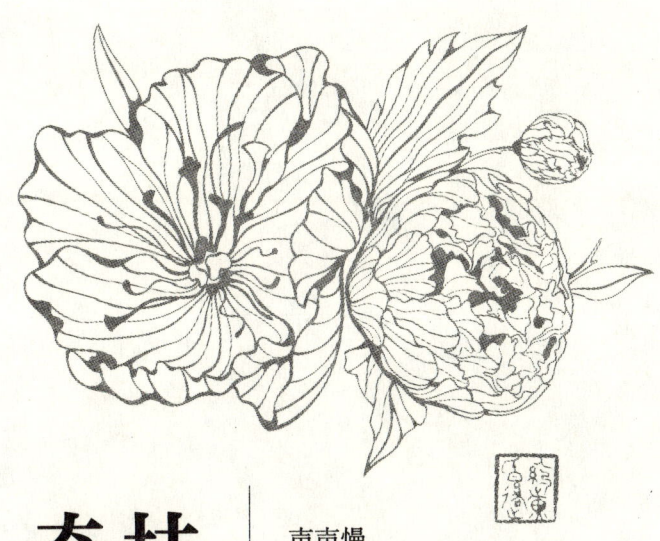

牵挂

声声慢
温暖的隐痛
路那头的颤栗
那年豆花香
起舞
圣洁的柔软
捡拾吉祥
异地的行走
一个女人的乡愁
妆成每被秋娘妒
情牵竹篮
每扇门开着

01 声声慢

春风拂绿,春光明媚,草长莺飞、蝶舞蜂鸣。又是一年一度清明节,每年这个时候,是我心中最纠结最疼痛的日子。母亲过世整整十年了,我始终未能走出自责的阴影。

十年前的端午节,母亲得知我身疾卧床,即日动身,千里奔波到漳州,为我侍食熬药。在去菜场的一个清晨,命丧车轮。那些日子里,我悲痛欲绝,彻夜难眠,以泪洗面,浑身不停地发颤,原本多年来均保持一百斤左右的身体忽而消瘦至八十多斤。

我甚至不敢站立阳台目视前面的马路,虽然不曾目睹母亲僵瘫在街的情景,却想象着母亲遭遇那一刻的不甘以及对人世的留恋。不敢关灯独对,怀抱母亲的遗物,几度欲随母亲而去。母亲临火化时,工作人员取下她颈项上的一条翡翠金项链,我阻止继续取她指间那枚金戒指;因为她的指节因多年的辛劳显得特别的粗,便让它随娘而去。我握住那僵硬成钢般的手。那是一双布满皱纹、老茧和伤痕的手,上面刻着为了不是母亲的母亲不是婆婆的婆婆、既为人女又为人媳而遭受苦难辛酸的印迹。

往事历历在目。祖母年轻时生活相当不错,祖父任大队会计,因为不曾生育,才将母亲从外公家里带来作养女。虽说不是亲生,但祖母视其为命,宠若掌上明珠,小时候的母亲极尽享受了浓情厚爱。母亲真正的灾难实则成婚后开始。父亲是个上门女婿,愚拙而墨守成规,只会蛮干粗活。祖母生性霸道,占尽上风,唯她是尊,使得母亲左右为难:一方面得听命循规蹈矩,另一方面又暗地维护丈夫的自尊。

姐与我相继出世,父亲私自做了结扎手术继而又劳动受伤,所有苦累活全压在母亲身上。母亲不仅要参加劳动赚工分,自留地又得耕种抢收,操持繁重的家务之外,还得侍奉在床的养母与丈夫,母亲过着暗无天日的日子。祖母心头溢满没有男孙的怨愤,那根长长的烟管,成为父母心头恐惧的魔棒。

记忆中有一段时间,母亲宁愿拼命地在外挑沙担土,不得已才颤颤抖抖走进家门。父亲因病休养,偶尔只能挂着拐杖做些轻活,祖母切齿冷眼,出语即伤人。父亲又是不开窍的葫芦,不知以柔攻坚,而是反唇相讥,无异火上加油,水火不容。父亲欲弃家返回原来亲人身边,老家除了更山区更贫困不说,那里也早已无他容身之所。奶奶早早过世,年迈的爷爷守着一间草棚陋舍,兄弟各立门户各扫门前雪,也无能相助。父亲户口一迁,田地随人,在那仅靠农田为生的年代,无房无田何以存活?祖母的骄蛮使父亲颜面尽失,却又无力另起炉灶。母亲成了日夜转动的机器,一家五口的生活,令她心力交瘁。父亲终于以自杀的方式来求得解脱。而他的"结束",实则又是全家新的绝境开始。这种伤害,影响了每个人的一生。四个女性的家庭如同尼姑庵,那是全家最艰难的六年。

母亲侍奉祖母十年如一日,端屎倒尿、喂饭擦背、梳头剪甲、苦心安慰。鸡啼三更,母亲的双手忙开了,悄悄起床,急急穿好那件缝了又缝的大开襟上衣,为我姐俩裹好被子,静静离开卧室奔向厨房。辰星未隐退,她就挑着水桶去后院取井水,然后开始生火做饭。母亲去盛米时,总是小心翼翼掀起泥盖,生怕惊醒熟睡中的我们。常见母亲舀米颇为犹豫,有时从淘米盆舀些回米缸,有时又从米缸舀出少许。

不懂事的我,哭闹着再也不吃地瓜稀饭。当米煮至米花时,母亲将米花捞出几勺到瓷杯,再用柴炭沿着瓷杯烤熟,瓷杯烤出来的米饭香喷喷,那是母亲为我做的天下最香美的"宫廷御饭"。而锅里继续烧的是地瓜饭,并且母亲特地加了碱粉。加了碱粉的米花如爆米花,非但清香好闻,更重要的是能够将米最大化,煮起来分量特别多,一小勺米就能煮一大锅。那时不懂母亲的苦,还取笑母亲有膨化米粒的神奇妙方,殊不知母亲是为了节约米而让米最大地发挥填腹功能。

母亲在一边煮饭的同时,另一锅是沸腾的猪食。猪食是母亲利用参加生产队劳动停工时,急匆匆地从田头地尾采摘的野菜。原本野菜可以就生喂食,但是母亲为了一年能够卖两回猪,势必让猪六个月就出栏,煮熟后喂食能够促进猪的食欲与消化,长起来也就快。忙好了厨房,母亲赤裸着双脚从猪栏里取肥挑往自留地。首先是摘菜,继而除草、铲土、下肥。完事后带上菜奔回家炒好,再给奶奶打洗脸水,梳洗喂饭。趁着喂猪喂兔间档自己胡乱叭嗒几口,又背上农具赶上生产队出工的队伍。就是这样,她的手还少有空闲,有时候她一边急走一边还在为我们团毛线。夜间,母亲的腿脚与手指,时常抽筋;

腿肚肌肉收缩成坚块,却不敢喊出声。朦胧中我见母亲艰难地移步下床,一手扶住床沿,一手竭力摩擦,双脚奋蹬。母亲如此吃苦而顽强的情景,在我心中长久萦绕。

母亲最巴望春季了。生产队播下谷种不消几日,在尚未发芽时,为了防止麻雀偷食谷种,队长须安排社员驱雀。尽管这种安闲轻松的活不是每年都能轮到,好心的队长偶尔也会安排给母亲。这时,母亲会多扎几个稻草人拴在田间绳子上,再安插几个在田埂上;一旦看见有麻雀飞过来,母亲一边举起长长的竹竿作舞势,一边张口作长哨声,借此吓走雀贼。母亲见田间太平后,就可私下织毛衣,绑鞋垫。好几回,趁母亲忙于赶雀时,我偷帮了几针,母亲居然没发现,直到后来我主动"自首",母亲还直夸我小手灵巧。这时,我就双手扶着母亲的肩,边摇边撒娇。

夏枯草生长在山岭陡崖上。毒日猛炙着我们,母亲背着麻袋,翻过一坡又一坡,将绵柔柔的夏枯草采进麻袋。她弓着腰,肩上扁担的一头是夏枯草,另一头是拣来的松蛋。母亲的双手,粗糙得如晒干了的夏枯草与松蛋,是苦难生活镂出的印记。

秋临大地,山菊花像城里女人的香水,肆无忌惮地让山野沾上了芬芳,沁人心脾。母亲去采割山菊花,俨然一幅侠女穿戴,头顶笠帽,身系草绳,腰别柴刀。她将山菊花连茎一起割来,菊花卖钱,菊茎烧炉,一举两得。

母亲虽然大字不识几个,却会写自己的名字。因为她自己名字中有个"囡",也以"小囡"叫唤我,直到我成为人母,也是不更叫法。小时觉得母亲怎如此的土,如今回想起来是沉浸了多深的爱意与浓情。

冬雪茫茫，寒气逼人。母亲坐在一个小炉旁，在八仙桌上修改亲戚家送的旧棉袄。母亲将旧袄一针针拆开，剪短几寸，在前后两边加进几团棉花，又一针针缝合。亲眼看见母亲，将一床破旧的蓝底白花被，剪下部分，双层合一，缝补在她自己几番修制的卫生衣上。

好在到了1982年国家政策发生变化，按人口分田地到个人，耕种由自己支配。在这节骨眼上，祖母看中了邻居潘家的老二，欲将对方入赘与大孙女婚配。姐姐当年才十五岁，哪懂什么婚姻，只以为来个哥哥帮忙耕田砍柴。

邻居潘家四子一女，相貌最出色的就是老二，清俊斯文，腼腆稳重，托人媒介，不料潘家也存此念想，于是一拍即合。在一个月朗星稀的夜晚，两家人请了重要的亲戚，各自分坐堂屋，无任何手续也无任何操办就算达成了"过户"。从此尼姑庵不再，我与姐姐有了哥哥。

哥进门时，母亲已经还清了所有父亲遗留下的债务，并且视如己出，甚至从此将所有的家当都注上哥的名字。这让哥很有归属感，更有成就感。哥对祖母对母亲唤得格外亲甜，使得祖母逢人便夸，见人即赞。哥的诚实勤快很得人心，同村老少无不称道。自那时起，坊邻伙伴再也不敢冷语相欺、恶行相加。姐姐长至十八岁，遂奉祖母之命与哥成亲，从此哥哥成了我的姐夫；但我直至今日也以哥相唤，不曾叫过姐夫一回。

姐夫的加入是我们家的幸运。姐夫来到我们家也是幸运的，他享尽了尊严与疼爱。母亲那双终日劳碌四季不曾停歇的手，为我们建立了一个坚固安定的家园，牵引着我走向人生征途。母亲的手如一团火焰，辉耀我一生。

02 温暖的隐痛

除夕,是个温暖的词语。无论是在外漂泊的游子,还是驻守在家的亲人,一年到头盼望的,就是这一日的天伦之乐。这一天代表游子归家;这一天代表亲人相聚;这一天代表除旧迎新;这一天代表抛却所有的哀伤与不悦。每个人的心情就是炉子的柴火,红旺红旺的,就是灶上的油锅,滚烫滚烫的。

家家户户一早就围着灶台不停地忙碌,切、削、揉、捏、剁,案板始终疼痛地叫喊着,锋刀始终欢乐地吟唱着,那是人们心头最激奋的歌谣。热腾的白气飞舞在整个厨房,它们有的从细微的门缝中潜逃,有的从烟囱的壁墙凌空驾腾,有的则痴缠成一团嬉戏。煎、熬、炸、炒、蒸,炉锅全然没有丝毫喘息之机。淡、甜、酸、辣,摆满灶板。

记得那年买不起过年货,母亲只能将自家养的一只鹅杀了过年。可我终是不舍,因为鹅是我喂大的。鹅每天看见我放学回家便亲昵扬长脖子急切地欢呼我,仿佛我是它的救星。我会马上放它出窝,带着它去棚舍牵了牛,一边赶鹅一边牵着牛,慢悠悠地走在门口的机耕路上。鹅经常食到脖子粗粗也不肯罢休,一边拉屎一边食草,因此鹅养三个月就很大了。母亲杀的鹅并未成为我们的佳肴,而是用来待客。鹅在除夕当日杀了祭祀,然后切好用竹笼悬于厨顶。春节客至,母亲夹出两块早已剁好的鹅肉,煮好一碗面条铺上鹅肉。大多客人了解我们家境,食前就将鹅肉夹出,仅吃完面条。夹出的鹅肉尽管令我们垂涎三尺,但都会乖乖地听从母亲,待客走后鹅肉被母亲夹回竹笼。

　　后来日子稍微宽缓了些,母亲总会在冬至后想法买回一只猪头,先将猪头内外抹上一层盐,麻绳穿过猪鼻,高高地悬在厅堂的檐下。我们每天从猪头下走来走去闻着猪头的香,巴望新年快快到。除夕当日,母亲不辞寒冷,大清早去屋后的泉井挑水,将水缸装满,一直沉寂的大锅终于开始工作;一口用来炒八宝菜,一口用来熬猪头。所谓的八宝菜,就是将豆芽、酸菜、海带、豆腐、红萝卜几样均切成细丝混炒,却别有风味。炒好后的八宝菜装进泥坛,放几个月都不会坏;临吃的时候从坛里抓出一碗,即可配饭。曾经腌制风干已久的猪头在沸水中慢慢熬出香味,灶前添柴火,那是我最欢快的事。可以一边添柴一边猛劲地吸气,仿佛将猪头的味道统统吸进肚里。母亲屡次将筷子插进猪头里面试看,估计已是熟透方捞出热气腾腾的猪头摆到案板上,切出厚肉部分;骨头旁边有些不可以用刀切下的剩肉,成了姐姐与我的专享。母亲专挑猪嘴的那一块挑给我,因为那一块剩肉较多,并且我喜欢吃齿边的那些白色的嫩骨。咬在口中,脆脆的,香香的,恨不得香味永远留在嘴里。

　　其实娘出身的家庭堪称"贵族"。在娘未出生前,曾经在上海拥有两家纺织厂的外公已育六个儿子。听舅舅回忆说,外公在上海的住宅有很大的庭院,家具几乎都是白藤制品,外公流浪时曾经随带一台放唱机谋生。60多年前可以拥有这样的条件,非一般人。若不是出自舅舅之言,我很难相信这是千真万确的事实。因为我所知道的外公,只知他生活在农村,靠打铁卖铁具为生。因此,娘出生前外公的所有景况,我只能由舅舅口中得知。外公是浙江永康人,永康人历来就有走南闯北从事铁业的传统。如今,永康的五金产品遍布世界各地。

外公姓沈,弟兄五人,他排老大,年轻时就独闯世界,于上海立足,创办了两家纺织厂。最小的弟弟留学俄罗斯,外公承担了弟弟所有的费用,留学回国后,分配在上海机电设计院。战乱时,外公前往江西创办锅炉厂,正当生意做得风生水起时发生意外,只好丢弃所有产业偷偷离开江西返回浙江,落脚于永康的邻县武义县。

外公的家坐落在武义县一个叫溪口的村庄,非常大的庭院,有很宽敞的天井,种有花木藤草,足有几百平方。只是这座庭院非外公独家所有,住着好几户人家,他只有其中几间。随同外公的是他的第二任妻子,多年不会生育。外公的第一任妻子与六个儿子均定居上海。为了膝下有伴,外公决定借妻生子。于是,已经结婚并已育一子的刘氏因家道赤贫而决意被外公无偿"借用"。为了生存,刘氏忍辱负重,与外公的第二任妻子共伺一夫。不久,生下了我娘;娘长得清秀,外公夫妻欣喜若狂,百般娇宠,视娘为掌上明珠。事后外公将刘氏还与原主。从此,尽管娘吃穿富裕,却失去了血浓于水的亲母呵护。

娘长至四岁,外公的妻子生下一个女儿;有了亲生后,沈太千方百计虐待娘，不让娘吃饱不说，还动不动就打骂。过三年，外公又添丁，这下沈氏更是变本加厉。外公惧内，无奈之下，将娘送给了吴家当养女。吴家少夫老妻，妻子比丈夫大了十一岁，未有生育。娘自小离开她的娘亲，唤一个不是亲生的娘为娘，如今再次唤另一个人为娘。命运弄人，几易为女，就像一件衣裳那样让别人换来换去。我时常想，若是当年外公不将娘送人，或者让娘回到她亲娘的身边去；无论哪一种，都不至于让娘遭受后来的苦难。可是幼小的娘，命运握在别人的手里，任人摆布。有一回，娘亲口告诉我，她多想一辈子只唤一个人为娘啊。可见，在娘的心底，隐藏着深深的身世悲凉！

　　在吴家为女后，娘的日子倒是过得稳定。养父让她去上学，她却偷偷去看人家做针线活，到了放学时间才回家。任大队会计的养父和善老实，养母却是个急性子，而且唯她是尊。养母对娘娇宠疼爱的同时，只要稍不如意，便用她那根长长的烟管"侍候"。娘的养母不让娘与自己的亲父母亲来往；若发现娘偷跑去见亲父，就会招来一顿烟管"侍候"。生母逢节托寄东西给娘，都被养母拒绝。

　　心灵手巧的娘在纺织丝带时轻快地挥动梭子，如同在弹奏一曲《春江花月夜》。那丝带主要的用处是背孩子。大人忙于活计时，便用丝带将孩子捆绑在背上，既能时刻随身看管，又不耽误干活。记忆中最深刻的就是看电影结束时，我假装睡着；娘只好手上提着板凳背上背着我走。娘走在崎岖不平的夜路上，小声哼着越剧唱段，那是我人生最美的享受。

　　鞭炮声此起彼伏不绝于耳，感觉逼仄的山乡之夜显得辽远而空阔，令人思绪翻腾。多少个这样的寒夜，我与母亲共守青灯。上床后,母亲总会爬过另一头,将我冰冷的双脚抱在她的怀里,用她的体温烘暖。她一边与我细说家常,一边双手揉我的双腿。半夜,母亲悄悄地煮好一碗米粉,端到我的床前,静静地看着我吃完。清晨,当我还在梦乡,母亲早已忙碌在炉灶,用粗大的柴烧火,为的是可以生炭。待炭火生成后,娘装进火笼里,然后塞进我的被窝供我取暖;随后是打好洗脸水,端在床前的椅子上,我一边用火笼烘脚一边洗脸。

如今与娘阴阳两隔,伸手失空,唯有那冰凉的瓢盘,依然可以追寻母亲的痕迹。

03 路那头的颤栗

在这科技日新月异的电子化时代,手机不仅可以对讲、发电报,还可以看见对方。这在二十年前,是多么叫人不可思议。而今,众多事情都可以用电子设备来完成;比如炒股、银行业务、窃听……先进的电子产品足以叫人望而生畏了。

从当年的手摇电话到程控电话,继而从模拟电话到数码电话,期间的更替相当惊人。有消息称,中国的手机使用密度是全球最大的,无论清洁工、卖菜的、淘粪的、捕鱼的、踩三轮的、摆夜摊的,个个腰袋装一个手机,随时随地边干活边通话,真是天涯海角皆咫尺。记得孩提时,看到银幕中最先进的就是手摇电话。等到了自己成年外出谋生时,除了写信,如有急事则以电报联系。

记得20年前的8月,我孤身赴京。为了方便开拓业务,第二天即请朋友陪同,冒着大雨,只穿短袖的我冷得直打颤,到京城当时最大的一家邮电局;排长队、挑号码,买了一只堪称派头十分的大哥大。那是我生活中拥有的第一件最先进、最令我自豪的电子产品。为了节约费用,同时又置一台 BB 机。因为 BB 机有一个好处，单向收费。而大哥大的话费是双向收的，无论接听还是拨打都需付费，并且要承担月租费。

当我接过工作人员调试好的大哥大时，尽管有砖头那么沉，握在手中还是欣喜若狂，恨不得马上和家人朋友通话。可家里何曾装电话呀，又有几个朋友能随时随地接听呢。于是，分别给家人与几个重要的朋友写了信，告知对方只要我身携大哥大在北京，拨此号码一般我都能通达。家人得知我拥有大哥大后，眉头舒展了。那时的网络极其有限，即使在京城，很多地方也是收不到信号的，例如在地铁、电梯，或是较为偏僻的地段。

大哥大的出现意味着由手摇电话进入程控电话后的另一科技产品——模拟电话的问世。那时乡村电话尚未普及，家乡除了乡政府、供销社与诊所外，唯一的一台电话是在我同学开的化肥店里。我母亲与姐姐成了我同学店铺里的常客，就是因为有那台电话机。同学对我母亲与姐姐的叨扰毫不厌烦；他的为人一直很善仁、忠厚、热心、谦逊。与家人商定好，我在固定的时间打过去，母亲与姐姐按时接听。那台电话机是我的"恩人"，它让我与亲人之间缩短了距离，享受了无尽的亲情。

当母亲第一次从电话里听到千里之外我的声音时，对着话筒不停地呼唤我，而且似乎怕我听不清楚，一直用很大的声音说话。那一刻，我能真切地感受到母亲握住话筒的手在颤抖。在以后很长的一段时间里，每个星期的某天某个时间，母亲都是风雨无阻地去我同学店里等我电话。

有一回，我还是如常打电话到同学店铺，可是一直无人接听；我心急如焚,却又苦于无其他联系方式。整整一个下午,我就这样独自一个人在陌生的街头游荡,尽管寒风刺骨,我始终不愿放弃希望,于是一次又一次地拨打,直到傍晚,电话那头才有人接。让我意外的是接电话的人竟然是我的母亲。我问母亲怎么知道是我的电话,母亲说她来的时候我同学去城里进货了。店主不在,原本她想等上一会儿就回家;可是在门外等的时候却听到电话每隔一段时间就响一次,所以她确定是我打的。想着母亲在寒风中等候的情景,我眼泪不由自主地飘落……

那年回家,第二天,我便瞒着母亲揣着几千块钱骑上自行车,到八公里外的镇邮电所申请装电话。办完手续我满心欢喜地踏上回家的路。我知道从此之后,我可以随时打电话给母亲,母亲也无需再受等我电话之苦了。

电话终于装好了,这是全村上百户人家唯一的一部程控私人电话。装电话的时候,我特意跟师傅说将电话安放在母亲的床前,这样母亲躺在床上就可以接听了。母亲学会了拨打电话。为了节省,偶尔打给我响几下就切线;我的大哥大显示出家里的号码,这让奔波在外的我有了最切实的温暖。

自从家里装了电话,同村在外打工的人,都会把电话打到我家请母亲转告,或者如我当初一样约定了时间,让自己的亲人在我家接听。母亲是个热心肠的人,每遇到这样的事总是特别的开心。原本寂寞的母亲,因有了这部电话,生活仿佛充实了许多。

如今的电子产品普及到家家户户,老老少少,不消说人在国内,就算远在异邦也不用再担心失去联系。

04　那年豆花香

在老家四楼的一间杂物房里,有一副制豆腐用的板;板面已有些残痕,颜色发黑,已经存放很多年头了。

印象中,豆腐板的年龄应该比我大。每逢春节,因为买不起年货,母亲就会做上一石豆腐。自留地的边角种的黄豆,收成后,除了有时要招待客人去兑换一点豆腐外,其余的均留到春节。母亲将黄豆变换几种吃法,权作春节改善伙食;除了做豆腐,还有炒着吃,非常的香脆;还有做豆冻,又是一番滋味。通常在春节前十天熬上一锅,至黄豆熬到稠状,加好调味品,然后盛到木盆里,自然结成冻,那是一道非常美味的菜。

原本已是拮据的日子,父亲的自杀无异于雪上加霜,留下一笔重债。母亲不得已,便决意做豆腐卖。通常一斤黄豆兑换一斤半豆腐,这没有多少赚头,主要是赚了豆腐渣,用它来喂猪。豆腐渣是猪的一等饲料,猪吃了不仅长势快,而且猪肉特别的好,邻里得知谁家的猪是用豆腐渣喂养的,等到屠宰的那天,经济条件好的人家都抢着购买这样的猪肉。

　　做一石豆腐约需八斤黄豆,洗净后浸泡一整夜。鸡啼三更,母亲起床,开始在事先洗净的石磨上一边自己添豆添水,一边转动颈上挎着的磨担。圆圆的石磨分上下两层磨盘,下磨盘是固定的,上磨盘可以转动;上磨盘开有一个拳头般大的孔,黄豆放进孔内并注入水,磨盘随着母亲肩上的磨担旋转,黄豆就被碾成浓稠的浆状,缓缓流进一只摆放好的木桶里。母亲推磨的样子宛如舞蹈。她肩荷磨担,双脚一前一后站稳;推磨时,整个身体会随着手臂一伸一屈而前俯后仰,乌亮的秀发随之有节奏地飘舞。

　　黄豆磨好后,用一只大麻布袋摊在一只直径约一米的圆桶上,将豆浆倒在麻布袋上,然后用沸腾的开水冲刷,将豆渣过滤掉,然后拧干。外婆曾经用豆腐渣加盐搓成汤圆状晒干当干粮,母亲偶尔做一点早上吃粥当菜食用,余则用来养猪。过滤后的浆汁从大圆桶里一勺一勺舀进锅里,差不多满满一锅,旺火烧开;此时浆汁因为沸腾很容易溢出灶锅,需要一直守看并且用勺子轻搅。沸腾一阵后,再将白白的浆汁一勺一勺舀回大圆桶。做到这步算是完成了制作豆腐的一半过程。母亲这时就会支走我,答应等会儿让我吃豆腐花。我便喜滋滋地站在远处观望。

　　大圆桶里的浆汁加入盐卤后,两者便会发生物理反应,使豆浆凝结成花。盐卤要分多回依次逐渐添加,每添加一次,就要盖紧圆桶焖上一会。盐卤加入的过多或过少,加入的时间过早或过迟,调配时的速度过疾或过徐,都会影响豆腐的质量和产量。这时,母亲的表情显得全神贯注而严肃,调配盐卤时的手势像是伺候刚刚出生的婴儿,轻柔谨慎,生怕有闪失。经过七八回的调制,浆汁由洁白慢慢变成淡黄,继而慢慢凝结成乳白色的豆花。工序到这里,母亲取来两只碗,从大圆桶里舀上一勺,碗里加几滴酱油,些许葱末,一碗端给炉前的祖母,一碗端到灶台给我。我看着眼前热气腾腾的豆花,馋涎欲滴,恨不得一口吞下,又恨不得永远吃不完。我问不停忙碌的母亲:"娘,您怎么不吃豆花呀?"母亲仍旧低头做自己事情说:"这东西是给老人和小孩吃的,娘牙齿好,嚼起来没意思,不如吃豆腐。"其实母亲哪舍得自己吃。

　　母亲将四四方方的豆腐板洗干净,板台上铺好纱布,板台下面放一只大口径的平底桶,从大圆桶中一勺一勺舀出豆花倒在板台上;每舀几勺,母亲就将纱布抬一抬,沥一沥,以便让豆花尽快沥出流进桶。经过几番小心翼翼的挤压,及至所有的豆花都已经舀进板台后,包实纱布,盖上木板,取过两块大石头,压在木板上。此时豆花在方形的板台上乖乖地浓缩,安身立命。

　　母亲烧上一支香,插在灶上的蜡烛台上。等香燃尽,搬开豆腐架上的石头,翻开纱布,切下一块豆腐察看,要既没有小孔,也不会太老,母亲才伸直腰板,真正喘口气。紧接着,母亲又匆忙地准备担子,一边的箩筐上放置一石豆腐,另一边挂上称,箩筐中放块石头以便平衡担子;趁着炊烟四起时,挑着担子踏上土石路。"换豆腐罗,换豆腐罗……"母亲的担子在我眼前渐行渐远……

　　瘦弱而坚韧的母亲挑着养家的大梁,无怨无悔地承担着上要服侍重病的婆婆,下要抚养年幼的一对女儿。猪吃豆腐渣长得快,娘在亲戚家赊了两头苗猪。娘对猪的照顾不亚于人,夏天用驱蚊草焚烧,冬日将猪圈的稻草铺得厚软,让猪睡得安稳。果然长势特别,正好半年时间,猪就可以出栏了。娘将两头猪换成了钱,其中的一半用来偿还之前苗猪的赊本,再在亲戚那里进两头苗猪,买一头欠一头,剩下的四分之一用来偿还别的欠债。

农村人习惯大清晨买好豆腐后外出干活。为此,母亲三更就起床,磨豆,制作,然后早早挑着担子外出叫卖。娘的双脚一步步沉重地踏在土石路上,她肩挑豆腐担,也挑着一家人的生计……

05 起 舞

家乡地处江南,吴侬软语向来被人称羡。越剧开言轻柔闭语温婉,再加上越剧演员长相好,五官清秀,身材玲珑,闻之悦耳,望之悦目。因此,越剧便有了众多的爱好者。

小时在农村,一日三次广播响,每次都会有安排小段时间播放一段越剧。听得多了,大家就会跟着小声哼哼,甚至在生产队劳作期间也有人边干活边哼唱。最过瘾的是,大家在歇脚时,起哄哪位来一段高音独唱;若是哪位肯演唱一段,顿感劳累全消。同村有一两个叔叔辈的,特别能说会唱,大家都喜欢与他们坐一块歇脚,因为他们不是讲笑话就是唱越剧,那是一曲田野的乐章。

在我九岁那年,有亲友建议母亲让我去学做戏,还专门带我去戏院拜见了剧团团长。一群戏子在练花枪走绣步,有的在压腿压腰,大冬日的满身汗水,娘见状把我搂在怀里。娘最后对团长说:"我女儿身子骨太硬,学不了。"事后,我曾埋怨娘不让我去,否则,在舞台上那绸缎水袖、那发簪叮当,是多么的神气漂亮啊!长大后才知道,台上一分钟,台下十年功,须知台上的精神气要付出多少艰辛的血汗啊!

越剧是中国的第二剧种,清末起源于嵊州,因为古时称越国,便以此而名。发源地在浙江省嵊县苍岩镇石堂村,十几年前曾经请了当地朋友带路问访。嵊州市是越剧的故乡,在这块肥沃的土地上,曾经涌现了尹桂芳、袁雪芬、范瑞娟、傅全香、王文娟等一大批越剧表演艺术家,母亲是听着她们的唱腔长大的。嵊州市越剧团创建于1951年,是浙江省一级剧团,几十年来,剧团坚持"出人出戏走正路"的办团宗旨,继承和发扬越剧善于吸收、勇于创新的优良传统,不断改革前进,发展成长,培养了钱爱玉、何英、陈岚、王桂萍、黄美菊、裘巧芳等一批省内外有影响的演员。越剧团吸取了越剧发源地的充足养分,在艺术发展上有着得天独厚的优势;阵容整齐、行当齐全,尤以唱腔流派纷呈、韵味醇厚见长,已出演《孟丽君》、《碧玉簪》、《红楼梦》、《花中君子》、《王老虎抢亲》、《貂蝉与吕布》、《追鱼》、《盘夫索夫》等十余台大戏。

越剧唱腔是以普通话与嵊州话的结合,母亲虽然仅认几个字,但因嵊州话多少与我们武义话有近似的谐音,学习也就不为困难了。母亲口齿清晰,声音清脆,会唱《碧玉簪》、《三盖衣》选段:"我自从嫁到王家有一月多,真好比口吃黄连我心里苦。那婆婆拉他上楼来,总指望我们夫妻从此可和睦。谁知他怒气冲冲独自坐,我不明不白受委屈,可怜我有满腹的委屈向谁诉?"唱得泪眼婆娑、字正腔圆,十分地道。

越剧有十余种流派,深沉隽永、缠绵柔和、洒脱流畅、奔放高亢、咬字坚实、旋律起伏、细腻妩媚、清新脱俗、刚劲挺拔、顿挫分明、声情并茂、苍劲凝重、激昂舒展、雍容高雅、俏丽多变、跌宕婉转。其中《追鱼》《五女拜寿》《盘夫索夫》《何文秀》《九斤姑娘》,看了听了几百次,很多唱段都可以一字不漏地背出来。茅威涛饰演的《孔乙己》,让我流了多少泪水。

  1988年,我买了一台单放机,同时又买了几张磁带,母亲将它郑重地放置在床头旁边的八仙桌上;每遇闲空或有来客,便打开一边听一边哼。随后又买了组合机,中间一台主机,高足有八十公分。上面既可放唱片,唱片是薄薄的如菜盘大小圆状的;下面又可放磁带,而且还可录音。两旁是音箱,与主机略低,可调度高中低。若是雨雪天,躺在被窝,开着极高音的越剧唱片,母亲与我经常废寝忘食,听剧饱腹。

  经济条件许可后,每当乡剧院有越剧表演,母亲再也不用像往日那样在剧场大门前踮起脚尖或站在剧场墙洞边侧听;娘是每场必到,场场到终。我陪着娘看过几回,但因娘年轻时辛劳过度体力不支很多时候坐着观看就打起瞌睡来;我建议回家,而娘总会坚持等戏结束。起初不大理解娘这一举动。很多年后,发现自己也喜爱沉浸在越剧的歌声中自然入睡,这也是极其美妙的享受!开着电脑轮流播放,听着听着便酣然入眠了。曾经为母亲买了几百张的磁带与唱片,而后又买了VCD、DVD,尽管可随时播看,但是中央电视台十一套戏曲频道,有京剧、越剧、昆剧、川剧、湘剧、潮剧等国粹,一般都是舞台戏较多,母亲喜欢与电视里的观众一同观赏一同鼓掌。

  外婆在世时,外婆,母亲与我,同时坐在沙发上,手拉着手,大家为越剧里的情节时而开怀大笑,时而低泣拭泪,那是我最幸福的时光。母亲离世后,我整理了所有的唱片、磁带、碟片,装了满满编织袋,扛到坟前,一张一张地祭烧。但愿母亲在九泉之下,不会孤独,时刻与越剧相伴。

　　姐姐在厦时,我有时夜深写作太迟,往往懒睡不吃早餐,姐姐就会将戏曲频道开大声,我一听见越剧就一咕噜爬起来,一边看越剧一边吃馄饨。岁月催老的是容颜,却催不走我对越剧的痴迷与爱恋。

06 圣洁的柔软

孩子放学回家从楼梯一边跑一边大叫:"妈妈,妈妈,我有蚕宝宝了,妈妈,我有蚕宝宝了。"声音清脆、悦耳、急切。这声音让我冲出门往下跑,只见孩子手里举着一只长方形盒子,跑得气喘吁吁却眉飞色舞。"这是我同学送给我的,妈妈,我好喜欢蚕宝宝。"我赶紧接过盒子,一看,是只装酸奶的纸盒。盒子沿口撕得弯弯曲曲,内底一张近乎干枯了的桑叶,叶子上安躺着四条米粒般大小的蚕,细瘦灰白的身子,头部仅能看到一个小黑点,那是蚕宝宝的眼睛。我像迎接久违的贵客,又像是迎接久别的亲人,小心翼翼地端放在茶几上。蚕儿此刻并不好动,只是蠕动了下身,又似乎安心睡觉了。它乖顺地安静地居住在这个极其简陋的家,似乎非常地满足。我眼眶有些潮湿,如果人,能够像蚕儿如此知足,该有多好!

孩子认真的嘱托我:"妈妈,明天我就不带蚕宝宝去学校了,同学告诉我,仙岳路有棵人那么高的仙人掌,仙人掌旁边有棵桑果树,帮我去摘一些。"这话我听得云里雾里,心想,长长的仙岳路十余公里,到底在哪一段呢？总得说具体一点呀，可是，孩子却说不知道。为了拂去孩子的担忧，我信誓旦旦地说："好的，妈妈一定去找。"我一夜在想，究竟仙岳路哪个地段呢？应该就在小区附近的位置吧。第二天早上，孩子痴痴地将蚕儿看了看，又是一番语重心长地嘱托："千万不要忘记摘桑叶啊，拜托了，谢谢妈妈！"做了个鞠躬，然后才恋恋不舍地跑去学校。

　　蚕儿就这样成了家中一员。我深深地记住我的责任，否则蚕宝宝准被饿死。出门办事时，我特意沿着仙岳路缓缓行驶，从金尚路口绕回BRT方向，我的眼光始终没有触及到仙人掌。或许孩子所说人那么高，说不准是以他们孩子为标准的，而且我毕竟是开着车子，难免疏忽了视野。没有找到，我不免有些失落，我怎么对孩子交代呢？猛然想起，现在正是养春蚕的时候，那么水果摊一定就有桑葚卖了。于是我找了几家水果超市，没有。居然在靠近学校的一家小水果摊，果不其然，赫然地摆放着一盒盒的桑葚，四四方方的塑料盒内黑黑盈盈的，令人馋涎欲滴，上面铺着两张大小不一的桑叶。一问，五块钱一盒，还真不便宜。我买下两盒，总算解决了眉急。因为要急着去办事，桑葚暂搁车上了。来不及先回家喂食了，对不起，蚕宝宝，请原谅我！

　　我迫不及待地回家，孩子接过桑葚千恩万谢，岂料一打开，才发现桑葚以及桑叶都已经有些干硬了，我顿时羞愧不已。兴许买的时候就不是太新鲜，再加上春阳灿烂地照射吹干了水分。一个盒子里，上下铺的都是桑叶，其实不过十几个桑葚，好在我们醉翁之意原不在酒。我告诉孩子赶紧将桑叶泡下水，这样就可以回润了。清泡了一阵的桑叶铺在纸盒上,必须将蚕儿移动到新叶子上来。蚕儿幼小又软绵的身子,无法用手指拣起来。只能连同旧叶拎起,用一张新叶慢慢拨弄,让它一条条顺势滑落到新桑叶上。蚕儿接触到了新叶子,如同从窒息的瓶子里放生般,迅速放松了姿势,尽情地呼吸。只见四只蚕宝宝悠悠地挪动身体,借用触觉,各自找到适合的位置安定下后,沿着桑叶的边缘吞噬起来。蚕儿定是又饥又渴,一口接一口,聚精会神,不抬头,不张望,不争抢,从上而下,秩序节奏从不紊乱。它将桑叶食成弧形、圆状。看到它们将一张完整的桑叶吞食成支离破碎,心中既是安慰又有成就感。

　　从此,蚕儿成了我的新朋友。无论白天晚上,我都习惯了放在床头柜上与我做伴。偶尔写作看书累了,便是玩赏一番,或看它吃食的伶俐,或看它安眠时的乖巧,或是扬头左摆右摇,或是全身时屈时伸。有时,见它顽皮的附在桑茎跷高的一头,那么小的身子,我真担心它从桑茎上不慎摔下来,虽是相隔不过半寸之高,但对它而言,那无异悬崖。但是,蚕一般不太会摔死,因为它是软体动物。不存在骨折、骨碎、骨裂。

　　记得在农村时,因为家里不够宽敞,每到养蚕季节,母亲总是腾出房间,然后搭上竹架,呈三四层,每一层再铺上竹席。随着蚕一次一次脱皮,意味着又长大了许多,一张竹席上密密麻麻的蚕儿随着脱皮必须渐扩地方。很多时,最上层的蚕会攀爬出外沿,有的掉在下层的竹席,有的直接跌落在地。喂蚕时,偶尔听到跌落地的声音,让人心疼不已。马上拣起来,居然未伤半毫。

　　"昨日入城市,归来泪满巾。遍身罗绮者,不是养蚕人。"这是宋代张俞的《蚕妇》,多么生动的写照。一个住在乡下以养蚕为生的妇女,昨天一大早就去城市赶集,将蚕丝卖了。回来的时候,她满眼泪水,伤心的手巾都湿透了。因为她看到,全身上下都穿着美丽丝绸的人,却没有一个像她这样辛苦劳动的养蚕人。是啊,当时母亲为了能够早日将父亲过世时的债务还清,总是起早贪黑的干活。春耕之后,就巴望着能够早一天领蚕种。从出卵到成虫,母亲悉心的照料蚕儿,更胜于自己的孩子。直至到了白花花的蚕茧握在手心,才真正放下心来。有一年,蚕已成熟,马上进入吐丝结茧阶段,原本满屋子的蚕就变换为钱了,却莫名其妙的遭受了病变。一条条蚕身长了一粒粒黑点,继而突发死去。母亲哀啕不已,想着答应还给生产队的债资,如今非但还不成,却更欠下了买蚕种的钱。铺满蚕虫的竹席,却成了蚕的临终丧房。那一年,母亲的额头又平添了皱纹与白发。

  数日前气温骤降,我将之带进了浴室,蚕宝宝在明亮又温暖的浴霸照射下,就像乡下人初次进城显得格外兴奋,手舞足蹈,伸腿弯腰,我暗自发笑。整个浴室白雾飘袅、温气腾漫,蚕宝宝无异享受了一番桑拿浴。蚕日趋长势,颜色从灰白渐变白色,它的粪便也一天比一天大颗。到了五龄末期排出的粪便由硬变软,由墨绿色变成叶绿色;蚕便是药,年少时在农村曾经将它晒干当枕头,特别是夏天用可以防止生长痱子,有消炎良效。

  蚕一日日的健壮,经过几次的休眠、脱皮、而后吐丝成茧,终于像待嫁的新娘一般居住在自己编织的闺房中走向另一种方式。茧辛辛苦苦吐丝长达1.5公里,成为蛹约十天后羽化成为蚕蛾,破茧而出。出茧后雌蛾尾部发出一种气味引诱雄蛾来交尾,蚕的爱情过程极其短暂,经过片刻的男欢女爱,雄蛾遂即死亡,而雌蛾则花一夜产下几百只卵,然后追随夫君而去,这是何其大爱!它们何等痴情,宁愿不要延寿,宁可来一场轰轰烈烈、风风火火的爱情,而后明明白白、无怨无悔的死去。

小别数日返回,忽然发现安置在纸盒中的蚕蛹已经成为蚕蛾了,白色的鳞毛,飞动着翅膀,似乎寻找它前世今生的爱人。因为客厅光线有些昏暗,我举着纸盒拉开窗帘放到阳台边,可是,惊人地发现有几对蚕蛾正在欢爱。我立即取过手机试图拍照,可是蚕太轻盈了,又因装在纸盒里,我放在阳台的衣架上,风一吹,全部掉下楼底。我心疼之极,飞一般的由四楼飞跑下去。可是,当我从草丛中树枝上去捡回时,却又发现,它们始终交合一起,始终不离不弃。

四层高的楼,对人而言,如果没有成龙的武功,这样一跳不死也伤筋断骨了。对昆虫而言,那是更加险峻的境地。虽然蚕蛾有翅膀,但它们显然没有任何的准备,何况它们是正在恩爱中,彼此眼里只有彼此。忽然发生如此重大的突变。感动它们在恶劣环境中始终在一起的伟大,相比人性大难来临各自飞,是多么的深情。我顿时感动的为之而泣。人与动物相比,是多么的无耻,多么的卑微,多么的不值一谈。

仿佛经历了亿万年的等待,从破茧成蛾如蝶轻舞的那一霎开始,便是拉开了一场绝美婚姻的序幕。那一袭净洁雪白镶着微薄的粉羽,是你投胎为蛾的初衷。

蚕虫到死丝方尽,为君描眉为君妆。

你就这般甘愿自囚自缚,无怨失助、无怨孤单、无怨辛劳、无怨痛楚。快乐着痛苦,痛苦着快乐,一寸寸接近你的梦想。

在那方清纯的天与明澈的地之间,那芬芬芳芳、芳芳芬芬,层层叠叠,叠叠层层,是你吐露的剪不断的相思愁肠。

你口吐馨香、你飞舞翅膀、你心系梦想。晨风为你悠唱,雀鸟为你鼓掌,朝霞为你欢笑。

那千丝万缕、万缕千丝苦苦织就的囚房,是你唯一的嫁妆。

你以固执的坚守与独有的气韵,成了臣的妻,王的后。你们肆无忌惮的任意世俗流言,你们毫无惧怕的任意庸夫播扬。

倾尽毕生所有的力量,与爱侣一遍遍缠绵一度度舐舔,无以断切的交合、痴狂,将爱演绎得惊天地泣鬼神。那身体交合着身体,灵肉穿越着灵肉,严严的交融,紧紧的依附,在呢喃中吟哦,在痴狂中忘我。

世界唯有彼此,一切均不复在。

无惧高空跌落、盘旋、着陆,一场毫无事先警示的恶战,仿佛瞬间经历地震般的灾难。惊叹你们,愈是境危愈是无畏。敬服你们,愈是突险愈是稳固。忠贞不渝的恪守着爱情,千载不变的坚守着爱情,至死相拥的厮守着爱情。

不离不弃是你们的誓言,相依相随是你们的渴求,同存共亡是你们的承诺。超乎人类的德良情操。患难中彰显爱情的高尚。

07 捡拾吉祥

　　朋友的儿子结婚,娶了一位坐拥家产几十个亿的媳妇,听说送的嫁妆是厦门环岛路的别墅、房车,宴席则尽是山珍海味名酒,请了中央电视台很有名的主持人当司仪,真是让人叹为观止。而浙江某地一对新人结婚则更是铺张,请的宴席几百桌,无论是亲友还是路人但凡参加喜宴者,不仅拒收红包贺礼,还不分男女老少每人发一万现金。这是不是疯子?我辈则只有笑笑的份了。

　　面对如此奢侈的婚嫁,让我想起了往昔。记得小时候,最开心的就是看别人家嫁女儿娶媳妇,真是一种无上的视觉与精神盛宴。女方到了出嫁年龄,即便尚未有媒婆介绍成功,父母都会替她提前准备嫁妆。嫁妆是必备的四大件:八仙桌、梳妆台、马桶、脚桶。何谓四大件?也许是那时的人认为这几样最重要。这四件均为木头打造,条件好的家庭选杉木,实在困难贫穷的家庭则用松木。无论是何木打造,都会请油漆师傅漆上红红的油漆,完工后就堆在阁楼上,让它慢慢消失漆味。而后准备棉被、布鞋。棉被一般至少两床,均逢双。棉花是自家种的,棉被请师傅来家制作;正中央会用红线打造一个很大的双喜字,做女儿的看见那喜字便会羞涩脸红着跑开。布鞋则做男女各两双,鞋垫都是白底;男的鞋面是用黑色灯心绒布,女的鞋面用红色灯芯绒布;工于做鞋的人同样会在女方的鞋面上绣个双喜字,或绣一枝梅花。

准备好了这些,姑娘一旦有了婆家挑好了婚期,父母便开开心心去亲友家奔走相告,与人谈女儿所嫁的村庄、对象,脸上洋溢着无限的欣慰。大喜日,诸多亲友登门喝喜酒。女方家早已请邻亲借来桌椅,杀猪宰羊、炸蒸煎煮。在大家的欢庆下,新娘羞羞答答,做欲走欲留状,随后由自家亲舅将她抱出家门,抱上花轿。迎亲者抬轿的抬轿,抬嫁妆的抬嫁妆,一路吹吹打打,缓缓往新郎家而去。最威风的就是新娘的兄弟了,听说新郎在结婚当日唯妻舅之命是从,不能忤逆。路上,新娘会将父母准备好的七彩花生洒向路人,大家边作贺边争相接捡,很是喜趣。

若是男子到了婚龄,父母给儿子准备的物件一样即可,那便是婚床。婚床也是按各自的经济实力选材,床身一般都用杉木,档次高低只在床架和床垫有所区别:有钱的人家用精雕细刻的人物、动物、花鸟等图案来装饰,漆完后还贴上金色的粉末,闪晶晶光亮亮,床垫用的是棕棚;一般的便是简单的长方形角架,床垫也仅用木板。

若是说成了亲,男方就会准备好聘金,挑个良辰吉日,带着女方去供销合作社买布,裁上两套或是几套缝制衣服的布料。经济境况好的家庭除了选的确凉外,还会裁上一件呢子或绒料做上衣;差的就买麻衣粗布。倘若那男人还懂得买把雨伞或买块手帕或是围巾送给女方,那女人会认为他是天底下最浪漫最体贴的男人了。

婚礼当日,男方家每个大门墙壁都会贴满双喜剪纸,喜气洋洋。也是借桌椅,蒸煎炸煮,热热闹闹地迎来新娘后方开席。因为女方喜宴是中午,结束后步行到达男方家,时间大致是黄昏。新郎头戴礼帽,一身新装,一脸喜气。随着由远及近的唢呐声传来,男方家便开始放鞭炮;新郎由两个男孩做伴郎陪同在大门口,欢天喜地地迎接新娘的到来。新娘先进入新房端坐于床沿,不停地分发七彩花生与纸糖给前来探视的客人。一件件嫁妆在新房布置妥当后,喜宴就开始了。新房设有一桌,分别是一对新人,两个伴娘两个伴郎以及大舅子。如是新娘有多个兄弟在此桌坐不下,便请另外的几个坐在堂厅正中央,以示尊贵。喜宴及半,就会陆续有人来闹新房。新人会被大家要求先饮交杯酒、拥抱,再是一颗红枣用一根红丝线绑住吊在空中,红枣要两个人一起咬下。也有妻舅故意戏弄新郎的,叫他猜谜,猜不出务必出一个红包,或是唱首歌;歌唱得不满意也得出个红包。当然这红包不是时下富人阔绰得疯狂样,一般是两块钱。

祖母告诉我一个秘密,新娘在下轿后步入新房时,每进一道门槛,便会在自己口袋中偷偷取出两个红包丢到门后,能够捡到是一种吉祥。这种红包大抵是两毛钱。从此我便更巴望参加喜宴了,并经常能得此丰获,正好用来添置纸笔。

虽然已近三十年没参加这样的婚礼了,听说家乡的风俗还是承延着往日的习俗,这是多么的美好……

08 异地的行走

　　坐在宽敞的候机大厅,因为客机流量滞留已经长达半天了,数不清自己曾多少次飞旋这个上空,数不清自己多少回停留这里。眼前掠过一群又一群的旅客,他们有的是独旅,有的是年少夫妻,有的是一家三口。一群老老少少男男女女,围着一个坐在轮椅上的老太。看得出,这是一个已近耄耋的老人了,从模样来看,身旁围着的是儿子、女儿、孙子、外甥,一个刚刚学会走路的孩子,绕着轮椅欢快地奔跑着。这显然是全家四代人外地旅行,多么的幸福!我对他们充满了无限的敬意与羡慕,同时深深自责。那些漂泊在城市的日子,我也渴望能够将娘带来身边,让她见识繁华热闹的街道、高耸入云的大厦。如果现在外婆、母亲还在世多好啊,我一定也像他们一样。

　　小时候,每当夏天,全家人在门口铺张草席,躺在席上扬着竹扇纳凉。仰望星空,偶见一点亮光闪烁,忽明忽灭,继而传来嗡嗡响由远至近,大家便静默观望,待到再也见不着那道亮光,依然收不回目光。猜想那架飞机究竟从哪里来又飞到哪里去?如果能坐一次飞机那该是多美的事啊！母亲满眼的好奇与期待,我发誓长大以后要带母亲乘飞机。

记忆中带着外婆与母亲出游仅有一次,其实只是去了距离外婆家只有五里地的石鹅湖。外婆自小裹小脚,走路辛苦。那一次,义乌的朋友专程送我返回老家看望母亲,而母亲又正想去探望外婆。于是,就让朋友直接送我与母亲去了外婆家。见到外婆气色特别的好,难得有个车子,我建议带外婆母亲郊区兜风。外婆几乎没有坐过私家车,踩着她的三寸金莲特别的小心翼翼,生怕踩坏了车子。我指引往石鹅湖方向行驶,彼时石鹅湖还没有开发,虽然也算是个景点。弯弯曲曲的小道到达山脚后,我与朋友挽着外婆,母亲在前边开路,经过半个多小时才攀到寺庙。我们就在石鹅岩烧香祈福,短短的时间,短短的路程,外婆与母亲却是非常的快乐,外婆见每个人总要念叨一遍,说我带她去了石鹅湖。

后来外婆垂垂病危,舅舅知我在京忙碌,原本不作通知,表妹偷偷告诉我,外婆熬不了多久了,医生已经告知准备后事。外婆却不停念叨我,让舅舅一定要找到我。听到外婆的情况,我挥泪赶回。握紧外婆干瘦的双手,亲自给外婆梳洗头发,没想到半小时后,外婆便永远离开了。外婆出殡那天,正是香港回归的日子,全国人民共庆盛典,我却号啕地大哭。

树欲静而风不止,子欲养而亲不待,我决意带母亲出一次远行。因是夏天,北方凉快些,我选择乘机北上。其实我知道母亲最想去的地方是北京,小时候还经常唱"我爱北京天安门,天安门上红旗飘"。而我当时在京城整整待了三年,也没有让母亲上京。京城再大房子再高,却没有属于我自己的一片瓦,一寸地。我不敢对母亲说京城是我的伤心地,我便建议带母亲去大连。去买机票时,母亲得知义乌机场没有去往大连的班机,要到杭州才可以,并且在暑假期间机票都按照原价,母亲便以害怕乘机为由断然拒绝北上,执意就近从游双龙洞。在我强烈的坚持下,母亲同意了去杭州。我知道母亲是为了节约,不愿我多花钱。

　　临走前的晚上,母亲收拾东西。还特地蒸了一笼艾糕,切成三角块,以便路上食用。那个朝霞初开的早晨,母亲见我起床后,塞给我一个纸叠的三角包。我知道,这是当地习俗,用茶米包成小三角包随身带着,意谓出门吉祥。我们顺利乘上去往县城的班车,车子腾跳得厉害,母亲却站起来望望身后,又开窗看看远方。遇见熟人就说要去杭州,就像我小时候得到糖果一般。一路上,汽车的尾气扬起漫天的灰尘,似乎欢快对母亲道别。母亲对这条路相当的熟悉,外婆住在县郊,年轻时母亲为了省下六毛五车票,总是在天蒙蒙亮时启程步行,弃公路择径道,翻山越岭,到了外婆家正是中午。与外公外婆吃个午饭,又匆匆往回赶。有时因走得太急,又忙于歇脚,经常脚趾与腿腹都抽筋,回到家中已是天暗,来回七十余公里,这是怎样的一番跋涉啊!

　　到达县城车站,我买好去往金华的票,与母亲在候车室坐等。一个县城有两种方言,播音员用县城的方言播报一遍后,继续再用普通话播报一遍,母亲欢喜得跟着播音员念了一遍又一遍。当年外婆举家迁往县郊,入乡随俗学会了县城方言。外婆平时用新方言,但只要与自家人一起,或回到乡土,不由自主地讲回本土话。小时候,经常在外婆家听多了,自然而然学会了。

乘上去往金华的大巴,因为是水泥路,一小时许便到了。火车站虽然败旧,但是宽大的广场让母亲欢喜不已,母亲第一次见到一节节长长的火车,火车咣当咣当的声音对母亲而言也是一种优美的音乐。当她登上车厢后坐定又反复站起来。车上的卫生间,专门的用餐车厢,推着车子兜卖食品与小物的乘务员,这一切的一切,在母亲眼里都是新奇的。车厢内不时有推车叫卖午餐,很多人相继购买,我示意要买两份。母亲及时阻止了我,说不饿,叫我自己买一份。她从行李包取出艾糕,用半生不熟的方言普通话加上手语,先递给旁边与对面的旅客品尝。母亲的盛情感染了大家,大家一边品尝一边举起大拇指,直夸好吃。这时母亲显得有些羞涩,但是更多的是一份成就感,满足感。

将近四个小时的行程,到达杭州已是黄昏,去景区显然已经太迟,选了一所靠近西湖边的一家三星级宾馆住了下来。母亲对住宿很不满意,看我付钱的时候,一直阻止要换地方。我告诉她附近已经没有别的住所了,她才无可奈何地随我进了房间。母亲第一回下榻宾馆,见到房间如此齐全的设备,倍感惊讶。母亲见我没有脱鞋子就躺在雪白的床上,赶紧帮我脱鞋子,让我别弄脏了被单。母亲的慎微,母亲的善良,令我责愧。

那一次,我带着母亲走访了我初次打工的街道,就在浙江大学的后门文三街,可惜已经不见了旧年的建筑。去了武林门的红太阳广场,那是杭州最中心的闹区。去了黄龙洞公园,我们运气好,正好义演越剧"五女拜寿",演到落难中的杨继康夫妇,被几个女儿女婿拒绝奉养,母亲看得连连挥袖拭泪。去了灵隐寺与岳飞公园,去了花港观鱼与断桥。我告诉母亲,这就是传说中白娘子与许仙相会的断桥。母亲显得很激动,一次一次抚摸着桥板,感叹白素贞与许仙的苦难。

　　从杭州回来后,母亲就如外婆一样,见人总要念叨,骄傲地与人说到过白素贞与许仙相会的那座断桥。我从母亲自豪的神色中,既感到欣慰,又深感愧疚,在母亲的生命中,杭州之旅是她难以忘怀的初游,也是她记忆中最难以忘怀的片段,而我在京城闯荡了那么多年,也没能够带她去逛一逛,真是不该。可是,谁又能够体会到一个乡下单身年轻女孩闯京城是多么的不容易。如今,我只有把愧疚永远埋在心里了。其实,有了丰富的人生经历以后,我才真正理解,每个人的一生都会有自己的一座断桥,而如今的我已能很诗意地看着它。

09 一个女人的乡愁

春节期间回浙,老家盛行大年初二开始拜年。因时间匆促,急于走访几家亲戚,原想与表妹见个面就离开,却非得要我留下午餐。沿途已经相继用过点心,肚子还撑着,便坚持回绝。谁料她捧过一个大瓶子,神秘地说:我不信你吃不下。我急忙凑近一看,哎哟,我饿晕了,听得她婆婆在一旁发笑。瓶子里,是我百吃不厌,可当饭吃饱的至爱——腌制后的野姜。

从幼年开始,我就与它朝夕相望,如同我对恋人一如既往地钟情。不知母亲何处取得,一小块外形与生姜近似的东西,母亲告诉我,这东西很爱生孩子呢,一年种下去就可以吃一辈子了,你随便把它埋到后院去。于是,我拿了一把小锄头,将它埋在了后院的一堆杂石旁,从别处挖来几锄泥土,用脚稍微掩踩几下。

不消几天,这块东西发芽,透绿,逐渐叶肥,叶子与枝干像极了向日葵。没事的时候,我会去培培土,施施肥,铲铲草。它渐渐地愈长愈高,居然穿越墙头。夏日,站在它旁边可以纳凉,叶子摘下一张,可以当扇子。我对这株植物充满了敬意,每天我都与它静默地对视一阵,有时在它的根部周围洒几把兔粪。它没有招摇的风姿,很纯粹的碧叶,没有丫枝,简单的如同笔直的哨兵。我真希望早日见到它成熟的模样。

转眼到了秋日,母亲唤我取过锄头,怪笑着说:咱们接生孩子去。我惊愕不已!只见母亲站在野姜旁边比试了下,足有几人高度。母亲在它周围小心地铲下去,果然,一小块一小块与生姜形如兄弟的东西蔓延成群。怪不得娘说它会生很多孩子呢。与生姜相比,会更圆润些饱满些。娘一边铲一边拣起野姜放在锄头上敲抖间缝的泥土,我一边拾一边欢呼。

一会工夫,就已挖了满篮子。野姜虽然酷似生姜,但一无姜味二无辣味,若是新鲜清炒着吃,大抵接近土豆的味道。野姜最经典的吃法既非清炒,亦非煮汤,而是像酸菜的泡制法。娘用木桶打好井水,将野姜倒入木桶,反复搓揉清洗干净,白白肥肥的野姜就像许多随意伸展的小孩脚丫。野姜平摊在竹筛上,晾在屋檐几天,待野姜稍微有些萎缩,方始泡制。娘从楼阁取下一只坛子,仔仔细细地洗净、擦干;野姜分几次倒入坛,每倒部分就撒上些盐,揉捏几下,娘又用拳头用力击敲,以致野姜更为紧实。工序完成后,用一张塑料布折成几层垫在坛口,取来麻绳绑紧封口,再加上一块砖头压住。娘说:差不多一个月就可以吃了。这让我很着急,一个月多漫长啊。

每天,我都要对着坛子看上几遍,有时抱住坛子,耳朵贴在坛壁听听。在当年缺乏食品的艰苦岁月里,它不仅是一道新奇菜,也是一种乐趣。每望一回,我就似乎美味了一番,虽然不知腌制出来会是什么味道,但我对酸菜充满了无以复加的钟情。好不容易等到母亲说是开封的日子到了,我满怀激奋、欣喜若狂。娘解开麻绳,揭去塑料布,一股酸味即刻窜入鼻腺。娘伸手抓出一把,只见原先白白的野姜如今已变得黄灿灿水盈盈,未尝已醉心。娘也眉开眼笑,随即塞一块我口中,脆脆的酸酸的,真是可口美味极了。娘将这新奇美食分给乡亲共尝,无不夸赞。

娘为了多让野姜"子孙无穷",不仅特意从后院挖出一些送与乡亲种植,并且在一处叫水下源的坡地上,芟除荆棘下种。野姜的繁殖能力超强;坡地山沿旁,生长成亭亭玉立地野姜。就像一群群妙龄少女,等待着媒人的引线,把芬芳献给亲爱的新郎。

咀嚼口中美味无穷的野姜,如同见到母亲的身影,让我忆念难抑,让我乡愁难抑。

10 妆成每被秋娘妒

母亲天生一副悦耳的声音,每天生产队出工时,邻居的几个阿姨总会远远吆喝一声"绍囡,快滴走罗"。娘此时不是在灶前忙碌就是在圈前喂猪,急切地回应:"哎,来罗。"

母亲曾对我说,小时没有郑重的起名,父母亲就以"小囡"呼唤,"囡"是女儿的意思,她证件上的"绍"本来是"小"字,但因本土方言"小"与"绍"谐音,结婚时公社开证明就任人用了"绍"字,于是就这么用开了。而外婆一直到去世都以"囡囡"唤女儿,轻柔的叫唤,浸入无限温情,可见外婆是多么溺爱母亲。每个人在母亲的眼中,永远是长不大的孩子,即便家境一穷二白,孩子也是父母掌上的珠宝。

不认字的娘有一个记性极好的脑袋,她跟着人学唱《洪湖水,浪打浪》《打靶归来》,柔美刚劲,忧郁活泼,收放自如。特别是小哼越剧,无论是收割麦子还是翻番薯藤,娘总会情不自禁地哼哼。每次广播临结束前,其中有一个节目是:"现在是勤俭婶广播响节目",用的是武义方言,娘便会重复念上几句,声韵酷像播音员,眉飞色舞。娘的娘居住在武义县城的郊区,娘住在离武义四十公里的乡村,而武义城里与乡村的语音是不同的。娘听见自己娘家的方言倍感亲切,似乎接近了亲娘的温情。如果外公不将娘送与他人,聪慧伶俐音色悦耳的娘秉承了先人气质,定能有一番作为。可是命运作弄人,她脸朝黄土背朝天,一生承受苦难。母亲年轻时一条乌黑浓密的辫子长及腰际,用一丝毛线扎着,摔来摔去成了一道独特的风景。在父亲自杀后,娘拂过那头微卷的青丝,自己用把剪刀一声"咔嚓",像是剪掉平生的所有柔情,又像是剪掉千丝万缕的烦恼,从此一直是平平的刘海。

小时候去学校途中或牵着牛走在机耕路上,常遇年迈老者盯着我看,然后微笑着问:"你是小囡的囡吧?"我点点头,满腹疑惑。其实,谜底很简单,我的相貌遗传实在太精微了,娘拿出一张她幼时照片,我以为是我的照片。小时,娘与我的脸都圆圆的,眼睛黝深,鼻子秀挺,颇讨人喜。娘喜欢让我蓄发,我自己也喜欢;只是我的头发没遗传到娘的乌黑浓密,相反是黄黄的,松疏微卷。邻伴特别羡慕我的黄卷发,引得她们亲自动手烫;用一把铁钳,在火笼上烤热,将头发卷在铁钳上,不消一会儿工夫将铁钳取下,头发就成卷了。这兴许是最原始的烫艺吧。娘喜欢用两根红绳将我头发扎得高高翘起,红绳是类似绍兴老酒瓶颈系的带子,有时也会用毛线。娘还将毛线打成团,像一朵花扎在我的辫子上。

尽管家境贫困,我却很少穿补丁衣裳。娘用采山药的钱为我缝制新衣。她自己的衣裳,新三年,旧三年,缝缝补补又三年。娘即便一身补丁,也依然掩饰不住她的灵秀。她守寡的岁月,不少媒人说亲甚至有男人亲自上门提亲，均被娘固执地拒绝。记得有一个丧妻多年的男士，多番遣人劝媒。他还有一个非常好的条件，就是如果娘从嫁他后，将来我与姐可以接他的班。那时有社员"接班"的政策，只要父亲居民户或有工作，可在其退休后择一儿女接替。娘面对优厚条件始终无动于衷，因为娘自小离开娘亲，害怕了养母的欺凌，她无论如何不舍得让我姐妹再步后尘，宁可独自没日没夜地拼命劳作与呵护我们。姐姐乖巧懂事，小小就承担农活，减轻娘的负担。如果没有姐姐，很难想象今天的我会是在哪里，但是我可以肯定，当年的我一定不能从容上学，安心谋生。

十岁那年，我突发高烧，医生开药打针，却几度复烧，躺在床上不停呓语。娘急得四处讨要民间良方，拜寺庙烧香，均无成效。村人告诉母亲，相隔二十多公里有个老阿婆会念经行巫术，请她来念念经兴许管用。娘将一把草药碾汁后让我服下，急忙赶往邀请。谁知那阿婆年事已高，步行远路不得；被娘虔诚感动，不仅送了一张符，而且送与娘一张密密麻麻的字，教娘念诵。娘天资过人，阿婆教诵三次后，娘居然能顺背如流。这对一个文盲而言，简直是奇迹。说来也怪，娘对着发烧的我念诵后，发热即缓解，当天就退烧没事了。此后，每当乡邻遇有孩子惊吓发烧，都会请娘去诵经，并且很受用。

娘的记忆力感染了我，辍学后谋生，我始终随带唐诗宋词，闲空时候，这成了我的精神食粮。在杭州市，西湖畔、植物园、灵隐寺、武林门、红太阳，当年杭州各大闹市街区，留下我眷恋的身影，也留下我一路的诗词吟诵。三苏、李清照、白居易、尤其爱不释卷；其中《声声慢》《长恨歌》《琵琶行》至今能背。母亲随我身边的日子，我与她喜欢在晨昏时坐于阳台,我便教娘念《琵琶行》,一句普通话,一句本土话,一边释解一边念。娘知道了"大珠小珠落玉盘,妆成每被秋娘妒",果真会盈泪于眶。娘定是感慨自己的身世,忆想幼时失去亲娘的无助,多年承受的冷漠、孤独与凄凉。

11 情牵竹篮

"独在异乡为异客",客居闽地十来年,乡亲远在千里,乡音只有透过电子传递。梦里萦绕的是乡情,剪不断,理还乱。乡情是一条清澈的涧水,乡情是一首经典的老歌,乡情是一朵馨香的花瓣,乡情是空中云天上月,时刻牵动游子的脉搏。

三年前的一个周日下午,我与姐从漳州回到厦门,泊车后提着一篮子的蔬菜走在小区的花园中。一位七旬阿姨笑盈盈地对着我们观望,我报以同样的微笑,步近时阿姨依然盯着我们,我友善地招呼:"阿姨好!"阿姨终于打开了话匣,爽朗地笑着问:"你这篮子哪儿买的呀?"我与姐姐异口同声:"老家带来的。"阿姨又追问:"你们老家哪儿的?"我与姐又异口同声说:"浙江的。"阿姨显得很激动又很惊喜:"你们是金华的么?这篮子的编法就是金华的。"我与姐姐似乎遇见了亲人,惊喜地肯定了阿姨的问话。

原来,老家在金华兰溪的阿姨已随儿子客居厦门多年,却从没见过有人提着这样的竹篮子,今天一见,倍感亲切。阿姨告诉我,她也认识一个武义人,小伙看起来三十出头,斯文利落;人如其名,叫振华,在平安公司任职。乍听这名字,不由让我联想到自己同村同学潘振华。记得小时候,祖母与他奶奶交往甚密,我跟着祖母形影不离,时常去他奶奶家串门。祖母一边闲话一边吹烟管;我与振华则在堂屋玩石子。而后,我们同时上了乡政府的唯一一所小学,同届不同班。走廊上,总见他扶着扶栏顺势滑下去,像个猴子般灵活。只是,不知怎的,读到三年级时,他就随母亲迁居了,此后再无相见。可是,记忆中依然深刻,那个顽皮污黑小脸的样子。

阿姨言中的他三十出头,想必不会是他……因为此振华若是彼振华,该是与我同龄,也是要近不惑之年了。阿姨与姐聊得欢,我则在一旁忆思,说话间将振华的电话号码留了给我,说同是武义人,不妨联系联系。我谢过了阿姨,存了号码。两天后,我怀着一丝希望拨通了此号,说明了是由夏阿姨牵线联系的武义老乡。我们由普通话对话转入家乡话,由武义说起,谈到镇,谈到村;天哪,居然果真是当年流着鼻涕的淘气蛋。由于他刚好出差西安,约好回厦即见面。

那是一个周六黄昏,夏日的艳阳热情地洒在大地。我带着孩子在环岛路的椰风寨,只见一个高高瘦瘦一身白领装扮的男士笑意盈盈由远而近,我一眼就认出了他。他那脸颊深陷的酒窝很亲切,只是告别了少年的顽皮,全然一副绅士风度。也许他早已将往事随风飘散,也许他仅凭乡音才能确认同学关系。我接过他递上的名片,平安公司厦门总监,哇噻,好了不起呀!岂料一聊开,他依然能清楚回忆起童年趣事。我们谈老师、谈同学、谈邻居,及至谈到他因母亲婚变继而随母迁往丽水地区,谈到他初来厦门,如何从一个打工仔做到今日管辖下属近千人,由一无所有到今日百万年薪。我感叹他的坚强、努力、奋斗的精神。

当我第一次去公司拜访他时,我带上了一份特别礼物,那是以他的名字撰作的一副对联:"强盛振兴吉祥年,耀基华夏平安业",联中不仅嵌进他的名字,而且还有他的事业。平安保险是他一辈子的事业。请了一位善书法的好朋友挥墨、装裱。如此,这副对联悬在了他办公室的墙壁上。壁上有他参加活动与各界名流以及他硕士学位的神采照片。净洁光滑的桌面上,除了办公电脑与资料外,尚有一张他女儿的近照。看得出,这是一位体贴的好父亲。一位下属请他过目资料签名;我看他一副谦卑、温和、细心的样子。由此看来,他的成功谜底就不言而知了。

此后,但凡节日或是周末,都会收到他温暖的问候。时常一番电话,让我身处异乡孤独多年的心感受着一份乡情。这份友情注入我的血脉,浸淫成花,开放在我的冬春秋夏。我们两家人时常聚会,彼此关心、互相激励。只要有什么好消息,便一同分享收获。每逢春节,我们相约回到故里,触摸童年的痕迹,找寻童年的欢笑。

我的散文集《追梦霞满天》被出版社安排在海峡两岸图书交易会上举行首发式,我郑重地邀请振华。他得知后欣悦万分,早几天前就致贺,当天他比我还早到场。首发式与午宴过程中,我就像一个待嫁新娘,而他就像一个娘舅,无微不至地照顾着,默默地打理着一切。我生日当晚,聚集了一班好友,振华也不例外。他一手抱着一大束鲜花,一手提着一个大蛋糕;特别是当他取出一大沓塑封好的像片时,我热泪溢眶。那是一张张首发式现场逐个角度与领导逐一发言时的定格;他的细腻,让我深切地感受到来自乡情的幸福。

感谢竹篮,感谢阿姨,让我在茫茫人海中,在有三百多万人口的厦门,遇见同窗。他是我乡亲里的知己。让我们一同努力、进取,开拓更美好的明天。

12 每扇门开着

一

踏入浙江的地盘,一股无形的风淹没了我的惊惶,我一下子变得有条不紊,急促的呼吸平缓下来。是故乡的风更清新么?还是故乡的雨更纯净?

我的故乡月蚕庵,实则有个传说。相传年间,民不聊生,有个尼姑化缘于此,见村民个个面黄肌瘦、非病即瘫。尼姑施与蚕种,授以蚕桑,满山荒芜变为碧桑,家家户户兴桑业蚕,大家过上了丰衣足食的生活。为了纪念老尼的善慈,村人捐资在村中间建了一幢房子,供路人歇脚、留宿,并将村子起名为月蚕庵。1986 年实行分产到户后,这幢房子相继出租村民。一租就是三十年,满期收回后,村领导决意村民捐资修整,原本颓废的房子经过粉刷填补添瓦一系列修整,变得既干净又亮堂。墙上菩萨画像,置以锣鼓,请进菩萨,建以戏台。"月蚕庵"三个大字赫然醒目,两旁门墙画有钟魁,威武坚毅地守护。如今尽管已更名溪口,本村的民风依然无改,一年四季,除年轻人远出经商,留守的农人仍各家养蚕。

  我捐献的一张案台,摆放在庵堂中间,每当村民祈佑,均先在案台点烛焚香。每年正月十五,村民轮流出资请来木偶戏,在月蚕庵内大闹三晚。锣声鼓声鞭炮声,笑声掌声欢歌声,此起彼伏,热腾了月蚕庵,原本清寂经年的房子从此有了生机,有了非常的使命!倘若春节有舞龙灯,也是从庵堂祈拜后出发各家各户,俨然成了村民尊崇的中心点。但逢事顺,即与焚拜敬谢。但遇事阻,即与烧香虔祈。月蚕,月光下的蚕虫,多么的浪漫,又充分体现了蚕虫之呕心沥血耕耘至死以及蚕农辛勤劳动夜以继日的奋发精神。

  这块土地养育了我,我喝着故乡的水长大,我踩着故乡的土成熟,我没办法将过去遗忘。我离开时的村庄都是土坯墙,每一栋颇有章法地分布着。很多人家厨房挨着猪圈,饭菜的香味和着猪圈的屎尿味。卧房外头有茅房,供养一年四季蔬果的营养。天未透白,每户人家就拉亮了电灯。那时电灯的开关不是现在平板按钮,而是一根绳子。我曾经在母亲不注意的时候偷偷拉电线,总喜欢看那一明一灭的过程。如今饱经沧桑,这世上很多东西都像极了电灯,事物瞬间改变,犹如要一个人成名或者败名,要一个人拥有巨财或者破产,要一个人轻松生活或者艰难地死去。

  鸡鸭鹅猪,一听见主人有响声,立马拉开喉咙高音合唱;主人打开鸡鸭鹅圈,它们就像冲锋陷阵的士兵,气势高昂地冲出去,扑打着翅膀，喝水、伸腰、追啄对方的身体。好像经年不见的老朋友亲切地寒暄或者交头接耳，它们欢呼：我们又迎来了一天的自由。动物比人容易管教多了，不需要叮嘱，不需要教训，它们早上出去寻食、游玩，哪怕外面的世界再精彩，一到夜幕降临保准乖乖归来。而且绝不会跑错圈，鸡不会到鸭圈，鹅也不会跑去鸡圈，鸡不会生个鸭仔出来，鸭也不会生只鹅仔出来。好些男人，贪恋路边的香花野草，乐此不疲。

家里这幢在1989年将土墙推倒始用砖砌的房子，是全村第一户土改砖，近二百平方米，三层半高，陆续分三次完成。初建一层仅八十平方，那时的砖好像每块一毛五分钱，当拖拉机咣当咣当驮着满满的红砖到达家门口的机耕路时，全家人脸上笑开了花。车子开不到家门口，只好用畚箕或者箩筐一担一担挑回家。年幼的外甥，懂得召令同伴，让他们将砖头一块块搬进筐内，胖胖的小手抹到脸上、鼻上，张牙舞爪的可爱。全家人披星戴月，一寸一寸建筑新巢。母亲感叹说，十几年前有人扬言要掀翻我们家的瓦，我们现在是水泥板，看谁掀得动！是啊，那时祖母与母亲被关押在乡政府的一间平房，父亲的尸体赤身架在床板上被一刀一刀地剖解。一些人说这个家完蛋了，两姐妹从此无家可归了。直到法医宣告父亲乃服毒自尽，那些人才将长舌塞回嘴脸但依然呼出熏天的臭味。我们却像顽强的稗草，枯了又绿，茂盛地传播。第二次建造是在1996年，沿墙的一幢土楼在一个连日暴雨的午后塌倒，幸好大家都在院外做苎麻；于是又重建，近一百二平方米。第三回在第一次建的基础上加建了三层。如今经年无人居住的房子，铁门些许生锈，但坚固如故。姐姐不善料理，每个房间堆放着杂物，家里有人时每个房门都敞开着，不用担心被人顺手牵羊缺米少盐,仅仅偶有蟑螂老鼠造访。

被闲置的农具没精没彩地歪在墙角;锄头、扁担、茶篓耷拉着脑袋,蓑衣上已经结上了蜘蛛网。这些曾经都是我的伙伴,它们与我一同起床一同睡觉,它们也是我的尊贵,我依靠它们存活,收获粮食,填满全家人肚子,才有今日安享机会。这些伙伴有的与我祖母同龄,可惜祖母不能活到时下,感受经济大潮后的安逸。而这些伙伴等到我的孩子白发苍苍时,已经算得上古董了。我叮嘱姐姐不要轻易扔掉,可以让我们挂着拐杖凭吊过去,又可以让子孙猜想他们的祖上曾经以什么方式生存。因为祖上的坚强,才有了子孙的延续。若干年后,兴许这些伙伴尊存在某一博物馆,让世人膜拜。倘若我爷爷奶奶是名人,很有可能现在就被政府收存走了,它们的价值不再是普通的农具,而是神。如果爷爷奶奶是名人,爷爷留下的这本小篆将是珍宝;而奶奶的那根烟斗,许多作家可以杜撰不同内容的小说。物品的价值往往不是物的本身,而是使物的人。一条树根普通人精雕细刻未必值钱,但经名人签上名就非同寻常了。眼下这幢房,如果在县城,可以售价每平方上万;如果在上海杭州北京市中心,少则每平方几万,多则几十万。而倘若类似林语堂、冰心这样的名家居住过,那就是个文学馆了。可惜它现在伫立这片贫瘠的角落,荒废着,偶尔供给我们住上十天半月。它孤守着,坚定不移,盼望主人的回归、清理、爱抚。在某种程度上,她是凄凉的,别人家大多每天都有人的温度;只有这幢房子,形单影只,仿佛一个望眼欲穿的女人,痴盼着爱人的脚步。

这个房子,也留下曾经追求我的人的印记,但是我感谢他们没有对我一往情深,曾经抛下几斤甜言蜜语,却又随风飘逝。倘若有人对我情深义重一如既往,说不准我就在这幢房子与他生儿育女,打柴养猪,除了好友亲朋,没有人认识我。也就没有怡霖的诞生,或说是重生。因此我非常非常感谢他们的嫌弃,感谢他们的背弃。否则我这辈子兴许与泥土痴缠,而不是文字,于是才有了能够触摸文字经络与血液的怡霖,感受身披文字的光芒。

多年前的那个绿衣天使,就像我们家聘请的专职邮递员。除了邮送各单位的报纸,给我送来一封封信件。我曾经将书信堆放在一起很多年,曾经几度对着它流泪,感激那些人给我的温爱;纵使后来化为片片白雪无处可寻,但终究感动过。在一个黄昏,我倒出那一箱变为黄色的信纸,取过火柴,把它祭焚。烟雾飘袅,如同寻觅这书信的主人,我默念敬拜它们,祈福它们的主人!今日一封长信,只需两秒钟就可以抵达,再也不用千山万水跋涉,再也不用担心邮寄途半丢失或送达寄放他处被人拆封的尴尬;可是,还有多少人愿意寄附一份念想?

房子背后,曾经是一口水塘,清清的水,可以供鸭鹅嬉戏,人们洗衣擦背。池塘边祖母种植了桑树与李子树;夏天坐在池边,双脚浸在水中,非常的惬意。祖母曾经告诉我,当年造反派扫光家里值钱的东西,一只铜罐被吊在水塘下面才逃过劫难。那只可以装十来斤米饭的铜罐,几十年熬粥盛饭。用它烤熟的米饭特别的香,旁边结着锅巴,淡黄,松脆,我多么感激祖母的睿智。如今想吃锅巴已是奢侈,什么都是电子控制,熟了自动停止放射能量。铜罐逃过了劫难,可惜池塘在劫难逃,在我还是穿开裆裤时,却被人填平造了房子,把我旧时的记忆压在了屋底。

　　清晨上山祭拜父母,穿过一丘丘田埂,攀过一座座山头,双脚踩在碧葱葱软绵绵的青草上,心尖一阵一阵地酸痛。这些曾经是我的珍宝啊,可以养活多少牲畜以供养我们日常的开支。当年攀遍山壑也很难找到一片碧绿的青草,只能在茶叶树丛内或者苎麻地旁找到些许;要割满一只竹篮子的草需要跨过几个山坡。兔和羊一见我提着竹篮回家,就争先恐后地跳叫。它们咀嚼时不停地抬头看我,充满了感激。这只竹篮如今静静地安躺在柜底,姐一定是没留意,否则早让她当柴火烧掉了。我挎着篮子回家进门的第一时间是喊奶奶,因为她总是坐在灶前或躺在第一间房。我高呼一声我回来了,奶奶就会格格地笑,我与她相依共枕十余年。直至上初中,直至十六岁外出谋生,直至我十七岁那年祖母终告永别,我再也听不见格格的笑声以及再也闻不到那竿烟味。曾经惧怕的烟竿却成了我魂牵梦萦的回念,期盼它再一次敲打我的后背,再一次烟雾熏绕房梁。尽管我身着时尚,摩登香水,可我没迷失他乡。霓虹美酒,我从不向往,宁愿孤栖一角,与文字交合,与故土缠绵,我的灵魂始终有故乡。

二

　　年迈的祖母常年守家。村中劳力挣工分去了,孩子够学龄的已上学,留下的都是幼童。祖母日常是床上睡觉、门槛梳头、灶膛添柴、后院吸烟,重复着一天又一天。岁月磨蚀了她当年的雷厉风行,消退了她惯常的锐气,让她变成一个老人,一个依然遗韵犹存、爱好干净、利落整齐的老人。她那头雪白细滑的长发总是梳了又梳,抹上菜油,缠绕成形别上发簪。那根烟管成了她忠实的伴侣,烟圈徐徐袅袅,似乎萦绕着她的盛年往事。

邻家叔婶有个两岁多的男孩,爷爷也出工干活,一贯照看孙子的奶奶却因走亲戚未及时返回,眼看队长吹着哨子催出工,婶子无奈之下,就将儿子托付给在后院晒太阳的祖母。孤单的祖母见到男孩圆圆的脸蛋,大大的眼睛,满心欢喜。祖母对孩子照看倾心倾力,似对孙子百般疼爱,孩子对她有了依赖,以致婶子要接孩子回家时,孩子硬是不肯走。此后,孩子总是要缠着来找祖母,祖母也乐意照顾,既帮助了人,又添了热闹,可谓两全其美。打这开始,有不少村民将孩子托付给祖母,家几乎成了幼儿园。祖母收下一个又一个邻居央求照看的孩子,有的还不懂自理屎尿,有的刚学会走路,有的刚会叫爹娘,可是祖母乐在其中。

祖母的热心和爱心让人深受感激,逢年过节总会有好多人将好吃的送上门。屋子的后面,是全村唯一的一口饮用水井,村民大多会选择清晨来担水。天刚发亮,娘已忙碌在灶台前,热气腾腾的米香飘至屋外,村民就会喊一声:"真香啊,来吃啦!"娘则会痛痛快快地回应:"刚烧好,来,来,来!"如遇上娘刚蒸好番薯馍,一定迅速地送出门给路人。娘如果见到年迈的阿婆阿公挑水,便会去井口帮忙打水,挑上一程。

井也出过事,一个与我年龄相仿的女孩,居然不慎掉下井险些丧命,幸好祖母及时发现相救,将女孩放在牛背上,腹中的水慢慢吐出,才免于一难。那口井挨着一个斜坡,斜坡上是机耕路。机耕路正好是一个近乎九十度角的弯道,常有骑自行车的人摔下坡来。最难以忘怀的是,有一次一辆拖拉机载着好多人不慎翻下坡,伤者大多满身是血。祖母见状,力救伤者,又是搀又是背地接到家里,洗尘清伤喂水,活像一个赤脚医生。

祖母曾收留一对要饭的夫妻。他们的家在十里外更偏僻贫困的山村,因为夫妻俩都是瞎子,祖母顾及他们行路不便,提供了席子棉被,将一间柴火房腾出供他们住宿。

每当冬季农闲时,生产队就会选择一个日子,借了村民的桌椅摆在公社,因为我们家离社舍最近,除了借摆桌椅外,还要提供厨房,炒、蒸、煎、炸,忙到黄昏;全村男女老少闹哄哄上桌,欢欢喜喜痛痛快快吃个畅快喝个畅快。这是一年中最幸福的日子,队长不会因我们欠工分而不让我们入席,相反眉开眼笑、关心慰问。我最贪食的是锅巴。有个叔叔知我爱吃,特意多烧上一把柴,使锅巴烤黄烤厚再铲起,偷偷塞给我。这在当时,是一份莫大的恩典。时至今日,我依然对锅巴情有独钟。可惜叔叔没有活到我能报恩的年纪,只能每回在祭祷时,祈福他在泉下安享年日。

三

从一道山沟到一座城市有多远?我就像一头耕牛,要用很长的时间犁完一丘田,要流很多的汗。背上驮着架,眼珠子直朝前方,没有回望的余地。否则,就会多挨一次竹鞭,饱受一顿皮绽。但牛不会哭泣,也不会求饶,牛只会目视前方,脚踏实地一步一步,身后留下一犁一犁的翻土,农人的眉眼才会舒展,兴许能吃一餐拌有糟糠的饲料,那就是牛的活路。

经过了漫长的耕犁,从一座城市到另一座城市;每迁走一次,我的心就更坚硬一层。例如我不懂撒娇,学会苦中作乐,更不会知难而退。只有我接近故土,我的心就不由柔软起来,恍惚间双眼迷离,踩在脚下的路,感恩它的坚实,感恩它一直风雨无阻,曾一度托雷电召唤我的归来。倘若当年我依附这块土地生存,今天的我在哪儿?嫁个我母亲满意的手艺人在乡村相夫教子么?还是像诸多同学一样腰缠万金气势昂扬?尽管十六岁就到杭城讨生活,一个什么都不懂的黄毛丫头。甚至需要忍受一个环卫工或屠夫的漠视,但我无悔。我知道一个成器者的先决条件就是学会隐忍、隐忍、再隐忍。就因为能够隐忍一切,最终才可以光鲜地出现众人眼前,不用再对人卑微,无论他们官位多高还是财富再多也不羡慕,我会以自己独特的方式证明自己的坚定不移与坚韧不拔。

门前那宽阔的农田,依然整整齐齐,仿佛看见幼小的自己在插秧、拔草,只是不见了当年那条弯曲的渠道。来自各家的檐水缓缓流积在村庄中央的小渠,那是我童年嬉闹的圣地。我卷起裤管站在哗哗浊水中,很想知道这水究竟流汇何方?有大人告诉我,这水一直一直流去温州,那时总想,我能去温州看看那条大江多好呀,它究竟能汇纳多少支流。

下村那棵白杨树记不得何时就消失了,是人为的砍伐么?还是自然的枯萎了?我见证了自己的成长,却无法见证曾经日日夜夜伫立在眼前的一棵树的未来。它是否也像一些谋生者,在恶劣的竞争下就颓废了？我曾经跟随母亲到山的那一边去采茶，一大早带上夜间蒸好的土豆地瓜，就在茶叶地旁某棵松树底下啃食，土豆皮与地瓜皮招揽来的许许多多蚂蚁，触角就像巨商温州人一样灵敏。它们的队伍有如千军万马浩浩荡荡地集合，我往往故意将皮连肉多剥厚一层扔在地上，于是它们嘴上衔着美食得意洋洋井然有序地离开，它们幸许默默地感谢我的恩惠。虽然它们没有说话，没有感恩的眼神，但我确定它们心存感恩，期望与我约定再来。可是我却黄鹤一去不复回，让它们面对白云空悠悠，我愧疚。如今，不知它们已繁殖了多少代？它们的子孙光鲜么？是否也应社会发展农民工进城继而衣锦还乡？

夕阳落尽，飞蚊飞蝇盘旋头面，我与母亲各自挑着一担茶草回家，用麻袋装着，麻绳捆着，我一步一斜地走过一坡又一坡。母亲每次都回途帮我替挑；她挑着满担茶草咬紧牙关努力疾行，又飞奔回来。我母亲的双肩数不清掉过多少层皮，母亲最大的本事不是勤劳，而是隐忍，叮嘱复叮嘱我要继承发扬；我坚信自己秉承了母亲的诸多性格。出生卑微，不隐忍还能如何？

山间的野莓，紫黑的，朱红的，酸酸甜甜，母亲攀爬山崖为我采摘；用柴刀从崖壁上砍下来，让我坐在地上品尝，如今的任何进口水果也没它美味可口。家里养过一只老母鸡，爱生蛋，一月能三周天天下蛋，母亲视之珍宝，卖蛋可添置些酱油火柴以及农具。可是有一年，我的腿腹居然莫名其妙长了个硬块并且剧痛，敷遍亲友采集的土草，吃遍邻人介绍的药方，最后我落得面黄肌瘦，母亲毫不犹豫地将母鸡送进了我的肚子，我独自号啕。

我对这块土地的深情,缘于对自己的深情。我往往对自己残忍,对别人太慈良,被人、甚至被自己最信任的朋友出卖、背叛。可是,我依然活下来了,而且一天比一天光鲜。他们害怕时光逝去,而我却开心地接受时光的磨砺,我愈来愈生气勃勃,愈来愈欣欣向荣。

呢喃

情花
情潭

13 情　花

一

你的吻痕,是我身体最多彩的图案,那是一朵永不凋谢的情花。

你是我一个从降生就开始的梦;直至我遇见你,我才在梦中笑了。相遇与相识的人漫如繁星;唯有你,是皓空的一轮明月,将圣洁的光洒在我清梦。

你孤独地踏上归途,其实正是来路,我就在莫愁湖等你。你带着满袖秋风奔赴,我变成秦淮河畔古柳林,青青垂杨便是我的依依叮咛。

想你的时候,即便孤独,也不再有寂寞的感觉。

恨君不似江楼月,南北东西。南北东西,只有相随无别离。恨君却似江楼月,暂满还亏。暂满还亏,待得团圆是几时。

你在,无论阴暗还是阳光,心底都是晴朗;无论白天还是黑夜,心底都是安宁。你无奈地离去,非是叛离我,而是为了来日与我更久长地厮守。

二

从别后,忆相逢,万回魂梦与君同。

从清晨睁开双眼到午夜合上双眼,梦中呓语都是念叨你的名;从朝霞升腾到夕阳西下、星火满空都是牵挂你;从月牙初现到月圆满钵,每天渴盼都是相见你。虽迢遥之隔,天涯当咫尺。

我是如此全心全意、至死不渝地将你深埋。你我的情意就似排山倒海、汹涌澎湃、前仆后继的碧浪无垠之阔;也似天空数不胜数,眼花缭乱的星星。思恋就像空气,流动在时时刻刻、分分秒秒;纠结在四面八方,漫无边际。

长夜银河天际流,鹊桥顿解两情囚。天释女,地从牛,月牙住进柳梢头。

无论四季如何递变,地球绕太阳如何公转,从春分经夏至到秋分到冬至,无论昼长夜短的三伏天或是昼短夜长的三九天,如同沉迷在东风的温润与娴静,南风的潮湿与剧烈;也如同沉迷在西风的萧瑟与干燥,北风的凶猛与寒冷。这长长长长长长的萦念、追念、忆念、钟念、誓念、积念、盼念、遐念、痴念,哪里是说得完讲得清道得尽啊!

三

  我一夜一夜梦中醒来，拥抱的却是空空如也。我一次一次地梦到你关切的目光，梦到你磁性的声音，梦到你深情的双手。我只愿此生与你拥眠，埋进你宽实的胸膛。

  我要同你穿越这不朽的黑夜，穿越生命的沧桑和辽远，穿越俗世的春天和人生的秋天。我要同你穿越那无法穿越的死亡和永恒，穿越那遥不可知的未来和永不消散的静寂。

  在时光的隧道中，我的骨头醒着，为的是聆听你的脚步；我的身体醒着，为的是等待你的亲近；我的思想醒着，为的是迎接你灵犀的飞渡。我的灵魂彻夜不眠，为的是与你的灵魂相契相栖。

  冥冥约定了，在百花盛开时，我们相遇；在知了欢唱时，我们相知；在秋菊浪漫时，我们相爱；在白雪飘舞时，我们相守。

  劝君慕羡桃李花，桃李花开易飘逝。劝君景仰松柏色，松柏长青从不凋。

  一年四季，日日相好、月月相眷、季季相恋。

  人生若无相思饮，枉来世间走一遭。蓦然回首，发现我曾经的情，过去的爱，都不抵你一次牵手。我是如此忘乎所以，我是如此梦回依依。

  在这夏日如火之晨，我愿化成一只蝶儿，踩着你的足迹，追随你的身影，停靠你宽厚的肩臂，日也厮守，夜也厮守。哪管潮落潮起，哪管日头西东。

四

  前生我是你的女人,今生你用你柔情飞扬的文字牵引我的心魂。今生我依然要做你的女人,你将所有的柔情化成文字彰显你对我爱的忠诚。

  我积压已久的心绪此时哽咽成一串无语的诗;此时此刻,我为你落泪了,无声,却有痕。我不是一个容易落泪的女人,也不是一个轻易能让人走进心扉的女人。

  我看不见你的脸庞,却能看见你的眼睛,那是蓄满痴念的眼。我看不见你的身影,却能看见你的内心,那是溢满炽烈的心。手动处,怡风习习;眼流处,款款温情。

  你就是我大海中漂荡已久唯一的浮萍,我是如此虚弱地抓住你的衣襟,你的袖风便是我从容的喘息之地,倘若松手,我便窒息身亡。

  吾郎,我是你苦等千年的精灵,我等你在万古断桥,与你倚柳赏荷,与你植梅栽桃。

  吾郎,你来,请跟我来,让我们彼此阅读每一寸肌肤,让我们彼此描绘人间最美的风景。吾郎,吾爱,请莫迟疑,请莫彷徨,请跟我来,我一直一直等你在风口浪尖老地方。

  芳华皆尽不言弃,青丝银发为君系。

  我像一只彩蝶,悠游在爱波滚滚、爱浪滔滔的海洋。我折下世俗的翅膀,张开爱的羽翼翱翔。

五

  能陶醉我的,不是花香,不是甘霖;能陶醉我的,不是月夜,不是醇酒;仅仅是你那轻轻一握啊,是你离去时的匆匆一眸!

  你就这样把我仅有的心盘占据了,无以复加。你就这样把我整个的魂魄夺了去,万劫不复。

  不认识你,不知牵挂是如何之重,不知思念是如何之苦,我这满腹思量,为你雀跃,为你恍惚。我要踏破这漫长夜空,为的只是听你一声轻唤。若是你看见了天空中飘着一朵孤独的云,那是我等待你的嫁衣。

  我不需要你炽烈的情,也不需要你火热的爱,我只要你那浅浅一吻,你已经嵌进我的心窝。

  我愿意做你一世的丫环、一生的侍妾;愿意为你烹煮,愿意为你磨墨。坐看云卷云舒、静听潮起潮落。

  我愿意幻化成一只百灵鸟,在春夏秋冬的每个日子,栖息在你书房,吟一曲轻歌。

  君若有情,记取早起,莲叶那滴滴水珠,便是我彻夜低泣。

六

  为君消得人憔悴,衣带渐宽终无悔。悔的不是情啊,而是不适合的时间埋了不适合的相思。绿树成荫子满枝,恨不相逢未嫁时。

多情自古空余恨,我是一介独行客,终年漂泊在荒凉的山野;我这杆经久闲置的猎枪,却为你磨得亮堂堂。我愿意抛却所有的优越与安逸,与你栖居峰腰,那是我的天堂。

你带着忧郁的双眼狂奔在喧嚣街头,为的只是找到千里跋涉疲惫倦困的我。我就在急切的喘息中醉眠,不愿醒来。

你沸腾了我前世今生的血液,你加剧了我此生来世的脉搏。你是如此虔诚地寻访我的印记,你是如此执著地踏遍我的足迹。

你不在,时刻都是旅程,有你伴随,哪里都是终途。我寻寻觅觅凄凄惨惨悲悲切切在任何繁华都市或村野山庄,风干成一座望君石像。

在你面前,我失了矜持,还了本真。我就那样瘫痪成泥,与你缠绕成大地千年的老藤,缱绻成大海永远的潮汐。

七

你是一尊天神,忽然降临在我人生的窗台,注目、回眸。你用你炽烈的情、用你滚烫的汗,燃烧我沉寂的心扉,沸腾我平静的心湖。

你是我唯一的清池,供我氧气、任我悠游。海洋之大我不羡慕,江河之广我不向往,我只愿在你寸尺之厚的胸河畅游,我只愿在你明澈的眼波中舞走。

假如你梦见了南国的春天,你经过了哪一树茶花,又离开了哪一园的玉兰。假如此刻你依在梦中,梦见了一场雪,哪一朵雪花是你的,你又经过了哪一条布满雪花的道路?

如果你循着往年的途径找寻我,我就在你灵魂的最深处,锄土、浇水、施肥,你灵魂的花园四季如春。

春夏秋冬情常在,风花雪月恋由君。一曲梁祝世代传,教人断肠直到今。

我一个人在风雨中徜徉,我的头发湿了,我的衣衫渴望火焰,渴望温暖;而你不来,我的心满湖汪洋。

如果有人咬着烟嘴,在无白的夜色中穿行,黑暗覆盖一切尘世俗事,唯独吞没不了这点火光。

八

相思到痴时,非诗亦成诗。诗来寄相思,方知诗也痴。

今夜我虚度年华,今夜我奈何美景,今夜我在你的来生飘零。

今夜我头枕寂寞,今夜我怀抱孤独。君在星河哪一处,请给我指明寻你的去路。

你的笑容就像二月的桃花,我在与不在,我伤与不伤,你都肆意纵放。

倘若人生可以重来,我愿抛弃所有繁华,朝守夕随,昼依夜伴,我愿我的生命纯如白雪,只允许在你温暖的手心融化,融化成一潭圣水,请你缓缓缓缓却又烈烈烈烈地撷汲。

此时,我的心柔软成一团棉花,净洁地期待在你的怀里盛放。我倚窗冥想,向北凝望,心魂起航。

吾郎,来吧,无论你踏着晨露,无论你披着月光,我就在你魂飞灵舞处,等你一同翱翔。来吧,不管你飞黄腾达,还是失意彷徨,我都是你安全栖息的故乡。

云彩朵朵,那是你寻找我的身影。落叶飘飘,那是你追寻我的脚步。

我便是你凋萎的冬日那抹唯一的新绿,带给你春的盼头。

九

你沿着我沸腾的血脉而来,你沿着我充沛的经络而至。我亭亭玉立的娇容便是为你伫候,我枝繁叶茂的风姿便是为你盛放。

你带着一股茉莉的醇香轻轻将我靠近,你那一袭洁白衣裳与我裙裾共舞在晨昏雨露。你悉知我千年万年孤独地守候,从此不允许我寂寞;你将与我同掬春的清露,夏的星光,秋的月色,冬的寒霜。

四方之内,云水为之,山林广盖。君为水漫,随波浮荡。山为所被,暖心藏身。

岁月悠悠,静观流水付东流。离泪点点,遥赏落花度春秋。是谁偷裁了月的婚裳,是谁剪下了星的面帐,是谁佩戴在我的身上,是谁将青山做了新房,我就这样,无语无媒成了你的新娘!

吾郎,吾爱。让我驻守在你的胸膛,那是我永远的温床。让我植入你肥沃的土壤,在你体内营养、发芽、茁壮。世间草青花艳,可你心无旁骛,只愿一棵施肥、浇水、盼想。

菜花香,杏儿黄,清风细柳落影旁,娇燕难成双。暮色凄,春水凉,一壶浊酒饮残阳,相思欲断肠。

十

　　吾郎,你的到来,是一首经典的老歌,锁不住魅力无尽的光芒。

　　你的明澈,是岁月抹在你脸上的阳光。踏过荆棘透彻生命的真谛,成熟如你,温雅如你,神秘的诱惑和底蕴,是我人生最深刻的哲理。

　　昨夜,我又梦见你了,在浓荫的桑树下。阳光枝头栖着蝴蝶,桑椹累累,红的红得发紫,青的透着芽尖。

　　你是一介苦难中挣扎和贫瘠中煎熬的农夫,却见证了我开花的土地与村庄。

　　秋雨春花,季季零落。没有你的怀抱,我便是那株扶桑花,日日盛开,夜夜谢凋,孤芳自赏。年年复年年,朝朝复朝朝固执地轮回,苦守。

　　星河遥遥,你要奔赴我的七夕,我要苦渡你的鹊桥。

　　你不用月下悲秋,也不用顾影自怜,我是小乔初嫁正风茂,恰合鸳鸯蝴蝶梦春,恨未逢早。

　　岁月随光去,度尽人生春和夏,留守季节秋和冬,品不完的浓情。

　　雁归人未归,无怨唯有痴。

十一

　　春雨满空来,相思似花开。不知何处诉?真个任君猜!

我在爱情路上寻寻觅觅兜兜转转了万千回,我跌跌撞撞恍恍惚惚地留下了千疮百孔,感激你收留我成为你的新娘。我的身体每一处开满花朵,渴望你的浇润,期盼你的摘取。

你是一匹骏马,咆哮在我的长空,飞驰在我的原野。你是一介勇夫,时刻准备齐装待发,时刻准备着精良兵马。

在疏星朗月,在雾日彩霞,掖一管笙啸,带一弦琵琶,纵横在我花园的撒哈拉。

你是最美的风景,你头顶蓝天白云,你脚下碧波荡漾。只要你目及的地方,都是经典的桃花岛。

我们看遍桃红李白,我们尝尽苦辣酸甜,我们游尽五湖四海。四方屋舍,在那种桂香,植莲塘,我在你胸膛的田埂上,飘然起舞,眉宇巧笑。

岁月带走我娇艳的容颜,可带不走我依然为你灿烂的青春,我的心房还是一个情窦初开的姑娘。你看我见到你的那份惊措,你看我握紧你手心的颤动。

十二

春来了,而你却未来。头顶飘忽的云朵,可是你偷望我的脚步?身边零散的落叶,可是你追随的归途?满园迷离的桂香,可是你倾诉的情衷?

我活着,像云朵纠缠天空一般纠缠你;我活着,像落叶痴恋大地一般痴恋你;我活着,像香火虔奉香客一般虔奉你。

柳丝长,春雨细,花外漏声迢递。

我在哪一个季节都等你,种子发芽,柳枝吐绿,玉兰芬芳。我等你,在茶花树下,在杜鹃花丛,直到落英铺满我单薄身子的道路。

我不要你迷失在繁喧霓虹,我要你怀揣着我的一缕青丝,那便是千古盟誓!

不眠春夜,花枝袅袅正俏,星疏月瘦负良宵。微送寒意,惜叹无人添裳,怨郎无声别遥。寂身无归处,何日卷帘,莺燕重交好?

吾郎,吾爱,你的生命就是诺言。你用你坚挺的双肩扛着勇气、信心与世俗,你用你渊博的智慧诠释人生、思想与信仰。

楼头残梦五更钟,花底离情三月雨。

十三

我的唇齿间还有你的清味,我的心房还有你的心跳,我的魂灵找到了抵达你生命的捷径。

卷帘望疏星,牙月挂梧桐。晚风沾清泪,不知心何伤。

我沿着《春江花月夜》的线条,串起一点点的血泪,化为浩浩波涛,灌溉你干枯的心田。凭借线条的行进,传达我心的律动,拥抱你的共鸣,荡着小舟,飘向无际的天涯。

我愿做你永不疲倦的画卷与书页;我愿做你永爱歌咏的词曲与音符。

那如洗的月光,就是陈年的老纸,请记录下我对你洁白的诉说。

明月不谙离恨苦,斜光到晓穿朱户。

我的血管装满你的温柔,我的经脉流动你的关怀,我的细胞凝结你的痴情。在你的怀里,你诠释了我生命的主题。

你的名字驻守在我齿间,无止无歇,一遍一遍地呼唤,一次一次地咀嚼。

假如我死了,我也要将你的名字,刻在我的骨骼里。

十四

你是雨,春眠不觉晓的夜晚,你把问候飘洒。

霏霏扬扬,落在窗台的晒衣架上。轻轻地,柔柔地,执拗地敲击,带着刚毅,带着诗韵,带着浓情。

辗转反侧,滴滴晶莹是你苦等的清泪。我将理智毫不迟疑放下,爱裂变成巨大核能,放射出独我的相思。

防辐射的窗玻璃,如不可触摸的无形的手,至情至爱的情思,碾成一缕轻烟。

天海缱绻,地水缠绵,花树泽润。隔岸伫望,目视北方。雨水敲打声,车轮疾驰声,波浪翻腾声,礁石呐喊声,切切急急,喧喧攘攘。

花自飘零水自流,一种相思,两处闲愁。

在如此一个花样年华,我要为你抒写,仅为你抒写,我心中柔情蜜意的爱恋。

让你穿越我的海,无论翻涌与静默。

瘦影自怜秋水照,卿须怜我我怜卿。

十五

　　吾爱,你莫忧伤,我们一起幻化雨滴,飞向苍穹,在空中我们缱绻成一朵雨云。大地回春,大梦觉醒,爱的呢喃在春意盎然中弥漫洇化。

　　仰望天空,有一朵雨云,那是你我的结晶。雨云痴缠,碾磨成泪。漫过山峦,在千古的世外桃源,共同播撒爱情的种子。

　　春雨沁漫花园,让我们激扬文字,涂抹高远的梦想;春雨穿越山庄,那是我们互相砥砺的殿堂。

　　无情不似多情苦,一寸还成千万缕。

　　似水的江南,我是你如梅一般的后,我的冷峻只因距离了我的天堂。你流淌的血液,在这草木疯长的季节,也同样浓烈透亮。

　　天长地久有时尽,此恨绵绵无绝期。在天愿作比翼鸟,在地愿为连理枝。

　　你的注视,曙光提早。你的呵护,星月闪耀。你的疼惜,欢心舒畅。你的爱抚,青春不老。

　　我要你深情的眼神,永远在我身后,默候我坚定的脚步,英姿前方。

　　落花人独立,微雨燕双飞。

十六

　　吾郎，请你踏着月光来，请翻阅我每一页书画，请朗诵我每一行字文。你每一次翻阅都是崭新的花瓣，每一行朗诵都是滋甜的蜜糖。花瓣为你盛开，蜜糖为你芳香。

　　情怀窦开的明月，撩开一层层云雾的曼纱，迫不及待地飞驰，寻找她心中的帝国。嫦娥为谁动了凡心，又是谁能惹得嫦娥冰洁衷肠，万载千年万寻千觅哪一位失信的郎君？

　　夜月一帘幽梦，春风十里柔情。

　　吾郎，你是一匹永不知倦的战神，昼夜驰骋在我广袤的边疆。你眷恋在我茂密的草原、湿润的土地，我是你来世今生最旖旎的风光。

　　夏日，我给你最清洌的甘泉。冬日，我给你最温暖的体贴。春日，我给你最丰美的花瓣。秋日，我给你最可口的硕果。

　　只要你不放弃，我将你朝朝暮暮日日夜夜收埋在我枕边。只要你不厌倦，我将你时时刻刻分分秒秒怀想。

　　炎酷不枯，寒冷不颓。我要你攻我的城，我要你掠我的地。

十七

　　你的身体是我的王庭，你的胸膛是我的龙椅，你的发丝是我生命的垂幔。我愿意桎梏在你唯一的手心，哪怕我漂洋过海，哪怕我天涯流浪，依然逃不出你温暖的情掌。

为你昼夜兼程是我誓死无悔的快乐,星儿累了,月光暗了,我的眼睛明亮;你就在我咫尺的地方;你在哪里,哪里就是天堂。

　　我期望在广袤的黑暗中醒来,你的爱就是黑暗,将我彻彻底底吞淹。我氤氲在星月的曙光中醒来,你的爱就是黎明,将我完完全全透亮。

　　晴也惦念,阴也惦念;好也牵挂,恼也牵挂;近也相思,远也相思;只有牵了你手的手,才感觉踏实;只有贴紧你的怀抱,才明白世间风情与温柔。

　　从来不在人前落一滴泪,却总为你一个人而哭。从来认定自己坚强,却不由自主在你面前软弱。

　　我不再彷徨失措,我不再寂寞无助,你的肩膀是我余生唯一的依傍。

　　鱼沉雁杳天涯路,始信人间别离苦。

十八

　　思念你的感觉,犹如稻谷体验成长的忧伤。

　　让我追逐你每一朵浪花,让我顺着河流的方向,奔向你,投入你的怀抱。你一波一波向我袭卷,渴望将我吞噬。你一浪一浪高涨起伏,倾尽你所有力量。

　　我情愿是你岸边的一粒沙,一只贝,贪恋潮水,隐匿浅滩。我无需亮丽,依然吸引你的深情,让我沉醉你的博大,深入你的浩瀚。

　　我多么渴望寒冬雨夜,与你剪烛西窗,温一壶美酒,听雨打芭蕉。

你饱含馨温的话语在我耳边流淌,你修长柔情的双手轻拂我的发丝;我什么都不需要,循着你的眼眸,无需言语,无需清歌;你的呼吸是最经典的音乐。

我在你的枕边起舞,你不朽的魂灵是我永远的风向标。

不慕蜻蜓,不羡鸳鸯,我们共数虫声,短短长长,是为我们的婚床奏响。

吾郎,我愿意看着你的青丝变白,须发苍老,一切繁华不再,所有容颜憔悴,你依然是我安躺的温床。

十九

那盛满的一杯杯啊,就是我无言的清泪!你且哽咽饮下吧,解救我断肠柔情!那闪烁的一柱柱啊,就是我无语的眼睛!你且暂停凝视吧,诉说我眷念无休!

我醉了,醉的不是酒,而是情啊。醉得何止是情啊,醉的是我生为柔肠侠骨女儿心。

我醉了,醉的不是情,而是我的髓啊,我醉得神魂颠倒,把你的笑颜溶进血液里头!

天若有情,请赐你我长生不老丹,让我们余生余世,举案齐眉,琴瑟和鸣。

你说,你愿意阅读我《情花》千万遍,你说,《情花》每个字都让你陶醉迷恋,我要为你千古绝唱,唱得北极酷热南极汪洋。

我们坐在地埂上,你吹口琴我曼舞,你拉二胡我弹唱。

让我银发飘舞在你肩头,我们牵着手拄着拐杖听一曲钗头凤,畅吟一首十五的月亮,蹒跚着走向生命的夕阳。

二十

如果有来生,请在露珠晶莹的春天等我,我一定像纯洁的玉兰一样朝你盛开。如果有来生,请在橙黄橘绿的秋天等我,我一定像金黄的稻穗一样等你来收割。

如果有来生,请在黑夜里等我,我会是你的火焰。

请在黎明时等我,我会是你的晓星。

请在你生命的每一分每一秒等我吧,我一定会扬鞭策马,昼夜兼程,奔赴你生命的每一场盛宴。

请一定在千年的红豆杉下等我,一定在前世的古渡口等我,你不必望眼欲穿,也不必望穿秋水,我就在你今生来世的灯火处,向你低眉,向你歌笑。

滴不尽相思血泪抛红豆,开不完春柳春花满画楼。

吾郎,寒窑棚舍是我们的桃花岛,我知道,我渴望之所正是你神驰的地方;让我们织就世上最锦绣的绸缎,让我们著写最华丽的篇章,让人们妒忌得流芳百世。

二十一

我在荒漠中寻找你的那抹泉眼,我千饥万渴,我千焦万虑。

我们一起吸蕴朝霞与夕阳,收集晨露与星光,缠绕成万里长城,缱绻成万古长江,挥霍我们所有的青春,纵情我们所有的力量,恣肆生命的乐章。

我用朝露洗濯我的双手,我用紫丁铺就我的道路,我用生命的盎然妆点我的魂魄。仅仅为了你,仅仅为了迎合你的春天。

吾爱,吾郎。你用那双灵动的手,在我玲珑的身上,绘就世间最溢彩的风景,描摹世间最精韵的线条。

在你胸膛眠床,在那小方天堂,数流星,赏月亮,品文章。

吾爱,你是我掌心的云彩,飘啊飘啊,在我的灵魂中百世缭绕。我在水边彷徨,我仿佛听见你涉水的声音,一波一波,浸润了我的心境。我的梦因此有了南国烟雨的迷蒙,有了在水一方的憧憬。

二十二

三月寒微春色浅,疏柳点点小桃红。斜风细雨谁解意?醉人春波鸟鸣中。东风有信舞春岚,轻云万里送朝晖。侧听山鸟声声慢,揉尽霞丝衔香归。

我外披孤独,我手提寂寞,等待身着笑容的你将我淹没。

你无声的脚步,却能感知你的靠近。你所有的言语,仅需一个眼神传递。

许多时空擦肩而过,许多遗憾常留心中,满脑子萦绕着你的春华与温柔。人生之憾不可避免,所以珍惜。而正因憾,倍感可贵真情。

明知你我在人生的路上已擦肩而过,我却固执在此为你守候,用我的余生。

痴情莫如无情,经不起,相思摧残,心力焦竭。多语莫如无语,宁孤枕,一味忆念,南北东西。

吾郎,唯你读懂我的举手投足,你读懂我的渴望方向。请带领我,在花海中,在草丛中,在荒芜中,在山野中,完成苍天恩赐我们的使命,将炽烈的情、火焰的爱进行到底。

二十三

在你我走过的地方,会生长男人的骨头,生长女人的妩媚。在那些布满足迹的地方,繁花遍地,所有生命无比盛开,所有空气清新召唤。

隔着山,你能听见我燕子一样的呢喃;隔着海,你能闻到我青草一样的气息;隔着冬天,你能听见我在草地上奔跑的脚步声。

爱人啊,无论我在何方,你都能感知我的跳动,都能感知我生命的每一缕细微的颤栗。

绵长的思念如万缕蚕丝,永恒的牵挂如沙数恒河。高山大川、白云蓝天,均抵不上你肩头一臂。你是荷塘渡我的舟,你是春夜伴我的烛。

你是我生命中久远的光亮,我因你此生辉煌。

世间道路千千条,君指引方向。世间眼睛千千万,君贴心牵肠。

你我共同的伊甸园,栽满未来和希望。我们身披霞光与月光,一同撒种,一同施肥,一同锄草。

我们见证青禾的成长，无论枝头高昂还是硕果弯腰，都开怀大笑。

二十四

那荷塘繁茂的不是莲叶，不是绿水，不是流风，而是我无处种植的相思。

那蛙鸣是我传递的呼唤，那露珠是我结晶的泪水。我在水面追寻，你在哪儿，你在哪片阔大的莲叶之上？

我企望这样的迷失：在有你的月夜，在你撑开的伞下，那都是我的天堂！

我情愿卧在你的盘碟之上，做你一生的美食。

你的温柔是我唯一的出路，我半生颠沛流离、桎梏在荆棘囚地，愿意让你滞阻，愿意为你停驻。

银河两岸，你的明眸力架鹊桥。你是我心头永远悬挂的钟，每分每秒一起跳动。

我是那清纯而热烈的梅海，一起迎风逐浪，一起伴看夕阳。

蜂儿围着欢唱，蜻蜓围着飞翔。蓝天见了羡慕，流云见了弯腰，蜂儿见了嫉妒，我们笑到天荒地老。

吾郎，你的车轮碾过我的来世今生；我是你无以回避的沙尘，注定了黏附你的灵魂。茫茫人海，路过的无缘的终究淡忘，相知的缘定的终其一生。

二十五

　　我只是带着一介肉身穿梭在世俗的街道,为你留一身清纯。无论我寄生在哪里,我的心灵永远安放在你熨帖的怀里。

　　你是我一生珍藏永不愿喝完的香醇,你是我无法自拔的一往情深。我甘愿为你要一场焚心似火的粉身碎骨,我甘愿为你要一回万劫不复的体无完肤。

　　吾郎,请带走我,时时刻刻带着我,哪怕流浪在遍布荆棘的地方。我们不需要名车豪宅,我们不需要海鲜佳肴,我们不需要掌声,我们只要一双手紧握一双手,一颗心紧贴一颗心,大地是我们的婚床,知了奏乐,青蛙击鼓,夜莺欢唱。

　　你的文思穿越千年时空,你的情怀融化万里山脉,你的执著,让无际的沙漠变绿洲。禁城不老,松江欢歌。

　　那柔柔的软软的怀抱,是我梦中永恒的呓语。那急急的切切的相拥,是我今世余生的渴望。既已赐我相思的砒霜,请再赐我芳香的鹤顶红,一起远航一起断肠。

二十六

　　倘若你滴汗,那是我的烈焰。倘若你寒冷,那是我让你感知别离的苦楚。倘若星光熠亮,那是我追寻你的眼睛。倘若雨浸大地,那是我伤怀的哭泣。

无尽的思念,恨不登上神舟降落身旁。

即便时空不许,只要回眸我便心花绽放。爱到真时,心力不足。情至深处,忘却何为痛楚。

请别蹙紧眉梢,我已上路,我已飞奔上路。穿破浓重的夜幕,一直向北向北向北。

你远远的身影开放成一朵心花渐渐向我靠近,你扬长了眉梢,屏住了呼吸,只是因为见到被流光隔绝的我。

你谦谦的笑容,此时幻为一束闪电,击中我坚固千年的心房,等待你撩开帷帐。

二十七

无论你在哪里,我的明眸时时注目,我的温暖寸寸穿透。

我们笑面风云,用我们纯粹的情纯洁的爱呼唤真的伟大、善的温良、美的精彩。

前生,我定是一尾七彩蛇,匍匐在你跟前娇吟绵绵;前生,我定是一只七彩蝶,穿舞在你身边翼裙翩翩;前生,我定是一头七彩狐,隐居在你周围狐视眈眈。

金风玉露一相逢,便胜却人间无数。

我们骄傲地高昂,不屑世俗的眼光。

枕前发尽千般愿,要休且待青山烂,水面上秤锤浮,直待黄河彻底枯。

吾郎,前方万道霞光,招迎我们观赏,你为我朗诵一篇荷塘月色,我为你轻舞一曲曼妙霓裳,让我们的爱乘风破浪远长无疆。

二十八

月蒙蒙蒙月影清幽,云烟烟烟云语还休。
风啸啸啸风伴闺楼,雨霏霏霏雨洗伤愁。
星朗朗朗星君双眸,泪纷纷纷泪并肩走。
雪飘飘飘雪涤心尘,路迢迢迢路不分手。

就算我是荒漠中的一粒沙尘,就算我是洪峰中的一颗水珠,我依然愿意为你晶莹期待。

我是海潭的一尾千年鱼精,终年搁浅在涂滩。耗尽我毕生的眼泪,气若游丝地苦等你的脚步;你用蓄满温润的手,将我放回碧波。你若不来,我断不会轻易命亡。

我用我深情的眼眸痴痴地将你背影收埋,藏在我千年深渊的胸怀。我若不在,君断不可离去。

死生契阔,与子成说。执子之手,与子偕老。

你是我热望的海,我矢志不渝地跳进涛浪,为的就是与你至死一起演绎一个神舟般的传说。

停笔殷勤重寄语,词中有誓两心知。

二十九

吾郎,你是我灵魂的摆渡人,是我心智勃发的滋养者。你的融入抚慰与惠赠,溶化我心中一生郁积的冰垒,让我找回多年丢失了的魂魄。

我所有不可遏制的力量,不停喷发的激情,蓬勃向上的渴求,都是因你而生,而长,而存。

一愿郎君千岁,二愿妾身常健,三愿如同梁上燕,岁岁常相见。吾郎,你的激昂慷慨,不吐不快;足以让我赴汤蹈火,放纵我的烈焰,熊熊燃尽我余生的光芒。

你是我的浓烈海洛因,你是我的浓烈蒙汗药,我坠入你的滔天海浪。

你是我沦落天涯漂泊无定的救赎主,是我终年寻觅心中嘶喊的乡土。在你怀中感受归乡的踏实,你是我唯一感知喜悦的归属。

你是我的眼睛与心脏,辨分是非净浊,调度快慢跳动,你定我生死存亡,年寿延终。

梧桐相待老,鸳鸯会双死。

三十

吾郎,吾爱,我是烈火中翩舞的彩凤,我是云霞里高歌的孔雀,我用我的凤仪我用我的雀屏装点你宏伟的人生。

你是我的匪,任凭你在我的心内横行霸道;你是我的盗,任凭你窃取我的所有。

你是我今生唯一的磁波,任凭万里吸附;我是你今生唯一的通途,任凭越界无处。

我们在俗世凡尘中一同扬起眉,对着肩,踏入肺,驻进魂,流着泪,迎接人间的赞礼与轻蔑。

我们的四方斋就是我们的净土,纯朴的剖白、纯粹的相悦、纯洁的爱恋。

纵使万物流亡,我们的情花植遍地球,开遍星球,传遍宇宙。

莫道不消魂,帘卷西风,人比黄花瘦。

三十一

吾郎,我只求与你两情相悦,厮守缠绵。

我不要海味山珍,我不求玲珑绸缎,一粥一面已够我们饱腹,一床一被足够我们幸福。我是一片未经开垦的荒田,经年守候僻地,为的就是等待你神圣的耕耘。

你抚过的大地,荒田变绿禾,你每撒一粒柔情的种子都能长成大树苍天。你落在我唇边湿润,浇灌我荒芜的心田,枯枝重新发芽吐绿,茁壮成森林茂密。

来吧,吾郎,你狠狠地不遗余力地开拓,我们一起勤恳努力,将山河改变。

你来清数我渐渐泛白的发丝,每一根都在期待,每一节为你生长。

你在我的怀里,只是一个男人,一个强壮健硕英勇坚毅的男人,我就是一个愿意为你奉献所有风情万种的女人。

我们无需文字,我们无需言语,我们的身体是一尊万国语言,密码在爱的呓语中自译。

三十二

吾郎，吾爱，我们蔑视权贵，满仓黄金不及我们春宵一夜。我输送你最怡然的清风，你传递我最盛气的酝酿。我愿意在你怀抱下窒息尽亡，谈什么地位贪什么荣耀，生不带来死不带走，光环都是自欺欺人的虚幻。

我宁愿做一个真真实实的女人，与你来一场鬼神哭天地泣的欢爱，时光悠悠，乾坤朗朗，何计冬夏春秋，何计天长地久！

我要你深入我的辽阔我的肥沃。

吾郎，我就是一棵生长在荒山野岭的相思树，雷电击不垮，风雨摧不倒。

你湿润的唇舌犁遍我的全身，蚕虫不及你的彻底；你强劲的力量击醒我的细胞，黄河不及你的奔腾；你轻柔的指尖划拨我的骨骼，贝多芬不及你的音色；你甘甜的吻痕形成画绢，凡·高不及你的描绘。

青山不老，深水静流。

三十三

你浓烈的爱意将我燃烧，火山不及你的凶狂；你倾尽的滔滔热血，长江不及你的雄壮。

你带着火焰同我踏破冰河，泱泱水域。

我用我沙哑的喉,唱醉长江,唱醒月亮,只让你注进我的血液,生生交合,世世相融。

　　我愿这刻大地干涸,只能你给我丰泽;我愿这刻黑夜封锁,黎明不要来到;我愿这刻欢愉终结,同赴来生。

　　我们一起弹奏世间最动听的音符,请萤火虫伴舞,请夜来香入帐,我们一起收割青草一起天空飞翔一起游牧长扬。

　　我们来一场旷世婚礼,你带着你满腹的文采作聘礼,我披着我一身的诗情做嫁衣,我是你的后,你是我的王。

　　吾郎,吾爱。我是你永生采摘的花朵,我夜夜期待你采摘的脚步。我为你开放成一朵明艳的太阳花,只要太阳不沉落,花儿永不凋谢。

三十四

　　一条在我心中荒凉又陌生的路途,却成了我今生不能搁浅的追逐,你是我夜以继日的归属。

　　晓角分残漏,孤灯落碎花。

　　吾郎,请带领我北骋南驰乘风破浪,我不怕水长山高峻峰崇岭,你驻足的地方,便是我的伊甸园。

　　吾爱,让我们摒弃世俗的枷锁,在我们自己的领地,尽情地雪月风花,让我们的烈焰燃烧成独一无二的旷世情花。

　　我是那轮独坐在高台上凌空遥望郎君的羞月,四周空荡,深邃浩渺,渴望君穿越林雾云海,共会佳期。我是你今世最美的小婵娟,你是我今生最美的少年郎。

吾郎,你是那棵天池的翠松,四季葳蕤。我们是终年葱茂,风雨摧不残,雷电击不败,霜雪压不倒的情侣树。

你是我窗台那串连绵不尽的清雨,淅淅沥沥,长落不息。

我掬手轻拂你的专情,那是我盈盈的泪滴,交汇成一首贝多芬的曲子,任意抑扬顿挫高低徐疾。

三十五

红尘中,到处充满风流,我只允你进入我的矿泉,你用你的坚实刚威,寻幽探秘,一厘一厘深入。

我是你努力挖取的一方奇玉,璀璨夺目、晶莹透亮、温润芳香。请你大胆采掘、钻凿、输送。无论你旋转、横空、迂回。我都日夜张望,成为你生命中的珍藏骄傲。

良辰美景胜新房,小窗低吟留华章。不慕王谢与崔卢,宁效梁鸿偕孟光。

我们历经荆棘,满身残伤,唯一在愉悦中不治而愈,我们的拥抱就是最好的疗养。你是那地火岩浆,喷薄成气壮山河的锦绣。美景古今殊,天堂在人间。

吾郎,我的生命早已成为你的血液,我的灵魂成为你的经络。

让我们相互攀顶,探寻生命终极奥秘的血脉贲张,淋漓尽致魂灵飞升丰美身心,一同欢赴圣地笔会。只邀请萤火虫溪蛙山龟;点燃的蒿火旁,彼此打开通宵阅读。舌尖将美文发表在每一枚毛孔;除了月光,不让任何人浏览。

吾郎,你说情花是世间最率真的文字,最经典的音符;你说你愿意身披情花走向极终。

岁月追风人,月上柳梢头,人约黄昏后,此生只为了你来批阅我这部丰厚长篇。

待我白发苍苍,我再为你写一首倾世《情花》,朗诵成唯美的歌谣。

三十六

你是我唐朝的皇,你是我抱梁的尾生,你是我化蝶的梁山伯,你是我朝思暮想的放翁,你是我鹊桥相会的牛郎,你是我宿命的西楚霸王。

昔我往矣,杨柳依依;今我来思,雨雪霏霏。

那百鸟朝凤的婉转是我为你倾诉的心声,那不灭的星光是我为你照耀的希望。那未圆的是前生的梦想,那阴缺的是今世的遗憾。

鲐背之年,我依然是你天真的丫头,无邪的毛孩,掌心的珍宝。

情花无色,却是我不变的誓言;情花无味,却是你永恒的承诺;情花无形,却为你盛放春冬秋夏。

青青子衿,悠悠我心。但为君故,沉吟至今。

他日鬓发苍苍,愿能记起岁月有位女子,为你,独独为你,写下这虔诚心意,耿耿字迹,一朵无语的情花为你盛放在海角天涯!

生生世世、不离不弃。情花有花语唷——

圣情之花!

14 情　潭

一

你是我逐浪的帆，是我抚弄的弦。

你是我飞舞的蝶，你是连理的那一枝。

你是我生命的圆。我奔跑，跳跃，逃脱，可我始终挣扎不出你温柔的半径。你是我生命的潭。我蝶游，蛙泳，飞渡，我愈拼命离开却愈沉陷，直至淹没在你的大海。

在无法逆走的时光里，我丢失了你的背影，听不到你的欢笑。所有的风景可有可无。红叶颓败，相思残酒。

我将时光的杯子都摆开了，壶中的温柔飞腾了水花，你却不在，那一杯杯的滚烫，谁来饮啜。

在漂白的月色之下，在青葱的夜光之中，我独坐，你在月色的哪一远处,在夜光的哪一隅。

天幕上,那片明亮的云影,走着你,一朵一朵,缓缓地,融入我心的河床。

即使我找到了异乡的街头,可我找不到异乡的春天。

即使我在异乡的春天彳亍,可我遇不见你,我玉兰一样的爱人啊!你带走了我毕生的盛宴,以及前生的繁华。

二

我在寂寥的旷野,衣衫褴褛,步履跟跄。

西楼无语。

我走不出满园的相思。

夜愈深思愈狂。隔帘凝望,幽空迷漫,思飞北天。所有记忆,萦迂眼帘,缠绕我朝暮。

你送来三世柔情,醉透我的心,让我永远难醒。

你柔软熨帖的话语如厚厚的书卷,句句刻入我的心,字字渍入我的髓,叫我失魂癫狂。

你丝丝缕缕的情语,如名曲回旋耳边,似名画痴迷我的瞳孔,如理查德·克莱德曼钢琴,似听一段古韵弦语,激越入肺,韵味浸耳,又如饮茉莉,馥郁芬芳,回味悠长。

润物有情,催花无语,大地回阳,万物复苏。春未来临我思春,春刚来临我恋春。

东风吹绿又一年。不期然中,春燕飞到我爱的枝头,对我唱着悦耳的歌。

你以飞蛾扑火的姿态,奋不顾身的为我奔来。

始之迷惘,继之狂癫,我灿烂的笑脸让朝霞也暗淡无光。

唯你读懂我半世的凄凉,听懂我脉跳的音符,了解我心底的渴望,从而氤氲我灵魂深处的情殇。

你注定能给予我一生的乐,能分担我一世的愁。

三

你着一袭海蓝的裙裾,袅袅婷婷,从天宫婉嫚降落。

娇柔的脸,乌黑的发,纤长的指,明媚的笑,眼里的温暖,都成为我心藏的底片。

关关雎鸠,在河之洲。窈窕淑女,君子好逑。

净雅如天使,青丝如瀑,纤腰如柳,玉指如笋,碎步如风,吐气如兰。

你光洁的肌肤,唤醒我沉寂经年的心扉,你那袖风充盈着迷魂的气息,一寸一寸地不由自主地迷乱我的脚步。

吾爱,我的唯一。天生丽质出淤泥,优雅高贵超凡尘。你集美貌、才情于一身,刚柔兼济。在我心里,你笑颜倾城,你气宇倾国。你倾倒我坚固尘封几世的堡垒。

你送来的春里,充满柔情的诗篇,醉了我的心;暖意的细语,酥了我的魂。在时光的轨迹中,在茫茫的红尘里,佛让我们再续前缘。

我冰封的心河,开始融化,唱起了欢乐的歌。

眉眼低垂处,那抹羞红。

　　想到你给我的一地芳馨,与你欢欣的泪光同翔。

　　奏痛垂泪的心弦,感谢上苍,憧憬着你夜夜如约,进我梦乡。

　　心中漫遣思念,一次次注释着你的回眸,描画着你的笑靥,欣赏着你的娇媚。骤然发现,尘世之花,朵朵开放;没有一朵如你这般艳丽,没有一朵如你芬芳。

　　吾爱,你来或不来,我都会虔诚地无惧风霜地等你。你留或不留,我都会义无反顾地在此仅为你守候。你在不在,我都会追切地奔赴你玉足踏临的仙乡。

四

　　雨,无始无终。灵魂浸入细密的雨幕。

　　叶儿青,花儿艳,翠翠绿绿,生机盎然。叶片上花朵上,晶莹的雨珠,娇美欲滴,如美人的脸,洁净明丽。在遥远的地方,雨的那一端,你是否在朝我的方向,驻足凝望?

　　何当共剪西窗烛,却叹聚期未可期。

　　花儿凋零,砰然心惊,谁能挽留?零落成尘,转眼了无踪迹。想人生何不相似,此际呢喃,转瞬恩怨恨仇。刹那美丽,繁花落尽,谁还为你癫狂?

　　此景,此念,惆怅与凄凉。

　　落英伤满地,誓死随飘零。愿得一人心,白首不相离。

　　吾爱,谢你舍弃纷繁,愿栖贫窑,相濡以沫。

半生颠沛半生缘,千帆寻尽皆云烟。多少尘土多少梦,愁结万古寄诗篇。

秋雨弥漫成一种情调,浸润成一种氛围,镌刻成一种记忆。

心晴,雨也晴;心雨,晴也雨。有你为我撑起一片蔚蓝,留下一片晴朗的天。

"梧桐更兼细雨,到黄昏点点滴滴。"天空的雨丝,飘飘洒洒,翩跹袅袅,浮游天地。

五

海上生明月,天涯共此时。

思念,最爱在月夜纠结、肆虐我的心魂。

对月形单望相护,只羡鸳鸯不羡仙。

此时相望不相闻,愿逐月华流照君。

临风对月,痴痴地守望着你。月夜幽幽,心儿孤寂,对月而痴,饮月而醉。经事难忘,细读成伤,思念如夏,遍地荒草疯长;如满天飘扬的飞絮,收拢不回。它凝固了夜,缠瘦了月啊!

长夜孤枕,欲贪留,却还休。今生定成两闲愁,情相投,心同守。奋将盈泪挥苍穹,吾凝眉,妾也凝眸,恨无头。

梦里是你,心里翻腾难以言说无法言尽的牵挂和期盼。你美丽的娇容,你孤独的背影,你哀怨的目光,向我低低地、柔柔地、轻轻地倾诉。你那顾眄流盼,痴痴的依恋,不尽的缠绵,让我梦醒泪潸。

相见路迢迢,思念怨夜长。推窗而望,星儿稀疏,残月西沉,思难遣,念也难遣,只有痴痴凝望南国,想那灯火阑珊后,你是否也依窗独立,思也飘飘,情也飘飘?!

六

秋,浅浅地走来,心事渐渐加重,愁怨越积越深,念思昼夜凝结,无从化解。

唯你相思,令我疲惫。解我疲惫,唯你相思。

我带着无限漫延的心绪,登上高峰,望穿秋水,欲读你娇美的容颜,然千帆过尽,云烟望断,只能空捧一杯思念的苦酒,痴痴呆呆,苦等苦恋。

秋渐渐向深处走去,我只身孤影独思你,怅然复怅然,无语泪先流。

风起叶满地,无处不荒凉。

秋,日日深;情,日日浓。

千山重隔,万水横阻,落英凄美,相思却无落英。借秋的风,飞送南国,予我满怀激情,与你相拥起舞。

叹霜浸大地,寒雾阴浓,百花凋零,但愿痴情永相守,永绚丽,莫为明日黄花,仅成一季的风景。

三生石上是谁在镌刻不离不弃的誓言?奈何桥畔是谁在慨叹一生一世的诺言?

岁月荏苒,我渴望与你永远不会时过境迁。你的秀发永远在我眼前飘迷,你的倩影永远不离我的视线。

看透繁华,我依然尊崇不离不弃!

七

我在海之北,你在天之南,叹我一书一世界,一叶一菩提。

舞文香指动,弄墨玉臂斜。

隔书思粉面,胜却雾中花。

空夜酿成的永远无法解开的惆怅,徘徊复徘徊,忧伤复忧伤。

深深攫住,不停地下沉,下沉,下沉至无底深渊;心魂掉入黑黑穴洞,不可自拔,甘愿在下沉中入梦,在下沉中被俘,在下沉中为奴。

你的柔情是我永远的温暖。

天涯成咫尺!

每一天,我们在遥相呼应的气息里,享受着牵挂,享受着惬意,享受着感动,享受着充实,享受着满足。

两颗靠拢的心,在春的花期,痴迷沉醉,不知今夕何夕!

想你那缕缕片片的细腻柔情,我常常哽咽失语。

不老的春天,我串起你温柔润甜的碎语,织成最美的梦,组成最美的画,留我独享。

把对你不尽的思念,揉进缕缕春光,再谱上最美的曲儿,遥寄给亲爱的你,留你迎着淡若馨香的春风吟唱。

如若我不再将你思念,除非太阳不早起,除非星月永不落。

八

  我在每一片落叶的背面写满春天,等待我们的季节轮回。每一对翅膀上抒写诗歌,等待明朗的天空飞翔。

  我脱不出你的温柔,也走不出你的拥抱。在百世的轮回中,我守候在约定的地方,不离不弃,为的是迎接你的到来。

  那霓虹喧歌,那流光溢彩,那车影旋梭,如同是你的召唤与归家的脚步。

  我在寂暗中苦等你沸腾的灵魂,一同绎演经典。此刻,我屏息住呼吸,你不在,我怎能独享在这嘈杂的街头。

  在这异乡,我落寞成一缕影子,任人践行。我的唇角还有你的芬芳,可是我无法呐喊出你的名字。

  瑟瑟寒风,可我的心中却有你紫舞红翻的倩影。你的呢喃是冬日的炉火,我情愿在你的熊熊烈焰中化飞烟灭。

  吾爱,长在我身体上的每一株植物,都在企求你的阳光。我一次一次听到深藏在花蕊之中次第打开花心不可抑止的怒放,唯我能够解读你的外在和精神内核。

九

  是夜,我的每一个细胞都敞开了门扉,等待你的光临。我的每一滴血液,都在期待你来给养。

我的骨头里收藏了我们行走时的风景。我的花园里盛开着你的微笑,我的书页珍藏了你的容颜。

我的血液还留存你的温暖,我的耳边回荡你春天的脚步。

是你的脚步踩碎了我的静寂,是你的抚慰唤醒了我的梦境,是你的身体穿越了我干涸的魂灵。

你是我的海,我是你海里的鱼,游来游去游不出你的浩淼。你环绕我的全身,任凭你起伏喘息,任凭你汹涌澎湃。

我在这里等你,让秋的清露涤荡世俗,让冬的季风吹走烦忧,让青春缀满爱的果实、叶绿花红。

你在岛的那一边,我渡不过那长长的浪花的甬道。我的心潮在海浪上跳跃,我的目光在海面上追寻。

你就站在那儿,我的目光能企及到你,而我的思念却无法抵达。那一瞬间,我才理解了什么叫望洋兴叹。

十

人生总恨水向东,可我,却恨世无长绳系缠绵啊!

吾爱,你是蒲公笔下的艳狐,牵我三生魂魄。

倘若今生注定千山万水,我凛凛风骨也宁愿化为一叶扁舟,静泊在你前世今生的渡口,苦等偶然成为你的摆渡手。

你我十指相扣,从东至西,从北至南,耗尽我的余生的温情,烘暖你的冰冷。

吾爱,请允我,走进只属于你我的幽谷,我一遍又一遍地拨动,一次比一次凶猛,一回比一回强烈,直至你娇喘叠叠,娇汗淋淋,我甘愿销魂中尽亡。

吾爱,请允我今生只在你的草原奔腾驰聘,请允我此世为你奔放,此世为你凋谢。山无棱,天地合,乃敢与君绝。

吾爱,你是痴情的杜十娘祝英台,你是才情的唐婉貂蝉,你是豪情的秋瑾,你是媚情的夏姬。你是我商朝的妲己,春秋的西施。你是我秦朝的孟姜女,唐代的贵妃。

十一

追忆岁月依稀梦,展望未来霞满天。

情潭无浪,却汹涌澎湃。情潭无波,翻腾心海。

情潭无风,却和煦怡然。情潭无雨,泽沐焦渴。

情潭无言,叮咛意切。情潭无语,银铃娇柔。

情潭无色,妩媚鲜艳。情潭无味,咀嚼回恋。

情潭无声,抑扬激昂。情潭无力,可转乾坤。

情潭无光,辉耀天地。情潭无痕,青碧永存。

我愿永生永世珍藏你一缕青丝,为枕,伴我入梦。

吾爱,枉我铮铮铁汉,甘愿双跪垂慕君。

那叶悠驶在爱海中的情舟,泛起串串冰洁潭花,直教人生也相从,死也相从。

精灵

苍穹之王
鼠之联想
　狼族
　猴性
少年侣伴

15 苍穹之王

浩浩大漠,有一座村庄,就像一望无际大海中的荒岛那样孤立着。大风从早到晚呼呼地刮个不停,流沙涌动,被吞噬的威胁伴随着它。沙土在它的周围如雨向下飘落,然后又被狂风卷起,重新飞扬……

在这里流传着一个鹰孩的故事:

"很久以前,这里是土地肥沃,水草丰美的风水宝地,人们生活悠闲自得,美满和谐。附近有一座大山,山上有一只奇特矫健的雌鹰。有一天,风口破裂,出现了一个巨大可怕的黑洞,那里狂风卷起沙石尘土,吞噬了周围的一切。大地遭受了深重的灾难,人们惨遭劫难,流离失所,四处逃散。在被沙石吞噬的废墟中,雌鹰发现了一个男婴,就将他叼进自己生活的大山中抚养。随着时间的流逝,男孩长成了壮实强健的少年。有一天,雌鹰告诉他:"你属于人类,我们脚下这片被沙漠埋没着的大地就是你的故乡,风口处有一个大洞,如果你能堵住那个大洞,你的村民就会摆脱苦难获救。鹰孩就朝那个风口飞去,并最终到达那里,用自己的翅膀堵住了那个巨大的黑洞,顿时风沙停止,人们从灾难中被解救了出来。"

第一次听到这个故事,我浑身热血沸腾,激动得难以成眠,总想像鹰孩一样长出双翼,翱翔在蓝天下。幻想日复一日,一双如鹰般的翅膀终究没有长出来,但鹰孩那大无畏的英雄形象时时浮现在我的眼前。我对鹰充满了无限的崇拜之情。我特别喜欢天高云淡,关河冷落,雄鹰充满豪情和英气在飞翔。

我发现被称为苍穹之王和空中霸主的鹰,它的精神风貌和健壮的体魄较之于兽类似乎同狮子相仿,它与空中其他鸟类比,力气最大,有种独有的威势,如同狮子在同类走兽中所拥有的威势。狮子是大人有大量,绝不轻易同小动物计较;而鹰也很有气量,一般情况下它不屑于和那些小鸟们计较,除非,那鹊呀、鸭呀等吵闹太过分,干扰它太久,或者它处于饿急状态,不然,决不惩罚甚至处死它们。狮子很少从别人口中夺食,不仅如此,还常常把自己捕来的食物留下一些给别的动物吃。而威震长空的鹰也是这样,虽贵为空中皇帝,却不像人中之王靠剥夺别人果实,靠万民上贡而坐享其成。它要享受,必靠自己劳动,而且还总是不把自己捕的食物吃得一干二净。狮子作为兽中之王是划分领地的,为防止敌人来犯,它必须日日巡视领地。而鹰也是有领地的,并且牢牢把守领地的入口,不准任何外来者入侵它的领地捕猎。正如在同一个地区很难发现两群狮子一样,在同一个山野很难看到两对鹰和谐相处。两对鹰总是相离较远,以便在各自领空捕食生存。它们通常以自己生活的需求量来决定自己王国的面积。鹰的炯炯眼神和眼珠的颜色也与狮子极为相近。它的叫声骇人心魄，具有巨大的威慑震撼力量，加上它十分强劲的翅膀和双腿，结实的骨骼，轩昂的姿态，看一眼都让人心里发慌发颤，仿佛是异域来的怪客，神奇而威猛得让人滋生无法言喻的敬畏。

由于鹰的身躯矫健，翅膀强劲，肌肉厚实，羽毛坚硬，所以它飞行的速度极快。在所有鸟类中，它飞得最高。古人称鹰为"天禽"，在鸟占术中，把鹰当作大神朱彼特的使者。它在云天飞翔，飞得人眼看不见它的影子了，其实它还在向高处飞。它起飞时最壮美，它那英健的身躯，昂首的样子，绝对是全副武装的将军风貌。它那两个强劲有力的翅膀突然展开，都能听到其羽毛鼓动的声音。它那可长达二米多的翅膀扇动着起飞，先在天空高高低低地盘旋，然后毫不留恋夏日泛滥的绿浪和鲜花，呼啸着向清澈的蓝天深处飞去，然后升高再升高，极像一架现代战斗机。这让我想起庄子的《逍遥游》中对大鹏的描述：大鹏的脊背如泰山宽厚，翅膀如垂在天空的云彩，扇动一下翅膀就飞了三千里，乘旋风而上能飞九万里高，能飞行六个月不休息。好厉害的大鹏啊！与不知晦朔的朝菌，不知春秋的蟪蛄，真不知伟大到哪里去了！我不知道想象力丰富的庄子描写的大鹏是不是从雄鹰身上得到最初的素材。如果说还有鸟类能与庄子的大鹏相比的话，恐怕也只有鹰了。没有鹰的天空，是呆痴的，单一的，平面的，不丰富，很寂寥，缺乏生命的灵动。

人们说到动物之最的时候，总是赞赏豹子速度，鹰的眼睛。是的，鹰的眼睛不仅深邃威猛，而且锐利明亮，简直就是高倍数的望远镜。它能在极高的高空发现地上一条蛇的游动和一只小老鼠的奔跑。所以，鹰是只凭眼力捕猎。人们只要发现鹰在很高的高空起伏盘旋的时候,一定是它发现并锁定了猎捕的目标。它以迅雷不及掩耳之势俯冲下来,一招中的,迅即又向下啄,放在地上,好像是在试试战利品的重量,然后才带走。它能很轻易带走鸡、鹅、鹤、野兔之类,但对小山羊、小绵羊,它就得先放在地上试试重量了。小鹿小牛,鹰就带不动了,但它们也照样猎捕,得手后当场喝小鹿小牛的血,然后再吃肉。吃饱喝足后,带点肉块回去喂小鹰,剩下的都无偿地奉送给地上走的、天上飞的其他"朋友"。

  再伟大的将军,也有打败仗的时候。人们亲见苍穹之王鹰猎捕时遇到了强劲的对手,弄得空手而归。冰雪覆盖山野,有的动物冬眠,有的动物储满供自己享用的食物,也不轻易出来觅食。鹰饿了,它们的孩子也饿了。茫茫天地,哪里有猎捕的目标。这天,鹰飞到一座楼房的上空,发现楼上有一只带雏的白母鸽。它盘旋几圈,然后向楼房顶压下来,它正要扑下去,骤然间"呼呼啦啦",满天飞起密密麻麻的鸽子。人们从来没有见过这等场面,鸽子怎敢见到苍穹之王不飞走,反而群起而包围之?!鹰是苍穹之王,岂会惧怕这些鸽子?只见它两翼平展,不停盘旋,两目凝视下方那只白鸽,距楼房顶始终保持几十米的高度。就在鹰准备向白鸽俯冲扑击时,猛然有上百只鸽子带着尖利的鸽哨声和"呼呼"的搧翅声,从鹰的背脊上一掠而过,还下了许多白色粪雨。鹰一惊不小,赶快猛抖翎毛,偏侧身体,倾斜双翼,向一旁躲闪。蓦然间,一大群又一大群鸽子,从另外的地方冲杀过来,它们一会儿一冲而过,又一会儿向上冲起,都能听到呼呼啦啦异常激烈的搧翅声。鹰连忙紧收肚腹,猛攥双爪,狠提身躯,直往上飘升,然后用足力气,向鸽群逼压过去。它向一群又一群鸽子"唰唰"

地杀过来,又杀过去。而鸽群上、下、下、上、高、低、低、高地冲击、反冲击。虽然鸽群被鹰冲击得满天乱扑腾,空中的鸽群被鹰驱赶得成了转着圈子的大旋流,可是无论它怎么拼命左冲右突,上下翻飞,就是冲不散鸽子群。真是一员猛将难抵百万兵啊!

谁也想不到会出现这样的局面,竟然有几只"舍生取义"的鸽子,盘旋于高空,然后直线往下坠落,用身体轮番砸向鹰王的颈、背或翅。这简直是二次大战时日本神风敢死队的翻版。这种进攻对鸽子而言是冒险,对鹰而言是凶险。冒险的是,进攻的鸽子,随时有可能被鹰歼灭,因离鹰王是近身作战;凶险的是,鸽子的进攻一旦成功,鹰的椎骨或翅膀就会立即脱臼,重者立即丧命,轻者终身残废。好在经过几个回合,互相只是咬掉一点点羽毛。砸而不中的鸽子们,大都直落下方,然后立即融入群体之中,飘然而去,而后又回过身来飞上高空同其他鸽群汇合,继续轮流向鹰发动进攻,或挑逗,或骚扰,让鹰无法集中目标捕捉其中一只鸽子。鹰不停地猛冲,突击,结果总是如同快刀斩水,刀劈水分,刀收水合。真是以刀砍水流复流啊!看样子,鹰王有些力竭,行动也不如先前利落,好像哪里受伤了。这时它或许想,不要顾"苍穹之王"的尊严,还是走吧!只见它一声狂啸,迅即冲天而起,猛窜高空,瞬间消失在茫茫的天际之中。这场鹰鸽之战,让所有在场的人都惊呆了。

鹰在所有鸟类中,寿命是最长的。它悠悠四十载,外加漫漫三十年,一生可达人类的古稀之年,大抵是中国人的平均寿命。鹰从来到这个世界直到40岁,始终不停的翱翔,寻觅,搏击,它的容颜明显现出了衰老。往日锐利的喙,已变得长长的,都到了胸前,不用说捕猎,就是站在那撕咬已经捕到的猎物都已困难；当年它最厉害的搏击武器——爪，已不再锋利遒劲，因为其爪上已生出厚厚的角质；过去华丽的羽毛，也已变得层层密密，异常的厚重，再也难敏捷地竞技蓝天。

在这生死抉择关头，就这样闭上双眼，在狂风烈日中束手待毙吗？自己本应活70年，现在才40年，如能再获新生，还能继续奋斗30年呢！鹰的性格不属于懦弱的一派。为了搏击长空，追逐太阳，它毅然决然飞回山崖之巅的巢穴，勇敢而坚定地直面一次剧痛中的生命蜕变。它紧闭双眼，甩起头，将喙用力砸向坚硬的山岩，霎时，鲜血四溅。就这样一次次一天天，长得长长的笨拙的喙，全部断裂，落下峭壁，新生的喙经过一段时间后与鹰青春时的一样锋利。然后，鹰再用新生的喙，猛力地啄向爪上生出的厚厚的趾片，将连着血肉的厚趾，一片一片撕扯下来，日复一日忍受着巨大的疼痛，终于一点一点把曾经铁靴般束缚它动作的角质，撕扯殆尽。为了重上蓝天，它又忍受着巨大的疼痛，用锋利的爪，拼命撕扯身上厚重的羽毛，一根一根全部拔光。这样的蜕变，前后整整熬过了5个月共150天！经过这样的蜕变，鹰又换取了新生命，一如既往能翱翔九霄，与万里蓝天为友，与变化莫测的风云为伴，依然所向披靡，威猛无敌于霄汉，直到风烛残年。

"苍穹之王"连窝都有王者气派。哪一座山峰傲睨乾坤，哪一座山峰耸入云霄，哪里就是鹰的家。有人观察过，鹰选择做巢的地方都是山崖最高耸最险要最巍峨最峻拔处。

鹰通常把巢建在两个山岩之间，在干燥而极陡峭的地方。鹰做这个巢，是一个浩大的工程，它建得差不多如楼板那样厚。它先用一些长达二米的小棍子架起来,小棍子两头着实在两边山崖壁上,中间横插一些坚韧的树枝,然后再在上面铺上几层灯心草、树枝之类。这样的窝有好几尺宽广。也难怪,鹰展开双翅就两米多啊!而且这种巢非常牢固、耐久,完全禁得住鹰和它的妻儿。鹰窝上没有覆盖任何东西,只凭伸出的岩顶掩护着。雌鹰下的蛋都放在巢的中央,雌鹰只下两三个蛋,听说孵化出小鹰要三十天的功夫。而这几个蛋还不能完全孵化成雏,所以人们通常看到窝里只有一两个雏鹰而绝少见过一窝有三个的。

小鹰出世后,像两个肉团团,眨着眼,长着一身毛茸茸的羽毛。雏鹰长得非常快,几天前还软耷耷瘫在窝里,站也站不起来的小东西;经过短短几天就变成目光炯炯,威风凛凛的小鹰。

长得快,吃得就多。小鹰总是向天空扬起脖子,把嘴张得大大的,"叽儿叽儿"地叫。鹰爸鹰妈轮番出去捕食,仿佛工厂的工人接班一样。每天天刚麻麻亮,它们就匆匆冲上天空,在黑蒙蒙的群山上空盘旋,整天整天地睁大眼睛在山峦间大地上寻觅,每天天黑了才肯恋恋不舍地收翅回巢。它们为了自己的孩子,不停地和兔子搏杀,和毒蛇拼命,和山鸡斗智……捕猎是很危险的事,莫说毒蛇,就是兔子也不好抓。它们会和鹰捉迷藏,往荒草荆棘里钻。弄不好鹰的脖子和翅膀,就会因此被撞折或撕裂。即使按倒了兔子,这东西也不好对付。稍有不慎,那有力的四腿,都可能使鹰肠断肚破。这就是所谓的"兔子蹬鹰"的绝招。

而留在巢中守护小鹰的鹰爸或鹰妈,总是监督雏鹰站在崖壁边练习拍翅膀。自从小鹰翅膀上刚长出几片硬翎儿,鹰爸鹰妈就不允许它们过分玩耍打闹,就必须天天练拍翅膀,一天,两天,十天,半月……天天练,吃饱了就练。倘有偷懒现象,老鹰就用铁凿子般的嘴、钢板般的翅膀拍打。一只鹰如果没有钢铁般的翅膀,没有锥子般锐利的眼睛和锋利无比强硬无比的爪,怎么有资格当苍穹之王?自然界是弱肉强食,优者生存,不像咱们人类,王者可以世袭,可以有官二代、富二代,也可以通过行贿而平步青云,当上各类的人王。

因此,鹰对小鹰的成长要求是非常严格的。一阵冰凉的雨腥气刚刚吹上崖顶,蚕豆般的雨点就紧随着一声似乎能震裂大山的霹雳猛砸下来。炫目的闪电在低低的乌云中炸开,像巨大蟒蛇吐出的舌头到处乱舔。小鹰吓得直往鹰妈鹰爸的翅膀下钻。但鹰爸鹰妈绝对不让已经渐渐长大的小鹰再娇惯,它们要让自己的孩子敢于迎接暴风雨。连暴风雨都怕的鹰,还配得上"苍穹之王"的称号吗?

小鹰渐渐长大了,羽毛丰满了,鹰爸鹰妈就带着小鹰飞。小鹰夹在爸妈的中间,好像接受着护航。一会儿逆风飞,一会儿并拢翅膀直线下坠,一会儿又鼓动双翼直线上升。或者爸妈并排在前,小鹰并排在后,上升、下降、向左、向右,不停翻飞。到一定时候,鹰爸鹰妈又把小鹰翅膀上的羽毛一根根咬断,让羽毛重新长起来,这样羽毛会比原来坚硬十倍。然后就把两只小鹰推出悬崖绝壁,让它在峡谷飞翔,迎着狂风搏击,从此拒绝它们回窝了。经不起风浪,不能独立猎捕,就死去;反之,就生存下来,成了真正的"苍穹之王"。

王者就是王者,鹰的死都与众不同。不像我们人类,当了大官,不仅活着要轰轰烈烈,死了也要风风光光。一些贪官活着靠受贿,养得脑满肠肥,家里金山银山;死了也不放过子民,让儿女大摆宴席,再行受贿,然后用豪华轿车,排成长长的队伍,为灵柩送行。而鹰呢?它们活着总是靠自己的力量捕食,不让"子民"行贿上贡。它们死时,也不让子女和别的鸟类行贿送行。它们自己悄悄地离开窝巢,向远处飞去,飞去,在那荡荡的天宇,一次又一次冲击,直到耗尽全部精神和力量,然后突然收拢巨大的翅膀,如箭一样向下直射,扎进瀑布冲泻的深潭或悬崖绝壁下的深海。水深得连羽毛都无法浮起来的水域,就是"苍穹之王"的最后最好的归宿地。"质本洁来还洁去"。鹰的死法很壮烈,震撼人心。它生不平凡,连死也拒绝平庸。

当然,鹰也有年纪轻轻就死去了的。那是被枪打死的。丹麦作家彭托皮丹记述了这样一只鹰的故事:一个牧师收养了一只雏鹰,悉心照料它。这只小鹰就像童话故事中的丑小鸭一样,在嘎嘎叫的鸭子、咯咯叫的母鸡和咩咩叫的绵羊中间长大。它的翅膀被修剪得很漂亮,平常的日子就在路面上摇摇晃晃地走动。它的天性渐渐丧失了,看样子它这个被囚禁的天空骄子已不觉得天空是它的天堂了。只是起风的日子或雷雨到来之前,显现出一点朦胧的渴望。有时它突然张开翅膀,勇猛地冲向天空,像是要永远拥抱蓝天了。可是这种时间总是很短,很快就回到了地上,然后像平常一样摇摇晃晃漫步于院中的其他家禽之间。

小鹰渐渐长大了,终究还是天性没有全部丧失。忽一日,伴随一声快乐、野性的尖叫,它扶摇而上,向着苍穹越飞越高,飘然陶醉于广阔的天空和自己翅膀的力量。可是,它过平常的日子太久了,面对浩渺的虚空,它害怕了。它觉得孤独,又感到筋疲力尽,翅膀沉重。它想搜寻可以歇息的地方,但是找不到任何一处庇护之所。

当晚霞笼罩群峦时，预示着暗夜的降临。这只鹰或许是因害怕孤独，或许因为感到恐惧，或许因经不起高天狂风的吹打和寒冷的侵袭，或许又因此想起温暖、舒适的家禽小院，它竟然鼓动翅膀偷偷地回去了。它被那平庸而温暖的家禽院所吸引，经过一夜执拗不息的飞翔，第二天早上就飞回到牧师住宅的上空。盘旋一会儿，它正欲下落时，灭顶之灾来临了。一个雇工发现了它，拿出枪。只听一声枪响，"天空中飘荡着一些羽毛，死鹰就像石头一样笔直地落在了粪堆上。"这只鹰死了。

鹰们是无法明白这只鹰死于何因的。但听到这个故事的人们却无法平静：丧失自己，是要上演悲剧的；改伟大而变平庸，就等于死亡；不是同类，绝对不能相容；有飞翔的心，还要有坚持的精神，才会有飞翔的成功；与平庸为伍丢失的只有自己，死亡的也只有自己。

古人云：瓦罐不离井上破，将军难免阵中亡。再勇猛无敌的将军，也难免血染沙场。他们虽不能善终百年，可战场是他们乐而忘返的舞台。高尔基写过一篇苍鹰和黄颔蛇的故事。一只鹰在激战中不幸身负重伤，摔落在海边的峡谷。它正意识到死亡的逼近，但回顾平生，却感到一种由衷的欣慰："我痛快地活过了！……我懂得幸福！……我也勇敢地战斗过！……我看见过天空……临死前，鹰还在抖动翅膀，看峡谷和蓝天。而黄颔蛇无法理解濒临死境还那样酷爱天空的鹰。鹰的对于天空的热烈和对于战斗生涯的憧憬，在它看来未免愚蠢可笑："无论飞也好，爬也好，结局只有一个：大家都要躺在地里，大家都要做尘土！……"

黄颔蛇永远不知道，在地上爬的永远也飞不起来，故而它也不知道飞翔于云天的自由、富有和豪迈。黄颌蛇虽然能安享天年,但一生只配仰视鹰而却做不了鹰的姿态,永远也不能拥有如鹰般荡气回肠、精彩壮丽的生命诗章。

　　鹰的血液中涌动着一种永期向上的奋进力量。它以洞察世界的目光,俯瞰着迷茫、困惑、慵懒的芸芸众生;它深深地为一切失去生活本能的灵魂和可怜的没落而悲哀;它直射苍穹如一支疾箭,从万米高空俯冲而下,一声长唳山鸣谷应;那气势,仿佛天地都为之屏息,给人多少生命不息奋斗不止的激励;它始终以一种亘古不变的高度,保持着它不屈的斗志,它连在巍峨巨峰上稍息都保持着直冲云霄的姿势。

　　从这一切,让我看到鹰的不朽的精神,燃烧着的不死的激情,不屈的傲骨和生命的光芒。

16 鼠之联想

小时总是巴望农历2月12日,因为这一天家家户户都要来一锅芥菜糯米饭,听说这样吃了就能够堵住四处流窜的鼠,家里粮食能安全过春。

冬去春来,春暖花开,农民开始播种。鼠的嗅觉特别灵,一旦察觉,它们会将此消息四处传播,让同伴去偷农民的种子吃。

乡下的老鼠一听见有任何声响,马上就流窜得不知所踪。它们胆怯,对人心存敬畏;它们卑微,不能自力更生,只会偷窃农民的辛苦收成过日子,似乎永远对人有愧疚。所以,只要人一出现,它们便觉无脸相见,急忙找个地方藏起来,省得招来一番喊打。而城市的老鼠则大摇大摆,有恃无恐呆在奢豪的酒楼,品尝着高官富商吃剩的燕窝鱼翅,海味山珍。它们一点也不客气,从容的神态很像坐在有着一溜警卫护身的名车内的官员,傲视八方。

有一回,我两手拎着水果蔬菜走回家,冷不丁街面出现一只硕大的老鼠,灰白的毛很均匀很光滑,像是刚做过护理似的。它两只耳朵肥厚，两只乌黑的眼睛盯着我，似乎讶异我没有举着彩旗欢迎它，完全没有一副老鼠过街人人喊打的惊恐。莫非，这是城市中有着书记级别的官鼠？

老鼠的婚姻是一夫一妻么？这个我未曾考察过。大抵男人自己的妻子再有姿色也会审美疲劳，哪怕能沉鱼落雁，哪怕能闭月羞花。社会上的诱惑满眼皆是，时下所谓的"成功人士"，已专指手上有权的，袋中有钱的，你不诱人人诱你。人家青春貌美，娇艳温柔，你不被迷都难。偶尔也有柳下惠，有色心不敢动色胆的，但听说年老了都追悔莫及，恨不得返老还少，来一场轰轰烈烈死去活来的男欢女爱，管他什么破坏道德、伤风败俗的恶名。听说很多男人去夜店，霓虹暗影下个个花枝招展，俏秀艳丽，于是钦点一个陪伴宿夜；待清晨醒来一看怀抱的美人，惊恐不已，吓得魂飞胆战，怀疑遇到了鬼。原来美人乃赝品，每个部分都是美容师的造就。

鼠则无需担心美容产业带来的困惑，清晨醒来怀中娇喘的依然是晚上睡去的模样。科技日新月异，人们每刻都在享受这愈来愈高端的电子产品，物极必反，乐极生悲，人们一边大力建设经济城市化，一边又追求回归乡村。驾着豪车几个小时，去往乡村别墅住上两天一夜，这才彰显气派，张扬能耐。鼠则求之不得，昼夜巴望他们的到来，他们的出现，意味着它们将又有了改善伙食的机会。它们不仅可以一睹城里人风采华服，或者还可以大饱眼福一场前无古人后无来者的"恩爱秀"，不必担心遭人控诉，绝无官司临门。

鼠一辈子与多少异性交欢？留下多少子孙？忠贞不渝还是寻花问柳？我没去考究，但从没看见鼠鼠相斗，两败俱伤，也没看见三角恋情，明争暗斗落花流水。鼠何其精明灵巧，上能窜枝梢，下能入河央。倘若男人能如鼠这般，恐怕一生也不见得安宁轻松。太能干的男人大多极强征服欲，往往在征服了事业的同时又征服了群群女子。男人要想彩旗飘飘，首先得稳定后院不着火；一旦后院失火，再能干的男人也像焉了气的皮球。

  生物学家研究发现，鼠将是地球上最难消亡的物种，可见繁衍的强大。不知鼠能怀几胞胎，怀孕时不知能否享受到当代媳妇如大熊猫级别的待遇。一不如意上可训喝公婆，下可痛斥老公，家人依然务必当她是个宝贝，因为她的繁衍能力有限，为了传宗接代个个宁愿忍气吞声，委曲求全。鼠可随意生育，白天黑夜没日没夜的缠绵缱绻，既不用担心计划生育部门的监管，规定一对夫妻仅育一个。也没有公安的严格，只准夫妻同房；万一巡查无结婚证而肆意同居的，则按嫖娼惩办。不知鼠最烦恼什么？是粮仓空乏，还是为情所困？鼠纵有三妻四妾也不用担心财产分割，鼠穴都一样材质，都是泥穴。而不像有的男人，喜新厌旧；原配住的旧屋陋室，老二住得是洋房别墅，原配手无寸铁，老二却是珠光宝气。

  鼠最怕的是猫，人最怕的是鬼。鼠一生堂堂正正，偷也偷得光明磊落；人一世曲曲折折，有时赔了夫人又折兵；闹得满城风雨，就像某某艳照门。可以想象人家要承受多大的委屈，你要了我就要了，夜幕下的交易，本来只是你知我知。非得录什么像，还让全世界人民饱览过程。其实对方也委屈呀，本来是想哄美女开心，谁又愿意让人知道他那宝贝有多神气呀，都是那个电脑惹的祸。

  鼠的一辈子操持什么？它们与生俱来的服饰，没有任何点缀。

光服装就一世无烦忧,皮毛裹体从生至死,不用追求光鲜亮丽、豪华面料、款式新颖。不像人,从头晚洗浴后就得先精心挑选明天的着装。是工作,就要着工作服;是赴宴,就得西服领带;是运动,又是一副休闲打扮。上瞧瞧,下看看,若是衣装与鞋子不够匹配,不仅影响了自身的情绪,而且说不准遭旁人一副嘲笑。

很多乡下人一副西装革履,头发溜整;可是脚踩一双运动鞋,高一脚低一脚。农民兄弟登山挑粮,每迈出一步都是坚坚实实,且劳作的人脚背宽厚,皮鞋窄细容不得,穿紧了勒疼。不像城里人足踏水泥瓷砖平平坦坦,走得婀娜多姿,袅袅婷婷。倘若是还有一场私会,那必定是用心一挑再挑,一试再试,里至内衣、外至披风、上至头发、下至后跟,无不一遍复一遍,深恐心爱的人看了不满意,而影响相会气氛。一个人的着装体现了一个人的素养,假如连外表都懒得装饰的人,还能有几寸品味。而鼠也无需担心毛发的颜色,生来灰就灰,白就白,黑就黑,保准没有五颜六色,永远自然美,绝无美容成分。

不像街头古惑仔,将好好的头发立着、歪着、蓝绿红紫橘,看得旁人一副吃惊,频频回首。胆大的人吹起一阵口哨,是鼓励是暗讽,被看的人洋洋得意,满足了虚荣心。听说哪个发秀比赛中还真获得一等奖,可见不能鼠目寸光。

鼠穴极其简单,只要鼠中意了,就地取材,嘴脚并用,掘个小洞,能够避风遮雨即是殿宫,可以祖祖辈辈子子孙孙一直住下去,也可以不停地更换鼠穴,反正不用花钱审批购买土地,然后请工程师设计图纸,再一一采购建设。也不怕违章建筑带来损失,顶多被人破坏后再掘一处。不像人一辈子辛辛苦苦兢兢业业就是为了拥有一处住房。

富商可以每个城市拥有几处豪宅,很多人却省吃俭用也买不起几个平方,还得寄人篱下租房子,一家老小挤堆陋居。倘若一个人一生没有一处栖身的住所,那准被人鄙视。

鼠之联想

17 狼　　族

太阳火辣辣地扫射肃穆坦荡的草原。远远望去,草原在一派宁静中腾起一阵阵燃烧的蜃气,不停地蒸腾翻舞着,让人感到它愈加广袤而辽远、寂静而神秘。

一个影子探头探脑渐行渐近,仿佛幽灵。牧民们知道,又有狼群活动在附近。为首的是一只公狼,它全身黝黑发光,唯独两只耳朵尖长着别致的白毛,显得特别鲜明夺目。它个头高大、身体壮硕、一派英武,足令所有异性为之动心,故称黑帝。它是群狼共同推荐的领袖。黑帝有个温柔漂亮的妻子,一身银灰,名叫玲珑。

在这片一望无垠的草原上,流传着许多故事。

黑帝喜欢将玲珑时刻带在身边,俨然是对情深义重、风雨同舟、患难与共的夫妻。它们一起游赏捕食,野猪、小鹿、野兔,都是令它们垂涎的佳肴。倘若猎物长久未能捕获,它们就会去农家偷猎。它们大多选择暗夜出击,圈中的猪羊,是它们攻击的主要对象。对于牛,它们不敢轻易下手,因为牛角非常锋利,争斗过程往往赔了夫人又折兵；黑帝就曾多次被牛角刺得出血,不仅吃不着牛肉,且带伤败阵。而猎羊比猎猪容易,逮住羊后,它们能一口咬断羊的喉管,一招致命；夫妻俩可轻而易举地各拉一只逃得远远慢慢品尝。而猎猪就没这般容易了,猪圈往往比较坚实牢固,四面壁墙,上有顶,必须费神又费力才能跳至猪圈顶部,扒开,跳下,咬死猎物。猪的体重往往是羊的几倍,即便已将猪咬死,拨开门闩,也很难潇洒拖走。可又不敢将猪当即美食,因恐主人闻风而至,枪械侍候。

某日,黑帝夫妻捉到一头猪,猪特别肥硕,不由垂涎欲滴;可是黑帝叼不动,玲珑帮忙也徒劳,又不能如人那样取根棍子抬着走。黑帝心生一计,夫妻俩分别咬住猪的一只耳朵,猪被夹在中间,猪竟然乖乖地跟着走。为了尽快逃离现场,黑帝与玲珑使劲用自己的尾巴击打猪屁股,而猪一声不敢抗议,百依百顺地跟着狼夫妻急跑。猪哪里知道,它跑得愈快,就愈接近死亡。它的乖顺正是夫妻狼所期望的,它是真蠢还是不怕死,抑或精神崩溃？动物世界也有如此"绑架"奇观,狼的智慧还真不亚于人。

一个午后,一群车队路过,有位司机因车子出现小毛病而掉队,当他修复车后连追三个小时也没赶上。茫茫沙漠,前不着村后不着店,唯见一轮缓缓下坠的如血夕阳。正当他陶醉在夕晖的怀抱中,做梦也想不到,就在前方的一片胡杨林中一群狼正绞尽脑汁捕猎食物,狼王正是黑帝。

真所谓屋漏更遭连夜雨,司机驾着车追赶车队时,车没油了,他停车后慢吞吞地吸了支烟。此时,一只侦探狼以闪电般的速度把这消息报告了胡杨林中的狼王黑帝。黑帝一听当机立断,一声号令,一八只身强力壮的狼如离弦之箭射出胡扬林,向司机方向飞奔而去。

犹豫是非常可怕的敌人。司机就在迟缓之际丧失了开车逃跑的最佳时机。正当他从后备箱取出油桶时,狼群围猎而至。司机惊恐不已,情急之下,迅速打开车门,但还是被群狼撕咬下半条裤腿。他此时才真正意识到自己被狼群围攻了。这像极了他自己当年在学校时专门喜欢拉帮结伙欺负一些懦弱的同学。他曾经那么威风,而此刻自己却成了当年被欺压的同学。他闪过一丝愧疚,眼里增加了无助的恐惧。他定了定神,心念幸好有一把性能优良的枪,还有一百发子弹。

一场人狼恶斗一触即发,黑帝正调兵遣将。

司机握住步枪,从驾驶室内摇低窗玻璃,缝隙刚够放置枪管,瞄准离他最近的狼。他明白第一枪至关重要,绝对是个下马威,才能震慑狼群。

步枪连响两回。随着突兀、尖利的枪声,两只威风凛凛、不可一世的狼应声倒下。一枪一只狼,枪法神准,司机暗地自豪。

群狼受到震惊,一时间慌急地四下奔退。群狼退却后,日尽月露,他望着初升的皎洁月亮,嘴里吹着口哨,心头腾起一股从未有过的成就感。只身一人瞬间消灭了两头狼,又独享了沙漠星月,也称得上是人生的险逢幸遇。

他本想快快加油上路追赶队友,可转念一想着什么急呀,狼是不敢再来侵犯了。回想刚才的惊险,这下可以在队友面前鼓吹孤胆英雄了,不在乎再迟一会儿上路。狼就是再来,我多的是子弹呢!

人最致命的就是太过盲目与轻狂。正当他想入非非,自鸣得意时,群狼重整旗鼓卷土重来。令他惊愕的是,狼由原来的十几头增加到三十多头。他先是一愣,好在枪已在手、弹已上膛,遂先打死一只。他瞄准的都是高大肥壮的狼,他以为打蛇打七寸,打狼先打王,可是黑帝夹在群中,左右前后被群狼保护。黑帝镇定自如地指挥,时而散兵如棋子,时而合围如桶,倒下的狼也无暇相顾,射着凶光的狼眼全都紧盯司机。黑帝趁司机眼花缭乱的时候,呼地窜到汽车底下,指挥众狼撞击车门。

虽然不断有狼中弹倒下,但没有一头退却,相反从四面八方迅速成群结队地涌来,足足有百余头,他不由惊得浑身发颤。从黄昏掉队开始连续被狼攻袭,他已经筋疲力尽了,眼下要面临更大的挑战。他后悔自己延误了抽那一支烟的功夫,从而引得一场死亡威胁。他看看天空月明如昼,哪还有欣赏的雅兴。此刻他不仅恐惧,且又困顿不堪,迫切希望队友能来解围。

狼王黑帝钻出车底,精力充沛、神态安详,注视车窗内的司机,似乎在蔑视他的无能。它指挥群狼分成若干纵队,轮番向汽车进攻。眼看狼群已撞松了车门,抓碎了玻璃窗,司机拔出雪亮的长刀,准备下车与狼群决一死战。就在他绝望的关头,他的队友驾着二十多辆车以迅猛的速度、急切的喇叭声冲突过来,群狼惊退而去,总算幸免葬身狼腹。

冬日满天飞雪,春天大地被雪覆盖经久不化。动物们有的备足了食物安心藏身,有的处于冬眠无需进食。因此群狼几乎断绝了食物来源。黑帝心疼孩子们饥饿难耐,趁着黑夜,带着几头精壮干将,潜袭羊圈。

夜色如墨,寒风刺骨。黑帝已同手下悄悄潜至羊圈。它们刚一跳进羊圈,就被牧羊犬发觉了;牧羊犬拼命"汪汪汪"大叫起来,牧民即刻纷纷点着火把电筒操起棍棒、猎枪、刀斧赶来。黑帝一看大事不妙,急发"嗥嗥嗥"三声示意群狼撤退,自己则用锋利的獠牙迅速咬断了一只小羊的喉管,欲要拖起小羊冲出羊圈。此时牧民已奔进羊圈,黑帝被围困,要想解脱已是万难。

群狼们见领袖遭困,齐心协力蜂拥而来。它们的团结精神在动物世界是最值得咏颂的,它们不像人类那样爱好趋利避害,更不会落井下石。群狼勇猛的扑向牧民,舍命解救黑帝。一头年轻的狼中了牧民的铁镐,一股鲜红的血喷出,溅洒在亮白的雪地上。

狼王黑帝凄厉地叫喊三声,嘴里更加使劲地叼起小羊,冲进漆黑的夜色之中。黑帝必定为这次失败而自责,更为同伴的牺牲而愧疚。狼比人高尚多了,不像有的人依靠踩踏别人而高升,见到别人落难而幸灾乐祸,更不会因损他利己而洋洋得意。黑帝一夜不安。

翌日,黑帝独自悄悄来到牧民居所附近,它忍着饥渴,一动不动地趴在草丛中。终于,它看见了远处旗杆上飘舞着它同伴的皮。黑帝双目垂泪,痛心不已。这是它的朋友,它的亲人,为了解救它而英勇遇难。它苦等至夜幕,迅捷地接近旗杆,用牙齿一点一点啃噬着绳子。随着"啪"的一声,同伴的皮落了下来,它舔着伙伴皮上的血痕,咬断紧捆的绳子,叼起飞奔。

狼王黑帝的信义、功绩、能力令群狼有目共睹,因此,大家都十分敬畏、崇拜它,齐心追随它共建狼园。也正因此,引来诸多母狼的倾慕。一头叫丽莎的年轻母狼经常在狼王面前主动示好。

初夏的夜色笼罩着草原与山川,母狼风情万种地静卧月夜下,发出强烈的青春和求爱的气息,撩拨得公狼们兴奋不已。丽莎只钟情狼王,漠对群狼的番番求欢。一日,成熟漂亮的丽莎趁狼王的妻子玲珑不在身边的时候,轻盈地跑到黑帝身旁,温柔地发出爱的呼唤。纵使丽莎百般风骚,万般急切,可黑帝始终冷若冰霜,不予接受。春心荡漾、孤寂难忍的丽莎不甘心自己求爱失败,它认定黑帝不愿交好是因为玲珑生育了孩子,于是将怨恼出到了它们孩子上。丽莎张开血盆大口、两眼凶狠,欲将狼儿咬死。狼王及时发现,对丽莎一顿怒吼,更是反感极点。

当今社会,多少高官富商,家外有家,家外有花,面对主动投怀送抱的娇娃,当然不会有柳下惠。不仅如此,他们的色眼还四处扫描,瞄准了谁,又有谁能逃出他们龌龊的淫掌?就这一点看,狼的心境实在比人类要干净许多。

狼王公务繁忙,妻子玲珑兢兢业业尽心尽职地当好贤妻良母。一日正午,正当玲珑跑到外面眼巴巴盼望丈夫回家时,一条比碗口还粗的巨蟒团团围住了小狼。小狼大惊失色,焦急地"嗥嗥嗥"向母亲求救。玲珑听见孩子声音怪异,一边向丈夫发出信号一边飞快地跑回。黑帝闪电般地赶到,夫妇联手轮番向蟒蛇进攻,让蟒蛇始终不敢把头伸进洞内吃小狼。然而黑帝夫妇也不敢靠近蟒蛇,深知一旦被蛇缠身,非但救小狼无望,夫妻俩也得丧命。它们唯有张着血盆大口拼命地嗥叫,一边不停地围着蟒蛇转圈。渐渐地,蟒蛇已感体力不支,食狼无望,甘拜下风,缩回那条长长的舌头灰溜溜地游走了。

狼儿虽然得救了,但狼穴显然不安全了。玲珑陷入沉思,如此隐蔽的地方,怎么会被蟒蛇发现呢？聪明绝顶的玲珑来到穴口进行查看、分析。原来穴前一路有斑斑血迹,那是平时捕捉了猎物后一路拖回留下的,蟒蛇正是循着血迹而来的。于是,夫妻俩先将狼儿藏至别处,以后每回捕到猎物后,就将猎物整只吞进肚里,回来后再吐出来喂狼儿,这样,其他动物就不容易找上门了。

狼王的换届如同我们的人代会,也是四年一届。不同的是,人代会的产生是通过选举,而中国的大多选举听说有很多猫腻,有的暗地施贿,甚至有人明示要求票投何人,否则不客气。而狼不是以投票的方式定夺谁当选,而是通过比武来决定,不存在任何黑暗的交易与偏袒。

这一年,黑帝任期四年已满,按照狼民规定,新狼王的产生必须经过比武,胜者当王。

月光明亮,给大地洒下一片银色。狼王黑帝与一位候选狼王来到一个山崖。双方站在各自的位置,彼此平心静气默视对方,大有武林高手大战前的凝神运气之态。前腿笔直紧紧抵住铁钩般的前爪,露出钢刀般的獠牙,以猝不及防之势向对方冲去,张开血盆大口撕咬。双方不停地变换自己的身姿和位置,一阵狂风暴雨般地厮打后,双方都疲惫不堪。但是没有决出胜负,稍作喘息继续战斗。

战了第一回合后,狼王还精神抖擞,气势非凡。双方的搏斗,就像战场上短兵相接,都铆足了劲,想置对方于死地,恨不得一口咬断对方的喉管。就在黑帝翻身而起时,不料因用力过猛竟然摔了个四脚朝天,对方即伺机将两对长长的獠牙钳入狼王的肋部,无论它如何挣扎也摆脱不了,鲜血汩汩而出。黑帝默默地舐着自己,眼神泰然自若。

狼不像有些人那样卑鄙下流，为了达到个人的目的，耍尽手腕，暗箱操作，招降纳叛，结党营私，无恶不作，想争做狼王，纯粹靠自身的实力，光明正大；否则，狼王不缺铁杆哥们，大手一挥召集群狼蜂拥上去将对方干掉，不就坐稳宝座了么？人很多时候会不要人格，而狼却不失狼格。在黑帝稍微松懈的瞬间，对方的獠牙又突如尖利的铁钳紧紧夹住狼王的大腿，顿时血流如注。

黑帝战死后，留下玲珑与两个孩子相依为命，一切责任全压在玲珑身上；每天要承担独自外出捕猎喂养狼儿，走前总是千叮嘱万嘱咐孩子不要跑出去。有一天，正当玲珑要离开狼穴外出时，它抬头看见远处有个猎人正朝它走来。它急忙装作没发现猎人一样，镇定地朝相反方向而去，走走停停，停停走走，给人感觉纯粹是在悠闲地散步。不一会，它又疯狂跑起来，似乎是发现了猎物拼命地追捕目标，继而又似乎目标消失，垂头丧气缓慢下来。

这样三番五次时疾时徐，始终让猎人既能看清它的身影，保持着一段距离，又不让猎人可以将它捕捉。猎人从正午追至暮色沉沉，累得全身是汗，也没摘下狼身上一根毫毛，终于不得不收起家伙，打消了追捕念头。这时，玲珑站在山丘上，目送猎人渐行渐远的背影后，它终于折回头，拼命朝着狼儿的藏身处跑去。它用自己的机智躲过了猎人的枪口，保住了自己与狼儿性命。猎人做梦也想不到，它的所有举动，正是声东击西，转移猎人视线，将自己置于危险境地来保全孩子。

盛夏的午间太阳，晒得化草低了头、弯了腰，动物也藏在阴凉角落,少有外出活动。玲珑带着两个孩子去河对面寻食。

汛期到了。六月的天,孩子的脸,说变就变。它们刚刚过河,天空乌云密布,电闪雷鸣,下起暴雨来了。等玲珑带着狼儿再度要回渡河岸时,水已漫过河床。望着激浪滔天、奔腾不息的河流,玲珑犯了愁。怎么能全家安然渡过河去呢?

此刻,它特别的想念夫君,若是黑帝健在,这一切困难自会排除。它思来想去,只能分成两回将狼儿驮回对岸。可是,如果它驮了一只狼儿过岸,放下后再去驮另外一只时,先过了岸的这只遇到别的野兽或猎人怎么办?又或者等它驮上一只后,在岸边等着的狼儿遇袭怎么办?玲珑又陷入两难境地。

此际,刚巧有一群鹿从河边路过,且有一只拐着腿走路,它断定那只鹿是受伤了。它四处张望周边暂无危险,趁机直奔那只鹿,将其咬死拖至河边。它三下五除二迅速掏出鹿的胃,使劲吹,将鹿胃吹得大大的。它将鹿胃当皮筏,让狼儿扒在鹿胃上,自己则用嘴紧紧咬住鹿胃的口,就这样,两只狼儿顺利地渡过了波涛汹涌的河流。母狼玲珑又一次以自己的智慧战胜了困难。这一创举,成为自然界的美谈。

两只小狼渐渐长大了,每天食量增加。自从黑帝离世后,玲珑就独自承担所有的责任。为了减轻负担,又能够锻炼小狼的生存能力,玲珑开始天天将小狼带在身边捕食。一次,它带着狼儿在一片草丛休息,忽然嗅出身边有一种气味。它立即用锋利的双爪拨开草丛,看见一个小洞,顿时来了精神。但是挖了好久,却没有发现有任何东西。它还是不甘心,再嗅嗅底下,始终还是有异味,便继续向下耙。直到耙至近一米深,终于发现了有一群小野猪。它好不得意,赶紧逮住一只，叼出一只丢在地上，让小狼追捕奔跑而去的小野猪。小狼一鼓作气，穷追不舍，很快就将野猪拿下。母狼又叼出一只小野猪丢在地上，狼儿再次效法追捕野猪，母狼这下放心了，孩子终于能捕食了。

冬暮春初，是动物们最难熬的时光。母狼一家已经好几天没有进食了。这日，它冒着风雪独自出去了；现在孩子大了，已经有了自卫的能力，它安心往有人烟的地方寻食。可是，这一次外出觅食，竟然成了它魂归西天去和黑帝相会，永远离开它的孩子，离开这个曾经让它经历无数次惊险又享受温馨的世界。

狼儿醒后，但见雪花飞扬，身边却没有了母亲的影子，断定母亲出去捕食了。于是两只小狼一边"嗥嗥嗥"嚎叫一边四处寻觅。就在母狼叼着食物飞奔回家时，它听见了孩子的呼唤。当狼儿继续往前冲时，母狼示意它们不要跑。可是已经来不及了，一辆货车正在草原上飞驰，母狼奋不顾身将孩子推出去，自己却被车子撞得在空中翻了几个跟斗，车轮从它身上碾过……

18 猴　　性

少年时喜读《西游记》,对孙悟空喜欢的不得了。它能上天入地,正派公道,疾恶如仇,敢闹天宫,凭自己的真本事,行走天下,悟空成了我的偶像。随着年龄的增长,了解猴事多了,我对猴子渐渐不喜欢了。它有什么呢?不过是聪明活泼,手脚灵巧,能握能抓,还能直立,脸部表情丰富,抓耳挠腮,挤眉弄眼,显得滑稽,还善于登高跳跃,做出高难度动作。但这些能作什么用呢?只能在扮演小丑时用一用,给人们增加点笑料罢了。

陪孩子在海沧动物园观看马戏团表演时有过这样一幕:驯兽员解开猴脖子上的铁链子,朝一辆倾倒的小三轮车指了指,轻轻吆喝了一声。猴子就心领神会,轻叫一声,从幕侧跳将出来,麻利地扶起歪倒的小三轮车,轻捷地骑上去,蹬起就跑。它在场上骑着小三轮轻松自在地转圈,转着转着,突然冲上跷跷板。这可是个不太容易表演的动作。最难的是骑小三轮蹬上跷跷板中间的支点时掌握平衡和怎么顺势完成全套动作。只见这只猴子把小三轮猛蹬到跷跷板中间支点上,跷跷板开始翘时,它两手灵敏地握紧小三轮的两个把手,身体轻微后仰,立即有惊无险地保持住了平衡。它两只脚下蹬的小三轮异常平稳地顺着跷跷板急速滑了下来,落到地面。可是从上向下滑落是有惯性的呀!只见小三轮神速地直向前冲刺,就于在场的人因吃惊而惊呼时,猴子猛拐小三轮的车头,吱溜,车儿就似跳优美的华尔兹一样,两个轮子着地,一个轮腾空,在原地整整旋转了一圈。那动作连贯协调紧凑,让人无可挑剔,叫人不能不鼓掌,不能不喝彩。

　　好戏还在后头。只见驯兽员手腕扭动对猴子打了一个倒立的姿势,然后口哨一吹,好像告诉猴子:现在开始。猴子得令,立即蹬上刚才的小三轮,又一次骑着冲上跷跷板。刚到中间支点时,它老练、沉着又纯熟地按住车把,腰板有分寸又非常灵敏地向后一挺,腾空而起,身体立马倒立了起来。这个动作是惊心动魄呀!一辆三轮车在跷跷板的中间支点,三轮上倒立着一只猴子,平衡和时间的掌握稍有一点闪失,都会导致成套动作的失败。然而这只猴子却能掌握得准确无误,丝毫不差。当跷跷板向另一端倾斜时,猴子轻巧稳当地倒立三轮车上,丝毫偏差没出,让小三轮顺着跷跷板的斜坡自自然然往下滑去。当三轮车滑到地面因陡然的撞击而发生摇晃时,猴子却仍然稳稳控制着自己的身体倒立在三轮车上。然后,一个腾空翻从三轮车上轻盈平稳地落到地面。这不得不让人佩服猴子的聪明和敏捷。

　　猴子本来就是树栖动物,攀爬腾跃,是它的独特功夫。它们可以轻易地从这棵树的树枝上跳到另一棵树的树枝上。它们有时在树梢荡秋千,悠来悠去,悠着悠着,突然一下能轻松地悠到另一颗的树枝上。因此马戏团常让猴子爬上高高的竹竿,向空中扔小红帽让猴子接。

只见猴子搂抱在高高的竹竿上,驯兽员手里拿着一叠小红帽,拿一个小红帽向空中一扔,小红帽似红色的飞碟在空中旋转着飘飞。说时迟,那时快,就在这刹那间,竹竿上的猴子迅捷地一蹬竹竿,身体就如弹丸一样弹向空中飘飞的小红帽;在同小红帽交汇点,猴子两条后腿一蹬,两只前爪一伸,闪电般抓住飞行中的小红帽,迅速稳稳扣到自己头上,立即又像鸟一样滑翔而去,及时准确地落到对面的竹梢上。虽然惯性所致使它在竹梢上转了一圈,它还是不失风度地搂住了竹梢头。就在这时,驯兽员又扔起一顶小红帽,刚刚定神的猴子又立即猛蹬竹梢头,借着弹力纵身跃向空中,又是稳稳地接住了小红帽,又是立即且稳稳地戴在自己头上。就这样,猴子来不得半点喘息,总是不停地来回飞。那动作之利落,那姿态之优美,令在场的观众无不拍手惊叹。

再好的马也有失前蹄的时候。猴子没想到,它也有接不到小红帽的时候。这边的驯兽员手里拿着小红帽向空中一扬,猴子立即从竹竿上飞身扑向空中,它哪里知道驯兽员手中的小红帽并没有立即脱手。在猴子飞离竹竿后,小红帽才被驯兽员抛向空中。仅仅很短的时间差,就让猴子扑了空,猴子飞到对面的竹竿梢上,小红帽悠然落到了地上。

表演停止了。驯兽员用手中的棍子无情地抽打着猴子,而猴子只有不停地委屈啸叫,而没有半点抗争和辩解的权力。它是被役使者被戏耍者,是弱者。这世上从来就没有弱者、被戏耍者、被役使者抗争和辩解的权利。错,都在弱者一边,强者哪有错!所以猴子只有默默忍受，别无选择。

　　猴子也有不听使唤的时候。一只猴子，非常漂亮，全身长着纯黄纯黄的毛，唯有头顶上的毛洁白如雪。两个眼珠蓝晶晶，清澈明亮。无论远看还是近瞧，它那全身的毛都如丝绸般柔软，锦缎般光滑。加上匀称的身材，可称为美猴。

　　而它做起事却不漂亮，狡猾的不得了。一次排演让它在隐蔽处用一根鱼竿偷偷地钓走一个小丑的一小篮水蜜桃。开始，猴子非常高兴。水蜜桃鲜甜可口，是猴子的最爱；它能吃到水蜜桃，能不卖力吗？排练前驯兽员还给了它一个水蜜桃吃呢，美味极了。这边水蜜桃甜味还在口中存留着，那边又放了一小篮，猴子看到后一直表露急不可待的样子。它趁小丑在台上表演的当儿，费了好大的力气，把一篮水蜜桃钓走了。偷到一边，它不由分说拿起一个就咬；可不仅不甜，连咬也咬不动，原来是塑料做的。它觉得这个便宜没能占到，受骗了，就生气了，扔下鱼竿，"嗖"一下窜到排练房钢梁上不下来，无论驯兽员怎么吼叫，它也不听。它还在钢梁上攀爬腾跃，手舞足蹈，还时不时给下面着急的人们扮鬼脸。直到一天后，它饿急了从房梁下来找吃的，才被捉住。逮住后，体罚肯定是免不了的。但顽皮是猴子的天性，刚才遭皮肉之苦的它只能安稳一会儿，不一会儿它便将挨揍的事忘到九霄云外，乘人一不留神，它就去把水龙头拧开，自个儿得意地站在那儿看。

　　最让人讨厌的是它们那和人一样贪婪的心和好吃的嘴。它们见什么都想尝尝，只要它们喜欢吃的，两只眼就紧盯不放，千方百计想不劳而获。它们先会厚着脸皮伸着爪子向人要，要不到就偷就抢。

数年前我游峨眉山,一路向山峰爬去,从半道开始就不断在路边碰到三五成群的猴子。有的蹲在路边,两眼瞅着过往游客,看到谁手中拿着好吃的东西,就老早站起来,露出媚态,想讨点吃。有的爬到树上蹦跳腾跃几下,然后翻身跳到路边,站立着伸出两个前爪,似乎说:看我给你们玩了几套功夫,该给点报酬啊。有的直接上游客手中抢。游客给它们了,它们拿着好吃的,又怕别的猴子抢,就迅速爬到树上,或跳到悬崖上,自个独享。有的游客如果手里拿着东西但不给它们分享,那可要小心了,它们随时会从你手上把好吃的食物抢走。它们突然袭击,游客躲闪不及,身上衣服被猴子抓破撕烂是常有的事,还有女的花裙子和上衣被撕烂的呢。我清楚记得在峨眉山洗象池发生的事。洗象池海拔2千多米,是猴子最集中最爱玩耍的地方,也是游人到达最多的地方。由于从洗象池再往上走还有1000多米的海拔高度才能到峨眉山的最高峰金顶,一般游客畏险畏高,攀登到洗象池就折回山下;所以这里人多食物也多,猴子来到这里每天都能得到一定数量的美味佳肴。猴子们要到食物吃完后就开始打斗玩耍,从这个房子的窗户飞跃进去,然后又从另一个房子的窗户飞跃出去。有饿急了的猴子要不到东西吃,就趁人不注意把游客的照相机抢走挂到悬崖峭壁的树枝上,让人哭笑不得。

别看猴子个头矮小,没有狮子和老虎的威猛之躯,可他们特别爱逞能。也正是因为这一点使它们经常吃亏,甚至丧命。在一条干旱的快见底的河床里,很少的水里隐藏着数条凶残的鳄鱼。牛群来了,不敢去河里喝水;鹿群来了,不敢去河里喝水;羚羊群来了,也不敢去河里喝水;唯有猴群来了,敢冒这个险。一只猴子刚走到河水边,正要伸嘴喝水时,一只藏在水底的鳄鱼突然伸出长长的嘴巴咬住这只逞能的猴子的一条前腿。其它猴子见状立刻作鸟兽散。眼见这只猴子就要成为鳄鱼口中佳肴的时候,猴子用另一条未被鳄鱼咬住的前腿爪迅速、准确、用力去蹬鳄鱼的头部。鳄鱼没有想到猴子会这样突然袭击它,被搞晕了,一下把嘴松开了,猴子趁机迅即把前腿从鳄鱼嘴里拔出,闪电般地逃上岸去。是聪明救了它一命,可是它的逞能却险些丧了它的小命。古代有个寓言:吴王命人向林中射箭,其它猴子四散奔逃,只有一只硬充英雄,不慌不忙,用手接住空中的飞箭。它因此得意洋洋,骄傲的不得了。它不知道吴王命令士兵乱箭齐发,结果自己终于死于不合时宜的过于张扬的炫技。这种逞能和炫耀在人类不是也普遍存在吗?

　　如今我极厌猴子,就在于它们太像人了。它们刁钻,要小聪明,凡事讲报酬,逞能,还有贪心。印度南部的马哈尔丛林里,人们就是利用猴子的好吃、贪心,制作一种奇特的狩猎工具捕捉猴子:一个固定安装的盒子里面装有猴子爱吃的核桃,盒子上开了个小口,刚好够猴子的前爪伸进去;可猴爪抓住核桃后不放掉的话就抽不出来了。自以为聪明的猴子常常中计,就因为猴子的习性,实际就是它的弱点:不肯放下已经到手的东西。

　　这猴子多像人!许多人自以为聪明,猴子是蠢。其实在这事上,人与猴是一个半斤一个八两,彼此彼此。听说有一个人在科研上颇有成就了,上级看上他后让他当上了单位领导,又被定为什么什么行政级别。他留恋了,结果官没当好,科研也荒废了。还有的人拼命挣钱,为了钱不顾身体,结果为钱丧了命。这同抓住核桃不放手的猴子

猴

性

136

毫无二致呀！人的脑子比猴子发达,喜爱的东西更多,贪的欲望更强烈。你是法官,若放不下亲戚朋友而徇私,你是公仆因放不下红包而违规,都可能锒铛入狱。人生之船载不动太多的物欲和虚荣,该轻载的不轻载,该放下的不坚决放下,翻船的命运势必在前面恭候。

猴群跟人群一样是有皇帝的。谁当上了猴中的皇帝,其余的猴子都要俯首称臣。猴皇帝享受的不是岁岁来朝的待遇,而是所有的猴子必须时时朝贡,猴帝比人帝还贪婪。人当皇帝期间,可以有三宫六院七十二妃;猴子更甚,它一旦当上猴帝,猴群中所有的母猴只能和猴王交配,其他公猴如若偶尔得到机会偷情就要冒生命危险,一旦东窗事发,常常付出生命的代价。

因为猴王有其余猴子无法逾越的特权,于是就有了夺权的血战。老猴王渐渐老去的时候,年轻的公猴们就跃跃欲试,做起当猴帝的大梦来。当然,这要靠实力说话。猴子也是划地为王,如果把几群猴子弄到一块,它们必然发生恶斗,直到产生新的猴王为止。

前些年新华社报道:辽阳动物园从河南新引进 30 只猕猴,这些猕猴们每个都身强体壮,精力充沛。它们原来分属不同的"帮派",各派都有自己的"帮主"和"掌门人";如今人为地把它们放在一块儿,混乱的局面就产生了。谁都想让别的猴群听从自己的指挥,可谁都不服谁,自然要通过比试拳脚的方式选出统领各派猴子的新皇帝。不曾料到,初衷的比试最终演变成各帮派之间的混战。本来是单挑,谁的个人实力最强,谁就成为猴群中心的至尊;结果演变成帮派与帮派之间的实力比拼。也不奇怪,人们为了争夺大大小小的"主",全都不择手段,使尽帮派伎俩,何况猴乎!

最先发难的是一只瘦猕猴。野性不在年长年幼，个大个小还是胖瘦。这只雄性猕猴四、五岁许，它的野心膨胀得极为厉害。它和同伙吃罢地上的玉米后立即转身冲向南面假山上另一个猴群，来个先下手为强，伸出爪子去抓一只体积颇大的猕猴。大猕猴回头一看是个小瘦猴，它哪里会瞧得起，当然更不会示弱，立即回击，张嘴就去咬瘦猕猴的尾巴。双方猴群的猴子们看到各自掌门人开战，纷纷加入战斗，两派群猴，你追我赶，你撕我咬，扯腿的，抓脸的，咬脑袋的，顿时大乱起来，一阵阵愤怒的啸叫声不绝于耳。经过好一阵子激烈搏斗，大猕猴竟然被瘦猕猴从一个七、八米高的笼网顶部掀下，坠地重伤。同群的猴子发现自己的掌门人落败受伤，纷纷向笼网一边逃窜。人说，树倒猢狲散，一点不假，这就是猴子的势利特性。

胜利总是让人喜悦的。大猕猴的败阵，让瘦猕猴很是得意一阵，风光一番。它在笼子里颇像得胜的将军大摇大摆转了两圈，像是展示自己的英武，又像是检阅自己的部队。它像想统治世界的希特勒一样，按捺不住征服别国的欲望；几分钟过后，它又率领自己的猴群向另外一个猕猴群发动进攻。猴笼再次乱作一团。

就这样，30只猕猴不停地进行一轮又一轮大战。据说，这30只猕猴中有七只公猴，经过数轮激战，一只战死，三只主动放弃王位，还有三只势均力敌。这三只势均力敌的猴子谁能最后称王，不得而知。但有一点可以肯定，它们还要继续大战下去，直到产生新的猴王为止。

有猴王，就有背叛。一只年轻的公猴与老猴王争夺王位，一旦决出胜负，本来坐山观虎斗的众猴就一拥而上，争相撕咬失败的一方，

猴性

138

一齐驱除它远离猴群,即便它是原先统领它们的猴王。一旦你战败了,失势了,你不仅什么也不是,一文不值,而且当时的"同志"还纷纷来落井下石。猴类的德性简直和人类出自一个模子。如果老猴王不能及时逃脱,它的身上就会留下曾经是它的子民的无情齿印,最后会鲜血淋漓,孤独地毙命。这些乌合之众之所以争先恐后地对老猴王下此毒手,不是出于对老猴王的统治不满,积怨太深,而是以对老猴王残酷绝情的行动来表白对新猴王的效忠,借此去讨得新猴王的欢心。我所以对猴子特别厌恶,原因即在于此。它同人相比有什么两样?一个领导在位,大家都唯命是从,天天围着转,舔领导的屁股;一旦这个领导下台,就视如陌路人,甚至如疯狗一般扑上去狠命撕咬,以向新主子表功邀宠。猴似人,人若猴,人猴的心性是相通的。人本来就是从猴演变而来的,所以其标志性的尾骨永远也变不了。

　　有了猴帝,自然而然就有了献媚者。在猴群中有一只小猴,父母都战死,只剩下一个孤苦伶仃、孤立无援的它。以大欺小,是猴子相通于人类的恶德之一。故平常的日子,谁都可以任意欺辱它,谁也不会保护它。它每天都忍受着煎熬,提心吊胆地过日子。终于有一天,它找到了生存大法,即紧跟猴王不掉队,追随猴王不变心,想猴王所想,急猴王所急。猴王最爱吃新鲜的果子,它就积极地爬到树上去摘,然后拿到猴王面前,献给猴王享用;猴群倘若有猴子打架,发生了不和谐,它第一个向猴王报告;猴王身上痒了,它就急忙跑去给猴王抓痒痒……日子久了,猴王拿它当成自己的贴心走狗,对它倍加爱护。这样一来,有猴王的大红伞保护,再也没有哪个猴子胆敢欺负这个小猴子。猴王如人王需要走狗,小猴也如人一样需要找可靠的主子当靠山,为此甘愿当奴才。

　　在强者面前当孙子,在弱者面前当老爷。这一点,人与猴极端相通。北京八达岭野生动物世界,有一年关住三只小狮子。它们是在被母狮抛弃后,弄到这里来的。饲养员找来两只刚生育完的母狗当"奶妈"。虽然本是凶猛的攻击性动物,但因为幼小短时间不能表现出来,就常常遭到猴子的欺负。附近猴山上住着一群猴子,为首的一只年纪已经相当大,至少有五岁;它身体肥硕,生就一派英武兼具非常之貌。三只小狮子刚来,它就发现了,时常下山来到草坪寻衅滋事,进行骚扰。不是隔着护栏大声叫唤吓唬三只小狮子,就是隔着护栏用小石头砸三只小狮子。它见三只小狮子毫无还手之力,更逞了脸,索性跳到护栏里,揪着小狮子的耳朵使劲摇晃,居然还煽起小狮子的耳光来。每每"得手"之后,猴王会跑到旁边一个企鹅状的垃圾箱上,一脸得意地啸叫着,好像它真是森林之王,野兽之霸了。

　　这让我想起另一则也是真实的故事:武汉森林野生动物园从内蒙古购回一批草原狼。其中两只小狼一时无处可放,饲养员竟突发奇想,将狼崽关进了猴子的大笼子里。狼崽虽然很小,但猴子开初见到它们那尖牙利齿,还是很有点胆怯的。猴子是个聪明的主儿,它开始不断试探,骚扰后立即顺着钢丝笼子爬到笼的顶部,小狼崽只能气得嗷嗷叫,却奈何不了猴子。尽管小狼后来长大了些,还是无法用自己尖利的牙齿咬住猴子,还是不断遭受猴子的进攻。猴子却频频出手,一会儿这只猴子从笼顶跳下来,对着狼崽咬两口,一会儿那只猴子从笼顶跳下来,对着狼崽咬两口,搞得狼崽顾左顾不了右,顾前不顾了后,防不胜防。如此反复,日复一日,见狼崽无计可施,猴子们愈发胆大起来,对狼崽的进攻更加频繁,更加凶狠。而两只狼崽则被猴子们折腾得精疲力竭,食寐难安,万般无奈,只好向猴群俯首称臣。如此一来,狼崽生存的环境更加糟糕。游客给的食物,总是先被猴子抢了去;如果猴子心情不顺时,就逮住狼崽又咬又抓,发泄心中恼气。更奇怪的是,天冷了猴子竟然钻到狼崽怀里睡觉;倘不从,猴就用利爪又是抓又是打。有一只狼崽的耳朵竟然都被撕裂了。笔至于此,我忽思:如果让猴子变成狮子和老虎,它们会怎样?如果让猴子当上人类的皇帝,它们又会怎样?答案只有一个:它们会比狮子和老虎更称王称霸。它们会比人类的皇帝更会作威作福,作恶多端。有的皇帝就是猴子转世,猴具有人类的一切恶念。如若不信,不妨对照。

猴子的复仇心极强,谁惹了它们,必定得到报复。抗日战争时期有一个老人卖蛇药。他的蛇药治蛇毒极灵验,将蛇药放在自己口袋里,毒蛇拿在自己手上,只见毒蛇退而不咬;他把蛇药从口袋拿出来,毒蛇立即咬他一口。这时,他把蛇药放在酒里,然后喝一小杯,就安然无恙。为了吸引买蛇药的人,老人带两只一大一小的猴子,并在猴子脖子上都挂着一个小小的蛇药袋,让猴子玩耍毒蛇。老人表演过后,卖掉了一批蛇药,就叫猴子表演。就在猴子表演在兴头上的时候,来了一个日本鬼子牵了一只高大的军犬。那军犬吐着血红的舌头闯进人群。见猴子正在表演,那鬼子一声吆喝,军犬"呼"地一下猛扑上去,一口咬住小猴子的脖子不放,尽管小猴子发出凄厉的惨叫,拼命挣扎,也无济于事,不一会儿就一动不动,气息全无。见此,那鬼子发出一阵得意的狂笑。这时,只见那只大猴子突然一跃而起,从蛇袋里抓出一条毒蛇,扔到了军犬的鼻子底下。军犬用鼻子去嗅那毒蛇,一下被毒蛇咬了它的鼻子,痛得一跳老高,怪叫不止。接着在地上不停地打滚,很快一命呜呼。这时一不做二不休的大猴突然高高跃起,闪电般扑到鬼子的头上,一下子抠瞎了他的两只眼睛。顿时,那鬼子满脸是血,痛得大声嚎叫。老人也配合猴子,从袋里拿出一条毒蛇扔在鬼子头上,鬼子挨了毒蛇一口,哀嚎一阵后倒地死去。老人和猴子逃之夭夭。

在场的人都拍手称快,直到现在当地还把猴子杀鬼子的故事当做美谈,把猴子当成了抗日英雄呢!其实不只是日本鬼子,无论谁惹了猴子,它们都要报仇的。可不是,在海南海天大酒店前,一只小猕猴觅食时,被一辆出租车撞死,随后出租车离开现场。但山上数十只猕猴见小猕猴被撞死,便立即下山将猕猴尸体围住,不让他人靠近半步,同时还对其他出租车进行攻击。

人类越来越不认识自己,或者装作不认识自己,但猴子却如镜子照出了人类自己。猴子乍看上去是可爱的,但其劣性与人类相仿,有时也很可憎。猴的行为撕破了人类虚假的外衣,把人类种种弱点和丑恶暴露在大庭广众之下。人类长期以来靠巧妙的手腕遮盖起来的丑恶被猴子赤裸裸地呈现出来。本来人类是观看猴子的,结果人类从猴子身上照出了自己,成为被观者。如果说我还会喜欢猴子的理由,那就是猴子颠倒了观者和被观者的秩序,揭出了我们人类所谓尊严、高贵、端正、正经之下隐藏的多重秘密。

19 少年侣伴

夏日的一个夜晚,我难得空闲去往郊野观赏湖光山色。一群男女在水库自由自在地游泳。其中一个男子在前面游,后面用一个带底的游泳圈放上一只狗。他用绳的一头拴在游泳圈上,另一头系在自己身上。男子快乐地看着狗,一边畅游。小狗在后面紧跟着,威风且快乐地直立在游泳圈上。

太有趣了!这让我观赏了好久好久,不禁又想起我曾喂养过的小狗亮亮来。

亮亮是我从舅舅家抱来的。一天,我到舅舅家去,发现他们家的母狗生了一窝小狗。刚刚满月,捧在手上,柔柔的,暖暖的,让人不忍心放下。舅舅看出我的心思,就同意让我抱一只走。这样,这条小狗就落户到我家了。看着它长得胖乎乎的,圆溜溜的,全身毛黑得发亮。两个眼珠更亮,像又黑又大的葡萄,我就给它起个名字叫亮亮。

彼时正是初春,风有些料峭。放在纸盒里的亮亮冻得哆哆嗦嗦,成了一个圆团。我买了热水袋,灌上热水,放在亮亮旁边。这个小家伙对热水袋情有独钟，亲热得很，只顾趴在热水袋上不下来，直到水凉它才离开。

小亮亮初抱到我们家时，尾巴一直发抖，不晓得怎么回事，它的眼神怯生生的，不时从这个人的脸上移到那个人的脸上，好像我们的面孔都很狰狞。我想，它也许受到惊吓了吧？是怎么受到惊吓的？是对它很凶，还是老母狗不疼爱它，像我们一些大人样偏爱一个子女，冷落甚至虐待另外一个子女？我不得而知。但小狗亮亮一时还体验不到它来到我们家是会受宠的。

我看着它，用手抚摸它，挠挠它。开始，它是先警惕和恐惧的表情，有些害怕地往后退缩。我想，自从见面以来，我对它够友爱的了。怎么还不相信我？我又用手轻轻揉抚着它的头，它的身。也许它感到了我的手传递给它的温情，就不退缩了；而且还老实地蹲坐在地上，腼腆地伸出它嫩红的小舌头，在我的手背上舔两下。兴许它真正感觉到这个环境对它是安全的，温暖的，它才以这种友好的方式回敬我。它一定明白在我面前，它这样舔我的手是被允许的。我的手背让它舔得痒痒的。我不动了，它更殷切地舔起来，舔得我的手不忍心抽回去，恐怕惊吓了它，让它感到我对它的此类举动不乐意不接受。

半年后，亮亮个头长大了。它睡觉少，就像调皮的孩子，不到十分地困乏不睡觉。它整天疯玩，出去找它的小伙伴疯。有时找不到小伙伴，它就追小猫玩，小猫被它吓得夹着尾巴直窜。有几次猫急了，就爬到树上，房顶上，它无奈只好站在地上昂着头。"汪汪"直叫，有时坐立着在那儿等。等一会儿，它耐不住了，就悻悻地走了。无聊之极的时候，它竟然能去追蜻蜓和蝴蝶，累得哈达哈达直喘气。有时追小鸡追得满院嘎嘎直叫，乱飞。它很快乐。看到鸡吓得乱跑，它高兴地在地上直打滚。打过滚竟又起来去追，弄得院子很不安宁。我就吼它，叫它停下，可它忘乎所以起来，只拿我的话当耳边风。我就逮住它，没轻没重地揪它的耳朵，逼着它老实点。只有到这个时候，它才能老实一会半会儿。不要很长时间，它就像顽皮的孩子忘记挨过打一样，旧病复发。看着它的顽皮，觉得又好笑又可气。

它成了我们贫困家庭的活宝，给我们带来无穷的欢乐。它不仅同到野外玩，找小狗伙伴玩，戏弄小猫小鸡，更多的是同我们家人玩。它快乐时满地打滚，高兴时两个前爪往我们身上一趴，让我们用两只手接着，引领它扭巴扭巴地走；有时它趁不注意时伸出那嫩红的小舌头去舔家人的脸蛋。它还和我们一起看电视，特别是当电视播放动物世界出现狗和狼的故事时，它看得特别专注。这时它会靠得很近，很专注，巴不得自己融入到电视里的动物世界中去。

因为全家都爱它宠它，就任由它搞些无关痛痒的小破坏。得了鼻子，它就上脸。有一天，下了大雨，它从外面玩耍跑到家，浑身淋得像落汤鸡，四个蹄爪沾满了泥水。也许有点冷的缘故，它突然跳到床上，还直抖身上的泥水，弄得满床都脏脏的，湿湿的。我妈生气了，一巴掌把亮亮打到了床下，并用脚踢了它一下，还警告说：下次再这样，看我打死你。亮亮一下全傻了，它没想到它的忘乎所以，任意胡为，会惹得主人如此动怒。它可学乖了，再也不敢上床了，就是把它抱到床上，它也吓得立即连滚带爬跑下床来。一见它这个样子，妈妈都觉得愧悔，当时不该那样狠打。

不久又发生了一件令亮亮不愉快的事。它平日夜里睡觉要拉屎尿,就跑到床边喊我们。可是那次我们全家都睡沉,它一个劲"呜"叫都不醒,它实在熬不住了,就在门边方便了。第二天一清早,姐姐不慎踩到了一脚。妈妈生气地说:"亮亮又想挨打了,看我怎么打你!"一边说着,就一边把亮亮拉过去进行审判和惩罚。它的鼻子尖死死地按在排泄物上:"看你还敢不敢在屋里,在屋里尿!"问一句,它的脑门子就被打一棍子。从此无论如何,它再也不敢在屋里睡觉了。它也许怕在屋里憋不住,要拉屎尿抗不住,再被我们痛打。

到深冬了,我们怕冻坏它,要拉它进屋,可它直摇头,两腿直往后缩退,表示抗议。有一天夜里气温很低,漫天大雪,地冻天寒。早上起来,我看到地上亮亮踩碎雪留下的蹄印子。我想它一定一夜都在跑着取暖。于是,我就把原本锁上的厨门打开,让它在灶前卧睡避寒。或许是天太冷,亮亮冷极就拼命往灶口拱,所以亮亮才弄得浑身脏兮兮的,像个小丑孩。

亮亮长到两岁了,已是像模像样的大狗了,依旧淘气。时时围着我们转,要我们逗着它玩耍。它居然咬了邻居一口,母亲只好带邻居到防疫站打针,这下让母亲尤为恼火。亮亮似乎知道自己犯错了,垂着耳朵跟到防疫站。我建议也给它打一针,谁知这家伙就是不听话,几个人都按不住,又把打针的医生咬了一口。这下更不得了了,母亲追赶着要往死里打,我一边心疼一边咬牙切齿对亮亮说:"你再也不要回家!"怨怒之下,我跨上自行车,一溜烟回了家。到了家里,我立即后悔起来,当时不该那么冲动,丢下亮亮不管。它万一找不到家,丢了咋办?想到这里,我立马骑车出门,顺着去防疫站的道路找。半道上,我看见亮亮正翘着尾巴往家的方向跑来。见到它后,我原本以为,它会亲热我,因为我毕竟又来找它了,说明我还是要它的。可它没有这样!它停下,趴倒,一动不动。我说:"亮亮,咱们回家吧!"它的眼皮动也不动一下。我又说:"怎么啦!亮亮生气啦?是我不好,不该丢下你。可我现在不是来接你了吗?"我摸着它的身子,揉揉它的圆乎乎的脑袋,看着它两眼露着埋怨和委屈的神情。我知道,因为我从来没有这样对待过亮亮;突然这样对待它,它受不了。现在我来接它了,就像被丢弃的孩子,一下见到妈妈,怎么也控制不住发泄内心的委屈和痛苦。于是,我又摸摸亮亮的耳朵,轻轻地抚它,说:"这儿不是你的家,跟我走吧!"我说完,亮亮用眼皮翻了翻我。但它是懂我意思的,虽然它当时没有立即起来,稍过一会儿它伸伸身子就站了起来,跟着我回家了。

亮亮对饮食的要求可不高。因为家境艰难,哪有钱给它买上好的东西吃!只能粗生粗养,给它丢点剩饭剩菜,还有时断顿!给它食吃的时候,它的头早早地昂起来,两眼直勾勾地盯着我手,馋得它一跳一跳的,恨不得马上一口全部吃到嘴里。脸上呈现出特有的夸张的感恩。有时候仅仅是一碗粗粝的糙米饭,加上一点点肉末或油腥,就能令它开心快乐,令它为我们的款待欢呼雀跃,神采奕奕,奔跑如风!要是没有吃的,亮亮就昂着脖子等;饿极了,就埋头呼呼大睡。尽管如此,它从无怨气,也没想过离家出走。我暗自想,亮亮真好,多优秀啊!

我见过一个富人家的狗,主人每天用上好的骨头和肉款待它,有的时候甚至还做羊汤,买牛奶给它喝。可是,渐渐地,它除了精肉细骨一概不食。再到后来,它挑食到了细中之细,精中之精,超市买的高价狗粮,它甚至连看都懒得看上一眼,同满身怨气的贵妇和娇生惯养的小姐差不多。对它如此百般的照顾,它还是那么慵懒和冷漠,显示出深切的不满和厚重的怨气。

有个朋友给我讲了个故事:在俄罗斯,有个人叫谢尔盖·拉图申斯基耶,他曾喂养一条名叫马斯金诺猛犬,是多次狗博览会的冠军。他同这条狗和睦相处五年。后来,他结婚了。妻子马琳娜,美丽贤淑,生性快活,热爱动物。可是,马斯金诺从一开始就对马琳娜看不顺眼,经常冲她发威吼叫,还试图咬她。当他们生下了小乖乖安德烈,这条狗更不接受了。一天晚上,马琳娜正在厨房忙活,小安德烈在院子的童车里睡觉。突然,院子里传来孩子的一声尖叫。她跑出去一看,马斯金诺张开大嘴咬住了孩子的头。马琳娜冲向穷凶极恶的狗,可它变得更加凶暴。安德烈已经不再喊叫。邻居闻声赶来,救出了马琳娜,却救不活小安德烈。当场来的一位医生说,我也是爱狗的人,知道就是最好斗的狗也不会轻易进攻主人家的小孩,更不用说去咬了。为什么会发生这样的惨剧呢?若是主人在家,马斯金诺绝不会如此胆大妄为疯狂失性。因为狗的等级观念是最强的,当主人还单身时,等级排列主人是老大,马斯金诺就是老二。主人妻子进入这个家庭后,等级发生了变化;而马斯金诺又不愿让出自己的老二地位,所以它常对主人妻子马琳娜怒吼。当主人马琳娜生出小乖乖安德烈后,马斯金诺犬更为恼火。过去五年里它独享主人的爱抚,如今出现了主人妻子和儿子后,它显然被主人淡漠了,所以才做出如此异常的反抗举动。

这个故事让我很震惊。我知道他是以玩笑戏之于我,一种毛骨悚然之感。可是当我见到亮亮,看到它亲切温顺的样儿,摇尾巴围着自己欢喜地转悠,又不由地喜欢起来,舍不得疏远它,更舍不得丢弃它。后来,我读到美国作家杰姆·威廉斯一篇文章。文中说,一只小狗顽皮滑稽,为主人带来快乐,主人也视它为最好的朋友,甚至把它唤作孩子。就算小狗调皮捣蛋过分了,主人也只是对它摇摇手指说:"你怎么可以这样呢?"到最后,主人还得半喜半怒地向小狗投降。主人忙碌的时候,小狗会把家里弄得一团糟。它还经常倚着主人撒娇。主人经常带它到公园散步,互相追逐。每天傍晚它都还是迎接主人回家。这样亲密无间,并没有影响主人后来结婚生子。渐渐地,主人把更多的时间花在恋爱上了,它仍然耐心地守候着主人。它天天摇着尾巴,欢蹦欢跳的样子,好像为主人恋爱感到无比欣慰。主人的妻子并不是爱狗的人,可狗总是很敬爱主人的妻子,绝对服从她,千方百计让主人的妻子知道它很爱她。后来主人家添了小娃娃,它也跟主人一起雀跃。为了怕小狗把小娃娃弄伤,主人就整天把小狗关在门外,小狗虽然很急,但还是默默服从。主人的孩子慢慢长大了,小狗也成了这孩子的好朋友。孩子喜欢它,它也喜欢孩子。

　　这让我觉得,狗和人一样,人和人是不同的,狗同狗也是不同的。俄国安娜·谢利瓦诺娃写的马斯金诺犬是一种狗,而美国杰姆·威廉斯笔下的又是一种狗。而我坚信我疼爱着喂养着的亮亮,就是杰姆·威廉斯笔下的狗。我如果不在家,它就会在家门口坐立着等我回来,就像当年祖母每周六在村口巴望着我回家。它摇着尾巴在村头送迎,见到我就蹦跳,两个前蹄爪向我身上扑;亲热一阵后,就在前头跑,引领我往家里走。

我每次出门,它总是千方百计缠着我,跟着我。我走它就跟着不放。一年冬天,天正下着雪,我要上山砍柴。亮亮一定要跟我去,怎么办?赶又赶不回,我就装作不走了,回到屋里。趁它到别的一间屋玩耍时,我跑出了屋,直奔山坡。我想,这下亮亮追不上我了。可就在我得意摆脱它的时候,回头一看亮亮正从山下狂奔而来;雪齐它的胸,可它的前肢像破浪一样将雪劈开。见状,我是又高兴又气恼。记得还有一次,我和同伴结伙去县城打工。亮亮十分敏感,看我拎着行李知我要出远门,紧跟不离。我走的时候,它悄悄尾随身后。无奈,我让妈妈逮住它,才上了汽车。车开动时,我看见它面对扬长而去的沙尘一眼迷茫,定是不明白我为何无缘无故抛弃它吧。

汽车行走在蜿蜒的山道,却出了毛病,全车人下来在路旁等候司机修理车。大约修了半个多小时,终于修好了。正待大家要重新上车时,我突然发现亮亮坐立在汽车跟前,伸出舌头大口大口喘息,直望着我。那眼神分明是在哀求我带它一同上路,哪怕远走天涯,它也不怕奔波。

它一身灰尘告诉我,亮亮是一路迎着路上汽车扬起的灰尘追来的。家里到修车地点,足足有10多里地啊,它竟然就追到了!幸亏车坏了停下来修路,不然它还要跑得再远,倘若追不上我乘的车,找不到我,又回不了家咋办?弄不好会被狠心人逮了杀掉吃了。我只好带着它回头了。

亮亮虽然不是名狗,也不是狗博览会上的冠军,但它的身躯一样矫健、丰满,身上的毛乌黑油亮,两眼炯炯有神。三岁后的亮亮再也不是当初的小不点,再也不用怯怯的遛墙根了,它走起路来大步向前。小跑时,它尾巴高高地翘着,头高高地昂着,四蹄翻滚;放大了看,活似一匹神采飞扬的战马;倘若猛跑时,他就把两只耳朵紧紧向脑后贴伏着,尾巴向后拖着,好像它也明白阻力。

　　让我永远值得夸耀和不能忘记的是它看家护院的本领。一个秋末的晚上,我领着亮亮闲遛一圈回来。刚走到家门口,亮亮就警觉起来,它伸着脖子东闻闻西嗅嗅,显出一种发现敌人的严肃神情。它突然猛地向上一跃,翻过家院的矮墙头,我还没来得及开院门,它就蹿到院子里。亮亮凶巴巴地吼叫,原来是两只贼头贼脑的黄狗,正在猪圈旁偷吃,发现亮亮立即狼狈逃窜。亮亮的勇猛和警惕性,一点不亚于人。

　　后来的一天,我终于离开了亮亮。为了生存和发展,我还是决意离开偏僻的山野乡下。临走时天蒙蒙亮,妈妈送我到村头路口,亮亮也紧紧跟着。我上车了,妈妈对我招招手,亮亮也抬头看着我乘车离去。它的眼神里显然流露出不舍。说来也奇怪,亮亮这次并没有尾随汽车后相追,只是呆呆地在路边站着,昂着头目送我消失在它的视线之中。为什么呢? 也许它觉得我不能因为它而耽误我的人生前途。可它怎么也不会想到,我这次离家居然成了它与我的永别。

　　当我从城里打工回家,妈妈异常难过地告诉我,亮亮已不在人世了。妈妈说,我走后,亮亮天天魂不守舍,每天傍晚都在村头路口等我回来,无论刮风下雨。每天都兴冲冲地去,耷拉着脑袋回。终于有一天,再也不见亮亮回来。母亲到处找,村头,山坡,树林,都不见亮亮的影儿。我心里难过极了。我恨自己没有带走亮亮,奈何我只身闯天涯,不知何处是我家。

在我过去的岁月里,我因为喂养了亮亮而快乐,也因为失去亮亮而痛苦。但是它给我的快乐与辛酸,都一律埋藏在我记忆深处,如同我自己终年不能忘怀的过去。

风语

泰山观瀑
镜泊照影
九寨瀑韵
鼎湖洗心
崂山读瀑
长白飞瀑
星之绪
月之绪
牵牛花
浪漫诱惑东坪山
风情万种话平和
梦回同里长相思
桐花情愫深几许

20 泰山观瀑

　　泰山通体有数不清的细流,有如血管之于人的身体,从石缝、草丛中淙淙流淌,几经曲折,汇成溪瀑、沟、涧,最后奔入泰城南郊的宠河缓缓东去。几乎从我踏入泰山第一步起,就有泰山的水流伴随我,时而是波光粼粼的湖面,时而是倾泻无羁的瀑布,叮咚的山泉为我奏乐,潺潺的小河向我欢歌,即使在我上到了1500余米的岱顶,也不乏清凉的山水替我解渴洗尘。然而有人对我说,这都算不了什么,最负盛名、最能代表泰山流水气势和生机当属黑龙潭瀑布。

　　岱顶转回后石坞下来,沿原路回至中天门时,我决意去浏览一下黑龙潭的绚丽。黑龙潭位于泰山西路的西溪,我从中天门岔路转向西南,顺凤凰山腰水道而下。这儿谷深峪长,林海莽莽,时而循曲径蜿蜒而行,时而履石蹬降阶而下。谷地豁然开朗,向前延伸一条小径蜿蜒通向山涧,极目望去,坦然平舒,山势旷达。一路绿荫蔽日,溪深谷幽,地僻人静。素来称此为"旷区",真乃当之无愧。尤其那古老的黄西河谷,久经山水冲刷,石坪上剥露出一道道彩色纹理,别具风致。

置身此中,涤瑕荡垢,使人倦意尽消,顿觉心旷神怡。

在往黑龙潭行进途中,同路游人讲起关于黑龙潭来由的有趣故事。传说泰山黑龙潭所潜之龙系东海龙王的子孙,它是为助泰山神镇山治水,奉命落籍于此。泰山上到处泉水喷涌,终年不竭,源远流长,素有三山水长盛名。据说这是黑龙潭与海水相通的缘故。

很久以前,泰城有一位年轻貌美、心地善良的樵夫,以打柴为生、与老母相依度日。他喜登山习水性,扬名泰城。城中有一霸道员外,想吃黑龙潭仙草长生不老。便派管家把樵夫叫去,逼他下龙潭取仙草,限期送来,不然与老母性命难保。年轻樵夫素知龙潭深不见底,失足陷入淹死者无数,从无人敢去猎取水中奇葩。他在潭旁犹豫徘徊,稍感困倦、合眼朦胧,忽见一位美貌女子依崖观鱼。这位丽人听他唉声叹气,便上前主动搭讪问话。当她得知缘由后,立即暗示樵夫可下入水潭取仙草。樵夫回头之间,女子悄然无踪。樵夫立即跳入黑水潭,潭水冰冷刺骨,他足不及底,手难抚岸,几经挣扎,终于昏厥过去。霎时渐又清醒,只见眼前站着一位女子,才知是她所救。女子并将两颗仙草送给他,嘱咐樵夫,红色的吃了可长生不老,献与母亲。绿色的送给员外,吃了即变成禽兽,惩罚恶人。樵夫顿首拜问其芳名,才知她是东海龙王之女碧莲仙子,奉命在此守看仙草。从此双方互生爱慕。员外用仙草泡酒食之,酒未半酣,跌落伏地,化为大鳖,而那位逼迫樵夫的管家也因舐舔剩酒,当场变成一只狗。东海龙王得知黑龙潭仙草被女儿送人,亲来查办,欲将女儿论罪处死,幸亏碧霞元君讲情,才免于死罪,但活罪难逃,将碧莲仙子开除仙界,此后她便与樵夫过上了人间幸福生活。

说话间,我们已穿过古老幽深的黄西河谷和香飘四溢的苹果园马蹄峪鹿苑,已至黑龙潭。说它是泰山西路旖旎风光之精神所在,一点也不为过。人临其境,就好像进入了《西游记》中的神话世界。好一个花果山、水帘洞啊!

黑龙潭东西两侧峭壁如削,北临百丈悬崖,远望瀑布如一条玉河,奔腾而下,近看又似千匹银柱,万斛珍珠,倾泻潭中,声似雷鸣,雾气腾腾,细雨蒙蒙。在阳光下,晶莹闪烁,五彩缤纷,织出条条彩虹,真是造化钟神秀、出大奇。

大自然有着伟大的气魄和无比的耐性。如果说古代的造山运动和泰山山地剧烈上升奠定了黑龙潭的雏形,那么百丈崖瀑布的雕刻刀又经过了千百万年的切磋磨琢,将黑龙潭雕塑成口小肚大的巨盆。黑龙潭水深数丈,呈靛蓝,赤鳞鱼跃动上下,清晰可见,听闻此鱼非常名贵,乃旧时进奉皇亲贡品。这种鱼因背上面紫红色闪光鳞片而得名,又称石鳞鱼,仅在黑龙潭卵化,别处则少见。赤鳞鱼主要有两种,一种叫金赤鳞,一种叫铜赤鳞。铜赤鳞呈铜褐色,金赤鳞非常漂亮,金鳍锦鳞,亦称"美人鱼"。其体态细小,可爱玲珑,游动踊跃,潜于水底,钻入石缝,故不宜捕捞,只能垂钓。其鱼肉鲜美、细嫩、柔若无骨、肥而不腻,吃起来清爽可口,风味独异。"鲁酒若琥珀,汶鱼紫锦鳞,山东豪吏有俊气,手携此物赠远人"。李白诗中的汶鱼紫锦鳞,即指此所在。

在黑龙潭观赏锦鳞闪耀,怡神悦目,颇有情趣。但见潭侧石崖壁立,冲刷如洗,游客依崖观鱼,优游自乐,意境无穷。瀑旁尚有一古建石亭,横额题为"西溪亭"。此亭临崖而建,山水相映,可供游客坐歇观瀑。门两边有一幅石刻对联,题曰:"龙跃九霄,云腾致雨,潭深千尺,水不扬波"。精短几言,即描绘黑龙潭之壮景。

翘首北望,只见长桥高悬,宛若长虹。由此逆上不远,可见拱桥天额铭刻"长寿桥"三个大字涂以红色十分醒目。此桥坐落在百丈崖之巅,是一座弧形石拱建筑,横跨西溪犹如长虹卧波。桥西形如弯月,两侧置以箭杆式铁栅栏,漆以红色,与青山绿水相辉映,显得鲜明别致,分外美观。桥下湍湍激流飞泻而下,如银似雪,恰似一条玉龙从长桥下钻出,腾飞而下,此乃龙潭瀑之首。沿磴而攀,上有石坪宽广,冲洗得尘埃不沾,游客席地相坐,涉足水中,掬水嬉戏,妙趣横生。长寿桥两头,依山临建起两座花岗岩的四角亭,西曰"风雷亭",两亭相对,点缀于青山翠谷之间,与长寿桥,百丈瀑,构成一幅立体的国画。历代不少名人学士在这里触景生情,讴歌祖国河山锦绣之美,匡正时弊,抒发忧国忧民情怀,留下许多诗文名句。这块石坪上的两方摩崖石刻,一曰"洗我国耻",一曰"还我山河",就是佐证。

长寿桥南,百丈崖顶端,陡坡险处,石坪上有一白纹如带,自然形成,横跨西溪两岸。游人只能驻足于石纹,越过石纹一步,即有生命危险,此处故名曰"阴阳界"。听说过去曾有好强的游客想冒险越过酿成坠崖身亡悲剧。如今石纹线内已设置铁栏,再无坠身崖危。凭栏近看远望,可见高峡平湖龙潭水库,白龙池水波粼粼,冯玉祥将军墓绿树掩映,范明枢墓,金山烈士陵园,松柏常青,普照寺楼红阁,层层叠叠,六朝松苍劲挺拔,枝曲回环……

身临其境,才真正体察到东岳泰山确实是含英藏秀贵地。它既具苍劲雄伟之姿,又寓瑰伟秀丽之色。如果说泰山全身拥有许多闪光的明珠，那么西溪的黑龙潭瀑布就是其中瑰丽的一颗，而黑龙潭周边的山光水色，诸多景点，就是挂在泰山颈项上美伦美奂的珠链。

21 镜泊照影

早已从名画中欣赏过吊水楼瀑布的雄丽姿容,她是镜泊湖中的八景之一。地处镜泊湖出口的最北端,她从极高的簸箕背上一倾而下,如一面水帘,倾落潭中,烟雾腾腾,溅起亿万颗珍珠;画面上色可通见,声可遐想。人们只要见那画面上瀑流的飞动之势,就似听到轰然作响的壮美旋律。

朝霞安静而热烈地依附在湖面,那薄薄淡淡的雾絮在水面上缓缓地浮动着,浮动着。宛若无数仙女玉峰隐现,玉臂收揽,渐渐地,渐渐地全心全意投入了环山绿树的宽阔怀抱,仿佛尽情地吸吮异性的浓厚气息,欲罢不能,欲拒还迎。镜泊湖像是一面天然宝镜般平亮,此时她沉醉在清怡的晨光中,不愿醒来,不愿醒来……

微微荡漾,闪闪透明,映照着那山、那水、那蓝天、那白云、那苍鹰,给人以一种恬淡的感觉。游艇在湖面行进一阵子后,下船翻过一层山,有一道拦腰大水让人止步,只能从绿树丛中隐隐约约遥望白茫茫的一番水影!

大约在一万年前，火山喷发后自然下陷几个陡峭巨大的深坑。随着时光的推移，坑中长满茂密的森林，最大深坑直径约五百米，深两百米。站在深坑口端鸟瞰，只见谷底高大粗壮的树木竟如火柴杆一般大小。火山坑四壁，陡峭险峻，犹如刀切，不免使人胆战心惊。扯着绝岩的树枝往下看，顿觉头昏目眩。下至坑底，豁然开朗，但闻鸟鸣清脆，野草丛中却有长蛇乱窜，小鹿惊慌地四下奔跑，真正领略了"地下绿宫之美"。

吊水楼，她不似香炉峰"飞流直下三千尺，疑是银河落九天"的绝姿，也不似壶口瀑布"风在吼，马在叫，黄河在咆哮"之威武雄壮。诗人曾为吊水楼留下"飞落千堆雪，雷鸣百里秋。深潭霞飞雾漫，更有露浸岸秀"的优美诗篇。她以自己粗犷的风采和异样的情调将镜泊湖翻转一般，把满湖的水全部倾倒到深深的峡谷中去了。湖水从上飞落时，如一个天真的孩童欢呼击掌般扬起洁白的浪花，又似一位正在临装待嫁的姑娘，闪烁着五彩缤纷的霞光。迸发出春雷般的响声，气势雄浑而磅礴，豪迈而坦荡。时有一群群携妻带女享受天伦之乐的燕雀，一群群彩色花蝶轻歌曼舞，如同一位位妙龄女郎，发出敬羡的眼光追随着合家同欢的燕雀，为瀑布增添了无限生机。

吊水楼之所以被人如此膜拜，更缘于一个美丽的传说。相传古时靺鞨族的国王，想选一个最美貌的王后，就招来天下的能工巧匠铸造"宝镜"。这面宝镜不仅能将天下最美的女子照进去，还能够深深印在上面，永远不会抹掉；如果不是天下最美的女子怎么照也照不进去。国王选一位老道领着人马，携带大批金银珠宝拿着宝镜四处选照王后。

老道走了好多州城府县,相看过许多美貌女子就是没有一个能照进镜子里去。有一次他来到吊水楼瀑布,就顺着水声寻去,先看到湖上的大孤山,晒着一张小渔网,但不见打鱼人。坐着木筏,再往前走,猛然看到水面的石柱,系着一叶橡皮小船,船上坐着一位正在梳妆的少女。青山脚下,红裙耀眼,望波上光彩夺目。老道急令卫士将木筏向前靠拢,将木筏系在另一石柱上,见到这个姑娘生的眉俏目秀,面似桃花,腰如细柳,肤光耀人,老道用宝镜一照,姑娘的模样、肤色、体态、神采全部显现在镜子里。可是姑娘有个誓言,不管哪个来向她求婚,都得先答出什么是世间最宝贵的东西,方能说婚姻一事。老道回答不上,只得怏怏而回,先后有富可敌国的国王、年轻英勇的武士、吟诗赋词的书生,均回答不了姑娘的问题,最终姑娘抱憾去了吊水楼,坐在水帘半腰石榻上,低头织着羽锦——化作瀑布。

　　望着这镜泊飞瀑,情思涌动,感叹大自然的雄伟和力量,感叹造化的奇妙与精美。镜泊湖的"珍珠门""小礁石"就像一头轻柔飘逸的长发,绝艳动人。传说,镜仙湖在远古时期,是仙女嬉戏沐浴之所。而今仙女何在?是去寻找失去影踪的情郎了么?还是隐伏在湖山深处的绿树碧水中?这连绵不绝的飞瀑声莫非就是仙女们婉转动听的放歌?峡谷前那蜿蜒而去的牡丹江水,莫非就是仙女们深情明亮的眼波?

　　伫立崖壁俯视瀑潭,墨绿色的水里,好像是另一个看不透的神秘世界。传说这潭深无底,潭里垂挂着用铁链吊着的渤海国王的石棺。曾经有人决意探索,潜下水去,但怎么也够不着底。思索之下,从岩壁上挖下一颗小石子扔了下去,只是清晰地看见她徐徐坠落的样子;

居然没有笔直而落,而是慢悠悠地划了半个圆弧,渐渐没入到了深处……

突然,一片绿叶飘在我的肩头,又从我的肩头飘舞一路长扬到了潭面,像极了一只小船。我情思涌动,想象自己似这片绿叶,幻化为一叶扁舟,与这湖光美景为伴,与这幽静奇崖为侣,一生一世隐居在这辽旷清净的世外桃源,一任天马行空。也许像海涅诗中所写的莱茵河畔的船夫一样,为了那美妙的向往,而把生命在波涛中埋葬。

22　九寨瀑韵

　　古林生幽远，天然化一奇。四川九寨沟四季都有它的天然原始风光，宁静深幽。仲春，树绿花艳。盛夏，湖山湛翠。金秋，枫枝欲燃。隆冬，遍眼银冰。然而，我以为装扮九寨沟四季芳容的不只是花草，更有飘袅的云雾，拂天的群山，茂密的森林。还有许多的河流、湖泊和瀑布。若说九寨沟是一副色彩斑斓的长卷，而河流湖泊瀑布俨然是这副画卷中最神奇的部分。若说九寨沟是曾经隐藏在世纪迷雾里的绝代佳人，这许多的河流湖泊瀑布则是她那双盈亮的眼睛。九寨沟的河，别具风采。水从广阔的河面穿过灌木丛流淌。河中许多树木，在激流中生，在激流中长。这真是树的别一样性格，别一样的生命力！这些树丛切割着河面，形成高高低低、弯弯曲曲的水流。站在高处眺望，树丛整整齐齐地布列成一道道"堤坝"，而"坝"与"坝"之间的河段，复呈碧蓝、浅蓝、青绿的色彩。恐怕世间再也找不到像九寨沟如此色彩鲜艳的河流，令人流连忘返。

　　这山、这树、这河，造成了这里的瀑布别有姿色。由于山沟从高到低呈倾斜状，碧水从树丛中间慢悠悠地穿行，漫过梯形堤埂，跌落成层层宛如飞花碎玉似的瀑布。但最为壮观代表九寨沟瀑布特色的还要数珍珠滩瀑布、树正瀑布和诺日朗瀑布。

珍珠滩瀑布在镜湖的上面。镜湖，传说是男女神仙幽会的地方，它无比幽静秀美，现代的多情游人为它起了个名，叫"爱情公园"。它像一面明净的镜子，倒映着山峰、树木、白云、蓝天，连游人的脚步，摄影师的镜头，也毫不例外，被它吸引到水中，令人欲行又止。而珍珠滩则又是另一种景色，滩上生长着一丛丛高山柳，河水从上游俯流下来，在树丛之间哗哗流淌。好像亿万粒珍珠在缓缓滚动。我涉水过滩，开始觉得河水冰冷刺骨，也怪了，一会儿又产生一种暖烘烘的感觉。我在水滩中伫立良久，觉得仿佛踩着珍珠地毯一般柔软舒适。似乎自己也变成了一颗珍珠，亮亮闪闪，莹莹晶晶，被爱人捧在手中，愉悦地泛出最剔透的光芒。这串水珠源于山水自斜坡流出，撞击石滩所形成。及至断层处，底下就是摄人心魄的大瀑布。手扶围栏立足悬崖边，只见瀑布冲腾、飞舞、撞击，在山谷发出巨大回声。山在摇动，树在呐喊，好一派一往无前的气势。惊讶的是，瀑流腾起的浪花闪烁着淡蓝的光华。

树正瀑布在诺日朗瀑布之下，它是典型的林间瀑布，由此构成了树正群海。数不清的溪流在万丛小树间嬉笑、追逐、欢奔。灌木的枝丫、长满青苔的涧石为它们编织成了月门曲径，蘑菇状的红色树冠为它们打着伞，她们在这天然的乐园里跑跳、纵起、跌落，飞下山岩。瞬间，就变幻成了万顷珍珠，银光耀眼，为淡紫色的岩壁挂上了珠帘，它们是天国里最小最小的子孙。这珠帘及其溅起的水花、喷出的雾气，在阳光照射下出现一道五颜六色的彩虹，十分壮观，这就是树正瀑布，宽约三十米，几十米高度，湖水分两路泻入谷底。确切地说，它是由十几条、几十条水练交织在一起，富有生气、又富有节奏，奔腾中咆哮，也有轰鸣，但不像黄果树瀑布那样雷响狮吼。倘离远点细听，还有音乐感，很是悦耳！右首的瀑流最为奇妙，它从一片红柳中漫溢出来后，并不是从悬崖上飞流直下。瀑布背后的陡岸上丛生着苍翠的松柏，冷杉和赤桦之类，树不高，较平整，像一副不用艺术构思的画面。而造物者把这处瀑布绘在画面的右下角。两者比例适中，浑然一体，从而形成了一副绝妙的自然风景画。人在画外，看瀑溅，听瀑声，赏瀑景，感到凡人似仙，人间仙境。

  诺日朗瀑布是九寨沟所有瀑布中最大的瀑布。九寨沟风景区由树正沟、日则沟、则查洼沟组成。面积约六万公顷，它好像一个年长的白须老人手擎九寨沟所有的风景画，让人们漫游，观赏。这瀑布姿容独具，瀑宽约四百米，高约二十米，像是一道水流屏障，又是个瀑布，它们有的好似垂悬的水帘，细流缓缓，有的像数十匹白绢，从悬崖峭壁上飘然飞散，有的又像湍急的喷泉，奔腾直下。不过从整个瀑布的形象看，我则觉得，它像个老太公，仰天大笑，银须飘洒，仙气升腾。褐色的山岩是他健康的肌肤，白云是他的蓬蓬皓发。看它飞瀑千尺，把尘垢洗净，把涓埃冲刷。藏族同胞把它看成是天降的神水，每逢夏日，必来到瀑下沐浴净身。瀑布间的岩石仿佛紫铜铸成，阳光下显得紫褐。岩上树丛像被朱砂所染，简直是诺日朗老人献给天国的万树珊瑚。站立少顷，天空突然飞来几片云儿，接着山顶一股一股云烟向外冒，迅即扩散开去，阳光被遮住，云雾飘飘忽忽，在山峰间游荡,在丛林中穿走,在诺日朗上空翻跃,此时的山、瀑、景,更显得富有生机、富有魅力。

　　九寨沟瀑布委实与众不同。如今细思,心依然悠悠发颤——这是一种深情的怀恋,一种对于丰富、美好景物的热烈渴望。有人说,严格意义上,诗歌是不能翻译的;而我则说,九寨沟的瀑布不能言传;它的韵姿在我心中,我却找不到更适合的词汇来对它进行真实的翻译。

23　鼎湖洗心

自从登上鼎湖山的第一级石阶开始,清亮的溪水一直和我相随,那和谐如琴韵的流响,一直没有离开。这琴音,时而婉转低回,时而高昂激烈。一路上我们都沉醉在流泉飞瀑的交鸣声里。

鼎湖山位于肇庆七星岩,从广州驾车近一小时,从绿亭前行,远远就见几条瀑布从半山飞出,似一群若隐若现的仙女,手捧洁白的莲花,从天上洒下,花瓣变成乳白的水沫和晶亮的水珠,带着凉意,远远地喷洒于我的面庞与手臂。原来是飞水潭到了,瀑布高达三十余米。从悬壁倾泻而下,或如白练悬空,或若轻纱曼舞,忽而水柱直泻,忽而又化作千丝万缕。潭上激起满空飞雪,有时又像雾障云腾,经阳光折射,又变成彩虹横空,飞瀑落潭,骤听声如雷鸣,细听又似繁弦急管。站在潭畔的观瀑亭上观赏,其初是使人目迷五色,心旷神怡,继而是遍体生凉,尘衿尽涤。无怪乎古人于附近崖上深刻大书"能移我情"。1917年,孙中山宋庆龄等曾在此潭游泳,因潭深不可测,传为蛰龙之窟,故名曰"浴龙池"。潭边石刻诗句:"飞泉咽危石,水花散作雪。俯瞰澄潭深,下有蛟龙穴。"崖顶有观雪亭,只见直如溅玉,使人有凌虚飘然羽化之感。峭壁间有前人大书"喷雪",真是恰切之至也!

　　从飞水潭旁的石级上去,过观雪亭,顺沟壑沿险峻迂回的磴道,可见又一飞瀑临空,像纱帘飞挂,激湍直泻潭底。声如奔雷,山鸣谷应,势似怒涛逼注,坠雪崩云,颇有蜿蜒跳跃白虹垂,万马骄嘶来衔铁之势。潭底巨石平坦,溪水穿石而过,又成另一飞瀑迸激奔腾。游客石上小憩,虽值盛夏而暑气尽消。只觉耳际悬泉喷石韵潺潺,四周灌木缘崖阴密密,山风嗖嗖,鹊语融融。

　　翻过三宝峰,沿着一条登山道来到湖山西北部的云溪风景区,云溪以飞瀑奇景出名。一股清泉由两峰间夺路而出,倾泻直下,形成了雄伟壮观的梯级瀑布。

　　老龙潭四壁峭立,幽深莫测。周围护以栏杆,游客有惊无险。龙船溪与龙床溪两源汇集于此,奔泻入潭,潭水上下翻滚,碧绿发蓝,临崖观之,毛骨悚然。若投银币,能漂浮水面久久不沉,或于水中晃荡,越晃越大,实属奇异。龙潭水的故事神奇而有趣。传说有条青龙潜于古潭,风雨晦冥,老龙蠢动,潭水翻滚,潭中隆隆作响,声若奔雷,水底并奇光闪熠,后被智常禅师所降服。

　　三昧潭水出三迭,声如雷吼,潭水碧绿,潭阔如湖。水柱粗壮,水势凶猛,有如猛虎下山,蛟龙出海。水柱落潭,水石相搏,惊涛拍岸,实有不可逼视之威。潭周围峋岩壁垒,古木荫翳,葳蕤幽胜。潭出口有一仙棋石,传说昔日有一樵夫进山砍柴,路经三昧潭,见俩仙翁潭畔对弈,樵夫弃斧于地,立旁敬观,待棋局终时,斧柄已腐烂,可谓"山中方七日,世上已千年"!

继续往前,山顶巍巍高耸,清晰可见,湖面白云悠悠水天一色,烘托出一幅美丽的湖山图画。每当雨过晴岚,极目远舒,烟云腾腾,一片云海胜景,树木仍旧是轻盈中杂着沉重的湿绿,枝缠藤绕,密不可分。泉水声折折叠叠在耳边,却寻不见踪迹,只觉声音越来越悦耳动听。在三昧潭顶,有一碧绿深邃的跃龙潭,传说古时潭中有一条青龙深蛰其中,常往古刹听法修道。一日凌晨,潭顶乌云密布,飞沙走石,雷电交加,大雨倾盆,潭水沸腾翻滚,红光冲天,一缕青烟从潭中缓缓升起,瞬间,一声响亮,一条青龙从潭中飞跃而出,腾云而去,据说是青龙得道超升了。跃龙潭就这样传下来了,虽事属无稽,但此潭也确实深幽渊薮,真是神秘!

浴佛池又别具神韵,上游分大小两条水瀑注入池内。清澈的激流过双眼洞时急越漫出,成一块透明的轻纱般的水帘,从洞前近十米高处随风飘下,蔚为壮观。冲到池中一团大石上时,水花飞溅,在阳光照耀下更加瑰丽灿烂。大石像一个大卧佛,其下又有大小不等的石块,犹如一群小佛相从,在激流中一任净水沐浴。

群佛各具神态,或坐或卧,或蹲或伏,栩栩如生。再纵目寻去,但见对面崖壁水花从石罅飞出,或沿树根点点漏出,俨若一幅绮丽的珠帘帷幔。壁间有巨石肖如坐佛,圣水浙浙沥沥从头顶喷洒全身。两侧,众多小佛,或坐或立,千姿百态,形象逼真。

最为壮观的当数水帘洞天。远远就听见那响似洪钟、震人心弦的声音。其高约摸三十余米,宽约其半。水帘宏大,气势磅礴,水花如碎玉洒,风飘细沫,纷纷扬扬,恍如梦幻。朝日辉映,虹彩横挂。飞瀑形成激湍漩涡,汹涌澎湃。轰隆之声,震耳欲聋。身置于间,寒气袭人心脾,实乃避暑最佳境地。绝壁上"水帘洞天",让人幻觉走进了西游记中。沿着水帘与石壁的空隙小道走过,衣沾不湿。站在水帘洞内,隔帘外望,就如在竹帘窗内对望景物一般,隐隐约约,帘幕掩映,岩壑朦胧,景物扑朔迷离,别生情趣。距潭二十余米的石壁上,建有观瀑亭,亭内可见水帘洞天全景,每当阳光斜照,一条长虹横卧帘前,五彩缤纷,瑰丽夺目。再沿石磴溯流而上至水帘顶端,对面陡峭岌岩,矗立千尺,巍峨险峻。往下望,珠帘下垂,漫天雾雪,宛如撒玉,实乃叹为观止。

24 崂山读瀑

崂山的龙潭瀑,何以"龙"命名呢?

传说在很久以前,有一条美丽的白龙潜藏在潭中,很喜欢戏水作乐。那落瀑是它从天上吸来的又甜又清的银河水。若问白龙所在,其云:后来八仙云游崂山,发现了白龙。龙是仙家的神物,就把它引渡到太宫仙境去了。但银河水不能倒转,只好在此长流不息,后人故称之为龙潭瀑,又称为玉龙瀑。据说,每当雨后瀑流飞涨时,白龙还回到瀑中戏水游泳。人们还活灵活现地指出在崂山朝海滨的那一头,有相挨的八个石墩,即是八仙携白龙走前的歇脚处,名为八仙墩。

这件事被张天师知道了,天师身穿道袍,手执法器几个回合下来,玉龙见斗不过张天师,便摇身一变,成为手拿木鱼的僧人,化名幽静,来到张天师面前,一时没有被张天师认出。趁张天师毫无戒备,使出法术,找玉龙争媳妇,让石隙中忽然冒出一股碗口般粗的泉水,带关吼声,向外猛冲。

崂山南麓,黄海岸边的八水河口是往龙潭瀑的去路,沿着河畔的崎岖小路缓缓而登,清清的涧水潺潺而来。但山路越来越险,草木越来越深。两岸绝壁断石欲滚,脚下深涧急流湍飞。此时虽已初秋,依然热气逼人,几经峰回路转,不禁汗雨淋淋了。我不由解开外套,缓步登阶。渐渐地,崖更绝,流更急。八条涧水汇集形成的八水河,只见涧中乱石堆积,急流飞迸,水石相出,喷珠吐玉,鸣声错杂,令人心速,忘其所至。

拐过几道山弯,龙潭便蓦然出现在面前了。但见晶莹透亮,绚丽清秀,不飞不溅,文静纤柔,就像从高空飘下来的一幅无穷无尽的雪白绸缎,从西边高高的崖巅上悬挂下来,夺人眼目,更增添了一种溢光流彩的旖旎、绚丽的景象。远看,就像无数晶莹明亮的珍珠编织的带子永不休止地向下流动。瀑流潭中,不起轰响,不起水雾,也无形成翻滚的波浪。潭大不过几十平方米,山碧碧,水绿绿,清澈透明,一望见底;从上面流下来的水,在潭中缓缓地折个转,然后轻轻地跑出潭外,向八水河的深涧飞去。

瀑布前面,有一巨石,上绣"龙潭瀑"三个大字。我不禁哑然失笑,就凭这潭能容得下巨龙?

百尺峭壁高无已,左右奇山尽相似。瀑布本身虽然貌不惊人,但它的南边、北边和东边的山峰,却雄伟高大,峥嵘险峻。石隙间生长出一棵棵苍翠的奇松,有的旁逸斜出,有的挺拔直立,有的则扭曲蜷缩,姿态各异,生机显得倔劲顽强。这崖壁,这崖壁上的奇松,像一个个巨大无比的屏障,映衬着龙潭瀑分外秀丽,鲜明。可谓危峰耸翠,苍岩陡峭,水石交融,松岩浑成。不由遐思,到此能够见到龙潭瀑如此一幅清丽而柔美的姿容,也可谓小慰心意了。

正待我要回身下山的时候,一位本地人也许看穿了我这轻视龙潭瀑的表情,特别加重语气说:"可别小看这瀑布,大雨之后会吓呆了你,没瞧见那悬崖上的水痕吗?"这时我才注意到崖壁上一道道垂直的沟痕,约有四丈多宽。可以想见,大雨后像幕布般飞流直下数丈的龙潭瀑,虽不会有如黄果树瀑布的雄伟和长白瀑布的俊逸,但也会固有自己独特的英姿和可观的膂力而毫无愧色地立于中华大地瀑群之中了。

"好看的还在上面呢。"听着他的话,我和旁边游客一同从右边爬到瀑布上面一座崚嶒的山崖上。一看,大吃一惊,一条灰白色的长长坡谷,滚着一线细水,从对面远远的山垭口爬过,蜿蜒数百丈,直爬到我们旁边的断崖边,跌落崖底。坡谷两边的山壁,多是青黑色的石灰岩,而坡谷却变成了灰白色,看来一定是大水冲刷所致。由此可知,这龙潭瀑并不在河道要冲,是靠雨水和山泉汇集而成,难怪它有雨成大,无雨成小。

再仔细瞧这长长的白坡,极像一条白龙;那远远的狭窄的山垭口,恰似抖动的龙尾;长坡蜿蜒,水痕重叠,恰似覆满玉麟的龙身;而宽阔的瀑布,正像巨大的龙口,喷吐着天外之水。天道凑巧,一会儿天空阴云四合,黄海湾掀起的狂风,向崂山各个谷口猛烈地卷来。下雨天,留客天,人留天亦留。

次日清晨,一进山谷,便觉先声夺人。昨日的潺潺瀑流宛然成了几丈宽的抖动着的幕帘。站在瀑布下面,只见崖头簇拥着团团云雾,瀑布从云雾里奔涌而出,看不清它的上端,让人感到上面好似有一条永流不竭的大河。这给龙潭瀑披上了一层神奇缥缈的衣裳。瀑布也不是贴着崖壁流挂下来,而是拥挤着、奔腾着从崖顶飞冲而下,就像是崖巅巨石上喷射出来一般。此时的瀑流尚无清澈透亮,而是稍微带着些许白黄。其势如万马奔腾,其声如隆隆春雷。瀑布栽入潭中,打了几个猛弯,又不顾一切地向深涧冲去,宛如脱缰野马呼啸着夺路而去。看这气势,活像一条巨龙躲在潭中翻滚,喷水击浪。莫非,传说中的白龙又回到故居来了?蓝桢之曾有赞《八水河玉龙瀑》诗曰:"百尺峭壁高无己,左右青山近相比。一练高挂悬崖巅,玉龙到喷西江水。余波流沫岁风飘,如抛珍珠坠环记。只见泉源泉上通,仰视去天不违咫。"

瀑布的英勇呐喊和冲决一切的气势,直让我浩气荡胸、热血沸腾。我多么愿意,也化作这瀑流中的一朵洁白水花,永远在心爱人的胸间流淌……

25　长白飞瀑

湛蓝湛蓝的长白天池,平明如镜,倒映着朵朵白云,蔚蓝蔚蓝的长白天空,蓝得彻透,空旷寥廓而深远。它的四围,群峰巍峨,林海浩瀚,气势雄阔,博大。纵目远望,只见望不断的青山绵绵亘亘,渐渐融入远天那茫茫云雾中。我无法抑制依依不舍的心情,捧起天池的清泉,啜上一口,只觉得一丝凉意直透心底,顿感神清气爽。

天池的唯一出口处叫闼门。闼,乃门之意,故又称天池之门。从山上看,它就像一个瓶口,天池的水正好从这个瓶口流出,经过一千二百米的蜿蜒流程,从六十八米的悬崖上奔腾而下,形成著名的长白飞瀑,我择路爬下悬崖,可谓步步艰难。峭壁小径,窄狭得只能收下脚,稍不留心,就会失脚落崖,粉身碎骨。有的崖壁狼牙犬齿,嶙峋且裂开,大有顷刻即坠之势,人行其中,不禁心悸魄动。

走不一会,就听见轰隆隆带有沉闷的巨响,给人以一种从大山深腹之中发出的感觉。我揣摩,这一定是长白瀑布击石的声音,它的超自然的力量,以巨大的庄严震慑了我的心。

一种对瀑布的原始诱惑力，一种急赏美景的迫切心情，我不由加快了步伐。谷底就在眼前，紧张的心情还未及平静，飞瀑裹着震天的轰鸣，一起扑来。定神仰望，原来瀑分两股，并排相伴，瀑花飞溅，似雨雪交加。不过，声震数里的飞流轰响，又不像眼前的两股瀑声。倒像什么深山猛兽，蹲于瀑腹发出的嘶吼。瀑势极为雄伟，但又完全给人一种轻柔，飘然之感。两股瀑布，左边细流，挂在巨岩壮壁，恰似窗棂的透明薄纱。右边粗流，像飞烟，像絮云，在半山半天之间，欲幻欲真。

　　瀑布的腰际，有一群群小巧、灵活的白裳雨燕，自由飞翔，有如闪电不停息地在瀑帘中穿来穿去，并且击掌欢呼不停。它们究竟在想些什么呢？是对游客乐此不疲的感激么？还是对自己大公无私精神的自豪？最美的还是那瀑布下湾时冲击在岩石上溅起的几十米高的浪花。它随风四散，如同山谷间轻轻涌起又漫无目标升腾的浮云。浪花飞出后似乎变成飞云，又变成了飞雾，飞雾又变幻为银花。在日光的辉耀下，银花时而化作金莹万点，时而变作彩蝶成团，时而散成朵朵落红。当飞雾凝定时，又时时射出五颜六色的彩虹，闪烁明灭，时隐时现，幻变无穷，直叫人眼花神迷。

　　原来，在这刚毅坚韧的北国，却有着如此雄伟如此柔美的瀑布。立于瀑布之下仰望那在乳白色的云雾中若隐若现的巍峨的雪峰——白头山顶。整座雪峰好像一朵朵闪闪发光的雪莲。一看到它，立刻有一种奇异的感觉涤荡着我的心胸，使我想到了童话里的魔山，还有那群峰中的天池和这著名的瀑布，不需要任何赞美的装饰，它本身就是大自然的一个最完美的奇迹。

长白瀑布是松花江的源头，松花江水从此始而一泻千里。瀑布落下后成为一条河流。名为二道白河，又称汽水河。因河床陡，石头多，在山中蜿蜒而行，流势十分猛急。一河清水，全化作飞溅的泡沫，像刚打开瓶塞的汽水朝外喷射。沿着河畔走至小天池附近，见火山喷射时凝聚起来的如山巨岩，阻拦了汽水河的去路，宽阔的河道，突然断决。力大无穷的泡沫白河，终将这冷凝的火山熔岩劈开，又是一刀下去整整齐齐地斫开。它精雕细刻，一丈长的河道，雕刻成弯弯曲曲的回环九曲。河道两岸，雕刻得同样整齐，同样光滑。从巨岩中雕刻出来的河道很深，也很窄。窄处不到一公尺，但深不可测。上游很宽的河道流至此，突然约束在这么窄的河床中通过，于是它发急生气，挣扎咆哮，矢志从这宽仅盈尺的石河床中挤过去。

　　回首遥望，目之所及，全是高耸入云的陡峭石壁，唯有那长白瀑布将石壁冲开了一个巨大豁口，远望有如银河玉带倒悬在峭壁之上闪亮。云谷云雾蒸腾，在黑褐色的石壁间轻轻的浮云，化成朵朵飘逸的白云缓缓上升并凝成一体，像一卷卷未伸展开的纱幕，渐渐把高山、瀑布都笼罩起来、缥缈迷茫。这朦胧的味儿，活脱脱的像一幅天然的水墨丹青画。

26 星之绪

喜欢凝望星空,都市和乡村赏星星,清晰度不一样,心情也不一样。都市霓灯闪烁、璀璨夺目,却看不见星光的纯正和皎洁。五颜六色的灯光交织,还有各种烟雾飘浮、升腾、笼罩,到处纸醉金迷、红尘滚滚的气息,烟尘俗氛,观星的兴致败尽了。

乡村的夜空,蓝的明纯,清冽,幽深。星空并不透明,但她高远,以至无限,有一种不可言说的清寂、空旷、神秘和古意。星星是我生命的寄托,让我度过那生活艰难的一个又一个漫漫长夜。我看星星最爱数星星,可每次都是越数越多,好像星星知道我在数她们,便故意冒出来。每次数到几十颗,最多一百颗,就数不下去了,数着数着就迷迷糊糊进入了梦乡。

坐在小溪畔,遥看满天让人眼花缭乱的繁星,无垠的天空深不可测,任何地方哪怕一个小角落都永恒地藏着人类永不可知的神秘。星光洒落在溪水,轻风吹动,倒映的星光闪烁,旁边婀娜多姿的树叶缝隙中洒下碎银一般的光,柔美得让人心醉。

流星划过,夜空梦幻一样沉默,显出巨大的孤寂、宁静、空洞,天空默默地闪着幽暗幽暗的蓝,极似幽深暗蓝的水晶。清澈的银河,静静地缓缓地流淌。密集的星星,如无数的珍珠挂满天空,让人迷惘、晕眩。长长的银河,无数星星透明灿烂得荡人魂魄,好似星星们在大聚会,跳着优美的舞,唱着动人的歌。那时会傻想,能借到云梯多好,哪一颗星星会带我飞到上空探寻苍穹的秘密呢?或是摘下一颗星星,放在掌心,紧紧握着,让星星温暖我照亮我的前程。梦中的我,沿着树梢飞上宇空,散步天庭,如同在海边踟蹰,拣拾星星就如拣拾贝壳。

夏夜的星空,富有诗意,星星挂上天幕。月亮在的时候,众星拱月,围着月亮闪烁,像亲密地簇拥,又像开心地欢笑。月亮不在的时候,小星星就齐聚在大星星的周围,结为一个团结的整体,一齐放光似大暴雨轰击大地一般,一股脑儿泼下来,光芒掠过宇空闪射,似乎都能听到她们穿越空气的摩擦声。星光给疏疏的薄薄的云朵,镀上耀眼的淡黄的金边,给飘荡的清露,以纤毫毕现的透视,也给孤行的人儿引路的光亮。让孤独的夜行人,在星光相伴下,得到慰藉,减少落寞,安静前行。

有一段时间,我特别喜欢看银河两岸的牛郎织女星。常常和人讲起牛郎织女的故事,还会背起《迢迢牵牛星》的诗来:"迢迢牵牛星,皎皎河汉女。纤纤擢素手,扎扎弄机杼;终日不成章,泣涕零如雨。河汉清且浅,相去复几许?盈盈一水间,脉脉不得语。"牛郎织女的爱情诗章之所以世间千古流传,大概就是此情只有天上有!谁能为一个不结果实的爱而长久、默默、苦苦地等待、坚守?

星星成了我生命的指南,她像灵魂一样入驻我的心中。记得那个夜晚阴森可怖,独自出去找寻晚归的母亲,不由自主走入郁郁暗暗的树林。繁茂浓密,夜的幕布严严实实地垂了下来,心中充满了悲伤和恐惧。风从远山深处生起,掀起阵阵林涛,发出阵阵呜咽,有一种生之壮阔与悲凉。透过林隙看到星星洒下无数银色的碎光,闪烁柔柔的光辉,使我认清了方向。她伴随我走过生命的一程又一程,翻过生活中一个又一个坎。欢乐时,请她和我一起分享;痛苦时,请她和我分担。哪怕背井离乡,走南闯北,日子再难,劳动再累,我都不忘凝视她。想到她的存在,看到她的闪烁,我就不由自主地兴奋起来,感到充实、豪迈,生活有了依托。这缕辉亮,早已填满我的心胸,注入我的血脉,化成我生命里的精魂。

"一轮牙月泛清辉,升也从容,落也从容。无边繁星度经纬,北也追随,南也追随。"每夜伫窗北望,北也相随,南也相随。凝视星星,已然成我习惯,成为我生命中的一部分。两心相知,守望一生,也许孤独寂寞,然充实而甜蜜。正如吴涤清的歌:爱的路千万里,我们要走过去,别彷徨别犹豫,我和你在一起。高山在云雾里,也要勇敢地爬过去。大海上暴风雨,只要不灰心不失意。有困难我们彼此要鼓励,有快乐要珍惜。使人生变得分外美丽,爱的路上只有我和你。

我多么想真正地触摸、怀拥着她,把她牢牢握在我的手心。然而,奈何上天无云梯。她闪烁,我遥望,在默默地静静地无人知晓的深夜,洒下我满地的相思。我想,她一如我的爱人,占有我一辈子的目光。纵使我老去,可是星星长亮不衰,如同我心中珍藏爱人的脸容,岁月带不走他的坚毅与刚强,岁月带不走他的青春与温柔。这份专注这份热情燃烧了我的生命,我甘愿在星星的照耀下消亡。

27 月之绪

一

静安的夜,淡淼的风,几片薄云闲悠,一轮朗月高悬。

寂然的山村,没有车水马龙,没有灯火通明,没有霓虹辉煌,没有机械轰隆,一切似乎沉醉在满足香甜的愉悦中。缓步小径,独自欣赏明月的风景。

白天的阵雨打湿了路面,山道蜿蜒,群峰巍峨,大自然呼吸着雨后的清新,能够如此惬意的舒坦的欣赏世间锦绣大地,何等的幸福!

月亮走,我也走,我送阿哥到村口,一首脍炙人心的歌谣,红遍了五湖四海,都城山川。真挚的爱恋,深情的流露,直教人肝肠寸断,双泪连绵。

月亮走,我也走,可我牵不到君的手。茫茫人海,相遇的人漫如星点,能够说一番话的便是情缘,能够彼此欣赏的却是凤毛麟角。这个世界不乏才人,可是能相敬相惜者寥寥。问世间,有多少人能够在你心中永远珍藏,占据你一生的心房?如同天空一轮明月,永生照亮!很多人仅是白驹过隙,恍惚一过,再也留不下任何记念。

月亮走,我也走,天上云追月,地上风吹柳。披上月纱,踏上月色,纵使天莽莽山苍苍,朦朦胧胧缥缥缈缈,我也要誓死将哥哥把身心留。

林山深处,星点光亮,依稀可见疏朗山户民家。此时此刻,静静地沐浴着星月的清辉,一种刻骨的思念漫延。

二

这一夜的月涂上了杏黄,努力地向上缓升。如同孩童攀树,一步一步爬上树梢。

只见黄月离墙头尺许,穿窗洒进屋内。如同心头的那位爱人,总是在无休无止地侵占每一空歇时刻的角落。

谁人在吹箫?低低的,咽咽的声音重复着,不激不扬,似在诉说着哀怨。莫非游子经年不归?莫非爱人远差无讯?莫非情挫未成佳偶?

日渐繁荣的社会,在强手如林的竞争面前,一个个必须深沉、坚毅、博大、豁达、败不气馁,锲而不舍,否则便被淘汰,被取替,被遗落。

四处娇花盛放,举步陷阱,在诱惑面前,男人们大多家内红旗不倒,外面彩旗飘扬;一个个美婵娟成了黄脸婆,成了终夜独守的怨妇。

真正美好的东西是得不到的东西。一个在天之南,一个在海之北,日日牵挂,夜夜相思,月儿缺了圆,圆了缺。恨不得化为月,冲破夜雾,插翼翔飞君面前。

　　低咽的箫声时断时续,我猜想那远方的人,听见如此凄美的幽怨,是否已急切的飞奔在归途?

三

　　风轻,月白,在寂谧中,心会由此超尘而脱俗,更能通悟人生意义。看透人世浮躁、热闹、拥挤,看透虚伪、卑琐、丑恶。这山中的夜月,人与自然相和、真实、高尚,在月夜中变得安宁、单纯。

　　人间的争斗,从无止歇。从小吏到皇亲,每一时代每一时刻每一角落,都在相互争权夺利。多少不择手段,无措亲情,朋友反目,玩尽心计,兵戎相残。有了小房争豪宅,有了小车争名牌,有了妻房另筑金屋。恨不得每天每夜、几生几世精舍、美婢、娈童、锦衣、佳肴、骏马,少妾华灯,逍遥自在。须知物极必反,但凡彩虹仅留刹那,芸花仅于一现,梦枕奢侈终成空,落得臭事昭彰,恶名流世,遗唾万年。最后再望这轮月时,方知追名逐利、乞豪贪欲之悲哀。

　　苏轼的"明月几时有?把酒问青天。不知天上宫阙,今夕是何年?我欲乘风归去,又恐琼楼玉宇,高处不胜寒。起舞弄清影,何似在人间。转朱阁,低绮户,照无眠。不应有恨,何事长向别时圆?人有悲欢离合,月有阴晴圆缺,此事古难全。但愿人长久,千里共婵娟。"不禁暗暗称绝。想看琼楼玉宇,可抬头看到的只是青冥浩渺的苍穹,那么深邃、那么辽远,原先的几片浮云亦不知飞向何处,唯有空中那轮明晃晃的月,还在淡淡的流泻着迷人的银辉,还在轻轻地细说着从前现在。

四

这轻盈的月亮也许只为深邃的夜空而永恒。她在中国五千年的历史天空游荡,荡过春秋,荡过秦汉,荡过唐宋,荡过元明清,一直荡到至今,再荡向将来……

她在滚滚的黄河浪涛中沐浴过,在滔滔的长江碧波中洗涤过。这朗朗的明月,留有唐时李白放浪的精神吻印;这皓皓的明月,留有宋时苏轼深情的温柔指纹;这纯纯的明月,留有词人李清照婉约的怨怼倩影。他们为中华民族文化戴上七彩光圈,他们的诗句如鲜花芬芳,他们的思想造诣无人替代与超越,只要翻开中华文明史,他们是最鲜明最缤纷最精绝的遗墨。他们一个个如明月般照耀后人,我对他们永恒地仰望与敬崇。

几千年大悲、大愁、大恸、大苦的撞击,却始终没有丝毫的伤损,月始终高悬,或如钩,或如盘,造福着子子孙孙。

月儿悬在我的心湖,使我驰骋五湖四海不感孤寂;月儿握在我的手掌,使我异乡为客不感冷漠;月儿藏在我的眼眸,使我天涯海角不感失落。那是永远圣洁的晶光,不渗污垢,不积晦菌,不沾杂质。

五

猴子捞月的故事无人不知。都说猴子聪明,却干出此等蠢事。为了能够到达井下捞到月亮,它们一只抓住另一只后腿,一直接连到井底水中。都说猴子愚昧,月亮分明在天上,井下分明是倒影,怎么能抓到呢?这与南辕北辙何异?其实或许猴子有自己独特的思考:天上一个月亮,井底一个月亮,摸不到天上的,就捞井里的,反正也都是徒劳的努力,权当游戏,博众笑耳。我傻我愚我痴,就让大家任意笑吧!能够让人一笑,我当疯癫猴子有何不值?

月亮是至臻至美的尤物,遥望天空的时候总是给人以遐想,每个见过的人都想得到它。遗憾的是这美丽离众生太太遥远了。即使它是真真切切地存在着,却始终是可望而不可及的,只能望月兴叹。一次次的打捞、一次次的失败,碎了月也破了梦,但过程却充满了希冀、充满了喜悦,毕竟近在咫尺。既然有梦有喜,何乐而不为呢?望梦兴叹已是乐趣,贴近了梦更会其乐无穷。

其实,这个世界当猴子的人何其多!许多美好的事物,你想得到就能得到么?尽管你努力、尽管你竭诚,你没资格得到,你不该得到,再费心再痴想也是枉然!别认为自己比猴子高明,其实很多时候还不如猴子的智商。多少人画饼充饥、多少人以卵击石、多少人竹篮打水一场空!

六

月亮是宇宙中诞生的女神。她的出现给人类带来惊异喜悦。她的辉光皓洁,不可遮蔽,不可阻拦。

旅途中有了月亮就多了些许的安慰,少了些许的担惊,月亮是夜行的伙伴与航灯。无论她如盘还是如钩,只要她头顶高悬,行人便感到亲切。而家中的人看到月亮,也会立马减少对外出亲人的担心与牵挂。没有了月亮的夜晚,家里就会点上一盏灯,放在窗台或挂在门楣上,这灯儿像月亮,给晚归的亲人指引归途。

月亮似有灵性,与我的心息息相通。当我痛苦忧愁的时候,看到她升起来了,无论是空中升起还是山边升腾,心中立刻明朗许多,她能够分解忧愁。当我孤独难耐时,只要抬头看到她高挂天空,就觉得她与我为伴,顿时心爽气朗。当我感到空虚时,她的出现带给我些许的慰藉。"清风明月本无价,远山近水皆有情。"至美至纯的天上仙境,水银般飘洒的月光,总是让我心醉神迷。浩淼幽谧的月光,清雅纯净的月光,让我享受神光沐浴,涤荡我心中一切俗尘,抹去我心中一切烦恼。

七

月亮娇美,可她坚韧不屈,总是不知疲倦地攀登,总是不停地升起,落下。用银辉涂抹装扮物之灵,人之魄,光顾众生,照拂万物。冬不怕急雪飘飞,夏不怕暴雨倾泻,浓云遮掩不住她,狂风撞冲不了她。记得一次夜晚,浓云密布,天空漆黑,我原本以为今夜暗黑无月,可午夜之后,圆圆的月亮居然羞涩地穿行在薄纱般的云层里最后几片乌云散尽,清辉洒满大地。此时,万籁俱寂,唯有月色轻轻地抚摸熟睡的人们,聆听着万物的呼吸。

高高的夜空中,月明如镜,人世间的一切都在她的窥视下。滚滚红尘脚步匆匆的男男女女,名人或凡人,平淡或离奇,热烈或冷寂,幸福或悲酸,都让月亮看得清清楚楚。人生风风雨雨,在生活喧嚣的舞台,尊贵卑贱,忠烈奸邪,沉沉浮浮,脚印的正与歪,我们做了些什么,走了几多曲折的路,都在月光下留下了真实的映像。望着前方的陌路,走向洁净,走向正直,让月亮永远照亮心的天宇,让月在心中永不陨落。

八

幼时常听大人讲月宫嫦娥,晓得了吴刚,明白了吴刚永远砍不倒那棵桂花树。故事完整地铭刻心间,情节清晰印现,可心情却不由低沉为之哀伤。禁不住既怪责嫦娥的无情,也哀叹她的孤清。既敬服吴刚无休止的磐石般的坚守,又惋惜他的傻劲与无谓的劳作。月宫既是那么清冷那么无情,怎么能洒下一地温柔妙曼的辉光呢?

月亮是所有诗人必读的一首诗,所有画家必赏的一幅画,是所有音乐家必听的一首曲。诗人、画家、音乐家与月亮是三生有缘,前生相守,今生相依,来生相伴。他们与月亮珠联璧合,相映生辉。只要有月,就会有诗、画、乐。诗人和艺术家酒杯装的一半是酒,一半是月光。每个人杯中泡着一轮月。饮酒也饮月,酒醉月也醉,因此滋生出诗之林,画之壁,乐之音。

月亮里有绝妙的乐音,让天下音乐家弹奏名震天下的月光曲。月亮似一方无与伦比的巨砚,让天下诗人画家饱蘸大笔,喷吐才情;写下一首首横空出世的诗章,绘出一幅幅惊艳人寰的书画,夜空的一轮明月;让诗人画家音乐家活在她的灵感里,同时也让她自己活在美妙的画里,动听的曲里。

九

你问我爱你有多深,我爱你有几分,我的情也真,我的爱也真,月亮代表我的心。你问我爱你有多深,我爱你有几分,我的情不移,我的爱不变,月亮代表我的心。

月到中秋分外明,人间这一天,谁不望月?人们如一尾尾游鱼,在浩大晶莹的月海中游进游出。让柔美而温馨的月光传递远方的亲人,让柔美而温馨的月光抚慰残缺的心灵,让柔美而温馨的月光除去人间的晦暗,让柔美而温馨的月光朗照众生的灵魂。

月无杂念,纯净无尘,集空、灵、明、静、洁于一身。月亮是明月欲念的精魂。似娇儿扶起弱无力,其实她又最刚正,最骨气。不世俗不势力,不同谁亲近一分,也不同谁疏离一厘。哪怕你贱如草木,哪怕你贵如天子,也享受同等的待遇,不厚此薄彼,不分高低贵贱。

翘首无际的青天,碧空如洗。淡蓝色的天幕,积蓄星斗坠垂,羽翼般洁白轻盈的浮云;金月缓缓浮动,如仙子乘月巡视人间,注视茫茫尘海的芸芸众生。昂首观月,心中虔诚,不由得默默祝福:但愿人长久,千里共婵娟。

十

又是九月九,重阳夜难聚首。思乡的人儿,飘流在外头。又是九月九,愁更愁,情更忧。回家的打算,始终在心头。月是故乡圆,只有远离故乡的人才能够真正体味。

月让人觉得有生命的能量。"星垂平野阔,月涌大江流"出自杜甫《旅夜抒怀》。"月出惊山鸟,时鸣春涧中"出自王维《鸟鸣涧》。"野旷天低树,江清月近人"出自孟浩然《宿建德江》。大江奔流是满江月光之浪推动的,这是何等的伟力!

江水越是清灵碧透,月光越是主动走近,这是何等的知人知性!万籁陶醉在夜的色调,夜的宁静,水凌凌的月亮如水中仙子登临半山,给夜幕笼罩的幽谷,带来皎洁银辉的时候,竟使沉睡的鸟儿也惊醒了。月上柳梢头,人约黄昏后。恋人们约会,月亮爬到树梢,为其带来明媚柔美的光,恋人们放心地走在幽静的夜色中。

夜深人静,伏案托腮,凝视窗月,涌起我披衣伫立的念头。月朗星稀,千里遥望,我珍藏的人儿,可也正将我想念?

28 牵牛花

用最轻最柔的声音呼唤你,牵牛花。

有时候,最温情的倾听,是灵魂与灵魂最接近的一次叫喊。

用最亲最甜的声音呼唤你,牵牛花。

有时候,最朴素的接近,是心灵与肉体最完美的一次结合。

牵牛花——你有"朝颜"般赞颂,又有"勤娘子"之美称,何又被称作子午花?难道生命的辉煌永远是一场美丽的玩笑?

牵牛花——你的名字最接近草根,也最能体现强韧的生命力,可你的花朵又是如此娇嫩,如此经不起风吹日晒,尤其是在炎夏,甚至中午前便全谢光了,这无异于一场美丽的伤害,爱美之人于心何忍?

牵牛花——你还有个别名叫喇叭花。听说在台湾,你还被民间喻为风尘女子,多少人还以老牛吃嫩草揶揄你。日治时期,甚至有画家把你当作风尘女子的背景去衬托。你内心忍受了多少的屈辱和误解?

牵牛花——你用最强韧的生命力去寻找对土地的记忆和对生活

的热爱。你用最简单又最复杂的情感去倾诉对阳光的喜爱。可你的眼里始终盈满泪水,难道你始终强忍内心痛苦的欢笑?谁是你的知音?

牵牛花——到底是巧遇还是命定,你我成了知音,而你又成了我内心美丽的化身;你喜我喜,你忧我忧,宁愿为你默默坚守,莫非这就是前世未了情,否则,彼此间内心为何会有如此凄美的默契?

牵牛花——请带着清晨的欢欣去享受荣光吧,阳光将激动写在脸上,那种内心的亮丽谁能看见?

牵牛花——有人说你是世界上最贱的一朵野花,可我认为,你具有世界上最高贵的品质,你用最接近泥土的姿势去表达自己,这是我爱上你的原因,那么,让爱渗透到每一寸土地吧,万物欣欣向荣。

牵牛花——我知道你不愿接受太多表面的热情和赞美,这是你最真实的声音,也是最柔软的部位。你努力抛弃虚假,将真爱写在心底,土地的记忆因此更加深沉。有时候,真爱确实不需要太过矫情的表达。

让误解也开成一朵野花吧。你在这里,它在那里,彼此散发出来的香味肯定不一样。但有时候,一场美丽的误会开出来的花朵,散发出来的异香会更加诱人,更加灿烂。高尚的品德味淡如菊。

那么,让平庸也开成另一朵野花吧。当朴素的情感上升为另一种执著时,天空为牵牛花短暂的花期举行隆重的葬礼。季节把时间交给天空和土地,同时把爱留给阳光和雨水。这是你值得哲思的原因。

牵牛花——其实我也知道,蔚蓝的梦不是只属于大海,当白云打开时间之门时,天空绽放出来的思想之花,已经亮丽成另一种风景。

牵牛花——美丽已经张开它的喉咙,花朵正用无声的笑容在歌唱。在这个世界上,再没有什么比你更浪漫更纯真更富有诗情画意了。

29 浪漫诱惑东坪山

一

厦门称为鹭岛,听起来就非常的诗意。更诗意的是,岛中有座山脉叫东坪山,山间有座岭叫梅海岭。

据说,这条"梅海岭"名称来自于一位市民。其之所以能在那次命名征集活动中脱颖而出,他是这样解释的:他说这里的三角梅来自五湖四海,有南美洲、非洲,也有东南亚,这些三角梅集合在一起有"大海"的感觉,而且,这里还可以望见大海及大、小金门,人们仿佛置身于三角梅与海构成的大自然的怀抱中。至于"岭"字则突显地理位置的独特性,还有,"梅海岭"三字分别包含五行中的"木、水、土",内涵丰富,寓意深刻。另外,"梅海"中包含"每每"寓意每人每时,代表公众性、开放性。

游客参加旅行社安排的景点,绝对不可能有梅海岭。于是,这里成了我招待客人引以为豪的圣地。因为,客人只要去了梅海岭,便兴奋不已,称赞不已。客乐乐胜我自乐乐,自乐乐不如客乐乐。

有朋自远方来,彼时正是草莓季节。于是,莓园成了最佳选择。由厦门火车站背后沿东坪山路攀驶半山腰,有个自选草莓的果园。刚到果园门口,就看见几对情侣已经在那边兴高采烈地半蹲着采摘了。二话不说,我们也很快下到果园去,入口处向果园的主人要来一个篮子,就去摘草莓了。密密麻麻的鲜红欲滴的草莓如美人般隐卧在翠叶的纱帘背后,实在让人有种压抑不住的兴奋,激起大家迫切拥吻的欲望。上帝真是了解人类,知道人类喜欢吃草莓,故用鲜红欲滴的色彩来诱惑人类的口欲。后来我才恍然大悟,原来是人类自己上当了,经不起色彩的诱惑,更禁不住口感的伸张。

我则对他偷偷耳语:"可以试吃,不要紧的,如果好吃多买一些。"此时此刻,任何人都无法抵挡垂涎欲滴的果子。我冲着他微笑,我想象到当时亚当和夏娃是如何禁不起魔鬼撒旦的诱惑而偷食禁果了。再说,从某种意义上讲,魔鬼撒旦的诱惑其实也是善意的;否则,亚当和夏娃至今可能还是心智未启,童蒙未开,果真如此,人类也就失去生存的意义,同时也无所谓人类了。他果真经不起诱惑,偷偷摘下了一颗"禁果"塞进我嘴里,满嘴清甜,甜中还带有点微酸。我眼睛一亮,仿佛心智大开,突然间人间成了天堂。

果园的主人似乎暗中监视着我们,站在入口处冲我们喊:"喂,你们不可以吃多了。"我们狡黠地回头:"就吃一个呢,尝尝鲜。"我第一次体验到撒谎却又窃喜的心情。于是提着满篮子的草莓去过秤。

老板娘很高兴将草莓称了,付钱时朋友说:"不用找了,我们刚才确实吃了好几个草莓。"主人笑了,怪不好意思的样子。我忽然感觉到,原来亚当和夏娃也可以与魔鬼撒旦亲密,并且可以与园主沟通,达成某种偷食"禁果"的默契。

二

缓驰在满山相思树林的崎岖山道,我们将车停泊在刻有"梅海岭"字样的右侧凹坪处。一身轻装拾级而上,山路别具特色,一边是石头铺成,另一边用木板铺就,便于游人选择赤脚漫步。静听自己走路的声音绝对美妙无穷,尤其是当两个人走在一起的时候,脚底下的木板与石头也发出愉悦欢快的笑声,周围的花草投来羡慕嫉妒的目光。

梅海岭迎面首先是间茶馆,空旷的平地,地面泥土的颜色土黄,而且很干净,再加上经常有人打扫的缘故,表面的沙土成颗粒粉末状;天气好的时候,就像海边或沙漠的沙土一样。和蔼可亲的阿姨送来茶具和热水瓶让游客品茗,也就在刹那间,热水瓶忽然爆炸,震得四处玻璃碎片,就像见到钟情的爱人盛放的心花。我分明有一种顿悟,外表冷静而内在滚烫的热水瓶其实便是一种强烈欲望和冲动。而这种欲望和冲动与其说是来自于热水瓶,不如说来自于人性的本能。无论是浅尝或热饮,滚烫的何止是开水或茶水,其实每个人的情感都是那套茶具和热水瓶,触及爱人的身体,怎能克制内心的滚烫。

就在这片宽旷而又平坦的沙地上种植着许多三角梅,分布极合理,大约三四米地种一株。有许多品种难得一见,如皱叶深红三角梅、白色三角梅、重瓣三角梅、砖红三角梅、光叶斑叶三角梅、金叶紫花三角梅等等。鲜艳绝伦的三角梅似一群妙龄少女,大胆地向来自五湖四海的游客展示着无限青春的魅力芳姿;又恰似一位独居的美少妇,倚门渴盼久别经年的心中爱人。

经过人工修剪的三角梅,不高不矮,不密不松,疏疏落落,错落有致。生机勃勃,争奇斗艳。遍地欲燃,绚烂如霞。园丁还在中间布置了大小石头,显得更加雅致,几张木板长凳错落其中,供人小憩,人们争相拍照。我则丢履弃袜,随地躺卧,闭目游思,所有的不悦随着蓝天白云挥别,心中只剩下葱翠草木与七彩各姿的梅仙子。

心头忽然拂来苏轼的《赠岭上梅》:"梅花开尽白花开,过尽行人君不来。不趁青梅尝煮酒,要看细雨熟黄梅。"

多情的东坪山,你给了我浪漫,我要给予你温情和美好的抒写。那么,请给我更多的灵感吧,来日我一定还要再来"偷食"山腰的"禁果"。不过,东坪山上有"二梅",一是三角梅,二是草莓。"含蕊红三叶,临风艳一城。"这里既是花的海洋,也是果实的乐园,更是休闲的好去处。是的,我分明已经强烈感受到三角梅和草莓的"海浪"正簇拥而来,仿如排山倒海的爱情。

30 风情万种话平和

一

都说，男人是山，女人是水。

水做的女人阴柔，山做的男人阳刚。

同样的道理，由男人和女人合成的山水，怎不叫人忘情？

当一朵云从天际飘过，或一阵风从山边吹来时，我的头脑中忽然喷现一个词，并激起了我的兴奋，这个词就叫：雄起。这座山名为灵通山。

当附近的山峰出现虚无缥缈若隐若现的云雾时，我已经坠入了对山水的幻想了。面对这一片如梦的山水，谁又能拒绝这种很自然的诱惑？

多么富有诗意的一座山和意象，多么充满力量的一个词语表达，又是多么值得崇拜的一幅图腾,简直五体投地。而这就是平和的山水,同时也代表着平和的男人和女人。是的,我眼中的平和山水都是至阴至柔至阳至刚的男人女人化身。

只见灵通景点——珠帘化雨。山顶岚烟翳翳,山腰薄雾袅袅,自身宛如已置于仙境之中。远处,一片碧野,翠峰环抱。近处,山花鲜丽、藤木缠绵。那山依着这山,这山傍着那山。

忽而飘若仙女,飞袖而至,时隐时现,极尽隐约之妙;忽儿恍如某位身材魁梧的金刚大力士,赤身裸体,大汗淋漓,仿佛刚经过一番剧烈的运动。尤其是经过一阵云雨之后,灵通山的雄起,则更加神奇了,其刚柔相济互补所造成的化境,直逼道家的思维境界和想象空间,乃至上升为一种极乐的享受和信仰,这种内心的震撼无与伦比。

不仅如此,只要你侧耳倾听,那灵通山上的风,呼呼作响,既野性又温柔;潺潺的泉水,穿越坚实的山体,奔流而下,既冲动又顺其自然;时而有小鸟在林间婉约啁啾,声音清澈见底,光滑透亮,既响亮又婉转;那款款翻飞的蝴蝶,姿势更加欢呼,既潇洒又风流。此外,眼前云雨交欢的节奏和场景,更是欢快和淋漓,仿佛一切都陶醉在大自然的梦想中一样。这就是自然的魅力与神奇!

总之,这一片如梦的山水,就是这样让人情不自禁。

二

美,是一种境界,也是一种享受。

美,源于自然,蕴于自身,取之于一颗平和之心。而平和之心的拥有,同样是顺乎自然,随美而至。

春光明媚,不只是一种自然景观,也是一种美之心境,亮丽出一种人生和追求。平和之心源于自然的本色,是美之极致,同时是心灵的自由和旷达体现。是的,现代生活太喧哗,太浮躁了,而节奏又变换得太快了,因此,现代人失却了品味和体会人生美好的耐心,更别说静下心来去追求一份恒远久致的美,实乃遗憾。

初闻绳武楼是在许多年前,想来距离不过几十公里,却一直搁浅。时值冬暮初春,阳光温和,心情畅快,遂同家人专程访游。

我们趁着午间暖和的阳光,疾驰在两旁栽满叶尾桉的蜿蜒公路上。阳光温情地紧贴在我们脸上,就像初恋情人般娇柔,亲抚得人心欣喜地跳跃着。人往往舍近求远,愈是容易获得的不会珍惜,总是喜欢过千山涉万水,而眼下多少佳观默然错过甚或视若无睹。

远远地,一座呈鹅蛋形状满山尽红的山林淌入眼底,正叫我纳闷之际,车已驰近林边,定睛一看,才发现原来是马云红,只是整个树木叶子已经枯红。难以置信的是,那密密集集的树叶,尽管经受风残霜凌,却依然有着一袭妩媚动人的身姿,飘逸得一如西施美人当年马嵬坡下的从容,将生命演绎得轰轰烈烈。

绳武楼于清嘉庆年间由芦溪十八世太学生叶处候始建,距今已有200多年,风雨摧残坚固如初。"绳武楼"是楼主叶处侯亲笔题写的,遒劲有力,深厚沉雄。圆圆如碗层层如扣的绳武楼,如城堡般伫立于村野的绳武楼,匠心独运,精雕细琢,敦厚朴实。多少匪敌曾对之虎视眈眈,垂涎三尺,其坚不可摧、钟情如斯,犹如在家守望的忠贞不渝的少妇渴盼远行在外的夫君,泪眼盈盈、风情万种。又如英姿飒爽的战士,迎接四面八方五湖四海的游客。更如一位饱经风霜的老人,注目着一代代健壮娉婷的子子孙孙。

灵秀育人文,彰古居宏魄。

三

拥有一颗平和之心,终究是人类最美的追求和享受。回归平和之心是必然的,也终将成为现代人不懈追求的主题。况且,美本身就是一种接受和品味乃至欣赏的过程,失却了耐心就等于失却了生活的热情和品位乃至对美好生活的追求,人类就再也找不到诗意的栖息地。因此,拥有一颗平和之心多么重要。

假如人类都能够生活在静谧、广阔,碧水晴天絮云相互辉映之下,这样的日子多么美好;到处弥漫着浪漫的现实主义色彩,这是多么美妙的一曲旋律,又是多么让人兴奋的一种喜悦?感恩之心油然而起。愿我们的生命和生活,如春日般平和,如春花般美致,如平和般静好,如平和般悠长。

31 梦回同里长相思

一

与水同飞,唯有梦境,唯有仙女,唯有同里。

如一场小雨般,跃入同里的那一幅水墨画中。我知道,我只是其中的一滴雨水。

水,是同里最柔滑的意象,也是最滋润的肌肤,同时是最细腻的表情,在光和影的互动之下,仙女动人的倩影会出现。尤其是当有一条小船荡入梦中时,那种情态才更加饱满,以致令人神魂颠倒。这又是怎样的一种情致?

那条串心弄就这样张挂在我的眼前,古朴而又典雅,淡然而又不乏诗情画意。抬头仰望,天空是狭长的,窄如一条小巷或小河,弯弯曲曲,潺潺流动,水声清澈见底,安静而又美好;偶有小鸟或云朵从头顶经过,也是十分甜美。两边明清时代的民居也是含情脉脉,注视着我的到来。好像一场小雨的足音,也能唤醒她们的温情和梦想乃至期待。确实,多情的同里,皮肤上的每一个毛细孔都会呼吸,也都很敏感,微风一吹,也能让她们产生冲动。

我看见,头枕河岸的同里人,一梦醒来,就摇着轻舟出门去了,轻轻的摇橹声,同样如梦如幻而又真实。是的,远在千里之外的我,也做着和同里人一样的梦。与水同飞,与仙女一同摇橹,多么美妙,多么神奇,又是多么的响亮,尤其是那仙女般款款的身影,圆润而又柔滑,更让我痴痴而梦,浸泡在饱满的水中……

二

听说,有一种梦境,比真实还真实,如今,我总算相信了。

忽然想起"同里"名称的由来,隋炀帝时,有一年,因南涝北旱,灾祸不断,朝廷陷入"无米之炊"之境地。于是,皇上下旨,江南富土每人增缴三斗粮,限10天缴清,违者将处以重罚。富土乃同里之前称,为避过这场劫难,乡亲敦请金秀才献出良策,金秀才经过几日苦思之后,急中生智,想出拆字法,将"富"拆开,去掉一点,中间分开,变成上"同"下"田",再将"田"字与"土"相连,使"富"字变成"同里"了,从而达到"安居乐业"之目的,何等巧妙?

继又想到"退思园"的典故,清时,同里人任兰生在朝廷记名为官时,因镇压捻军不力,遭人参劾,幸有好友左宗棠和彭玉麟暗中相助,才化险为夷,尔后自请解甲归乡。临行前,彭玉麟特意送他一副对联

"种竹养鱼安乐法,读书织布吉祥声"。意即要任兰生在家乡安安稳稳地过晚年生活。又是何等懂得进退之人?

任兰生解职归乡后,花十万两银子建造宅园,取名"退思园",取《左传》"进思尽忠,退思补过"之意。整个建筑简朴无华,素净淡雅,给人以清澈、幽静、明朗之感。可见,"退思园"的典故和"同里"名称的由来也有相似之处,反映出世世代代的同里人骨子里都受到道家思想的浸染,始终追求一种恬静的生活。

因此联想到了陶渊明的"世外桃源",两者可谓异曲同工。记得,陶渊明年少时也是满怀豪情,只因报国无门,才选择在刚入不惑之年就遁居山野,过着"采菊东篱下,悠然见南山"的日子,从此不再为五斗米折腰,其日子虽然过得逍遥自在,但其中不免带有一种隐士的厌世心态,这点倒是颇令人感慨并唏嘘再三。

大运河的波涛依旧激情澎湃,太湖的湖水也同样在沉思默想,令人欣慰的是,据悉如今的同里镇退思园已被列入世界文化遗产了,古镇同里也正在申报之中。相信,不久的将来同里也定会获得通过,成为世界文化遗产,果真如愿,届时定会引来更多的仙女下凡,共筑美好的梦境,这也是同里带给我的梦想。

三

梦依稀,景也依稀,同里同样依稀,寻找另外的精神家园。

一状元,四十二进士,九十三武举人的时代已经过去,但同里人世代勤奋苦读,知书达理,教育发达,人文荟萃的门风并没有飘逝,反而更加浓烈了。为将同里打造成一张世界级名片，同里人不惜一切去向世界宣传自己，既让自己走出去，也将世人的目光吸引过来，而这需要多大的勇气和信心才能做到？不过，我相信，同里人一定会做到的。

　　同里古镇原有"前八景"、"后八景"、"续四景"等20多处自然景观，今又有"东方小威尼斯"之美誉。何况，"小桥、流水、人家"本来就是天造地设，所谓星罗棋布，密如蛛网等水系生态早已将同里带入梦境了。另外还有诸如"九里晴澜"、"莲浦香风"、"水村渔笛"、"罗星听雨"等景观，更是被誉为"蓬莱仙境"。这样的胜景如何不令人流连忘返呢？

　　同里的一水、一桥、一村弄都可能引我入梦，而我凭着经验也能深入其中畅游一番。或许，从那轻轻的摇橹声中，我也能听到人们的打鼾声，并将其幻化成大自然的音乐，这就是我内心最大的憧憬，但愿同里还能带我回到1000多年前的过去。我想，对历史的回忆应该就是对未来最大的忠诚。既然如此，就让我们一起去畅游同里吧……

32　桐花情愫深几许

与一种花相遇,是需要缘分的。我爱桐花,情不自禁在心头。

有一次,去朋友家,见其墙上挂着"紫色秋桐"四个字,顿时被吸引住了。原先我并不喜欢紫色秋桐,因为在我的印象中,桐花应该是白色的,而且,一般来讲,桐花应该在谷雨时节,就已经开放,入秋后,几近凋零。但那个时候我想,也许正因为其稀少才显得格外珍贵和特殊吧,我记住了"紫色秋桐"四个字。不过,我心中亦不免反复追问,定还有另外原因让我喜欢它吧?

曾读《泉州刺桐花赋》,其曰:"桐花翘望,燃烧城邑,享兰桂之惠赐,衬竹蕉之新绿;桐枝扶疏,随诗羽仪,赏金丸之桀骛,爱丹荔之紫气,吮吸沃壤,吐呐碧宇;与友腾云,齐凤比翼,拂风吼而起舞,对雨吻而振羽。如圣火之熊熊,似炫日之熠熠。生隰地而卓然挺拔,长高岗而耸然昂屹。其华如雕似琢,其叶如瑾似瑜。其形如蓬似盖,其状如腾似举。开若赤椒,落若红鹇,串串象牙,簇簇火炬。冠带红罗,纷披子衣。"果然妙语连珠,如饮仙露。

也因此知道,桐花乃泉州市市花。泉州又称"鲤城"。鲤城到处栽有不少桐花,谷雨之后,美丽的鲤城掩映在刺桐的绿叶红花之中。其实,早在中世纪,鲤城就以桐城而驰名欧洲、非洲和中东诸国。因古时鲤城生长着许多桐花,故有"桐城"之称。由此看来,一座城与一朵花的结缘也不是偶然的,并有精彩的故事。

我知道台湾每年四月会有一个桐花祭,那是客家的民俗。每年四月,台湾的油桐树就开始绽放出美丽、洁白如雪的油桐花。到了五月,油桐树林,楚楚风韵,桐花树下,落英缤纷,片片洁白,花絮飘飞,宛若飘雪,因此油桐花被美誉为"五月雪"。其实,油桐树原产于长江流域,早期作为经济作物才引种台湾。台湾客家人和油桐树有着很深的历史渊源。早在清康熙年间,大量闽粤客家人渡海入台,来到台湾,垦荒耕地,大量种植烤烟、油桐树等。当时油桐与樟脑树并称为台湾种植业的三大支柱产业。随着油桐树种植业的发展,带动了与台湾客家人密切相关的油桐加工业,形成了现在的油桐树分布区域也是客家人聚居区域的神奇现象,因此,油桐花自然而然地与客家形成了一种密不可分的关系,最后成为台湾客家人的一种精神象征。台湾客家人为感念油桐树带来的好处,因此有了桐花祭的习俗。

无意中看到这样的场景,有个小孩看到满树桐花在飘,就问,妈妈,妈妈,桐花为什么一直飘呢?那个母亲抬头望了望还在盛放中的桐花,又低头弯下身子捡起一朵鲜艳的桐花,然后也疑惑地自问,是啊,这么漂亮的桐花为什么纷纷落下来呢?我知道,桐花是一种特殊的花序,雌雄同体,一棵树上有雌花也有雄花,它们在树上互传花粉。开花是为了授粉,雌蕊授粉以后,会结成一个油桐果。结成油桐果后需要很多养分,可树上的养分不够,雄花就会飘落,离开树,把所有的养分都留给雌花。这样的牺牲精神和无私大爱,真真令人敬佩。

红艳绝伦的桐花燃尽自己一生也没有释放出应有的香味,多少让人心生惋惜。不过,天生万物本是公平,桐花虽无香味,盛放时却艳丽火红,像一个正朝气蓬勃的少女,又像一位成熟雍容的少妇,令人赏心悦目。如同在苍茫的沙漠中突然遇到泉水般令人激奋,顿驱烦恼、油然而生欣喜之情。由此让我懂得了一个道理,即生命中不可能永远没有遗憾,遗憾有时也是一种美,是一种更让人心悸的美。其实真正的香味只有弥漫于心头,才是最为珍贵。

以前我对桐花也不太熟悉。记得有一次,我看到一种红辣椒似的花朵,花瓣粗硬,花絮硕长,艳丽鲜红,看得眼花缭乱,但不知道是什么花,又忍不住那艳丽之美的诱惑,于是就问同行的朋友,这是什么花?朋友乃鲤城人,脱口而出,说是桐花。就这样我知道了桐花是泉州市市花,之后才知道台湾有桐花祭的习俗。看来一切都是有缘分,也都是需要过程的。

或许,真正的美好安放心底,直到有朝一日掀开月光宝盒时才会发出一声惊叹,然后,内心会怦然一动,情感之弦便会立刻奏响。"一见钟情"就这样产生,另一种浪漫也是这样得到诠释吧。是的,当我惊艳于桐花之美,尤其是其火辣的情态,喷薄而出的激情,简直如一位玲珑剔透的仙子时,我是惊艳的,也是十分惊喜的。不过,过后也不知道为何,许是见过的花样太多,又或杂事烦扰,有一段时间,我几乎完全把桐花忘在一边了。这难道真是一种美丽的错误?

直到有一天,我在阅读一本杂志时,看到"桐花"三个字,我忽然又有怦然心动的感觉,熟悉又带有几分陌生之感跃出心底,顿然想要亲近它,这种感觉异常奇妙,说不出来的情愫灵动微妙,萦绕心底。于是,我渴望更深入地了解一下这位既熟悉又陌生的"老朋友"。

百度上说,桐为蝶形花科桐属落叶乔木,原产亚洲热带,树身高大挺拔,枝叶茂盛,喜强光照射,花期每年3月份,花色鲜红,花形如辣椒,花絮硕长,若远远去,每一只花絮就好似一串熟透了的火红的辣椒。要繁栽的话建议以扦插繁殖为主,也可播种繁殖。还说,桐花还可作止血外用药。此花果非等闲。

其实,桐花之美,何止让我等惊叹而已。宋人王十朋的"初见枝头万绿浓,忽惊火伞欲烧空。"可堪绝句。有人说这是诗人的误笔,因为桐是先花后叶,它开的时候,难有"枝头万绿浓"的风姿。难说诗人不知这个常识?很可能是他太爱桐花了,特用"枝头万绿浓"来衬托"火伞欲烧空"矣。是啊!在青山绿水间,一棵棵的桐树,繁茂的枝上如青春的热血涌动,纵情开放着一朵朵鲜红艳丽的花儿。既像春风吹出的火焰,又像鸟儿燃烧的翅膀。它用无数红硕的花朵铺就一方耀眼而迷人的绚丽,怎能不让人用灵魂拥抱它呢!

古人也常用桐花赠友人,诉友情。"地僻寻常来客少,刺桐花发共谁看。"(唐张藉《送汀州源使君》)诗人笔下在感叹:这偏僻之地,朋友难得来一次呀,桐花虽然开得很艳丽,可给谁看呢?我又同谁一起看呢?"不胜攀折怅年华,红树南看见海涯。故园春风归去尽,何人堪寄一枝花?"(唐陈陶《泉州刺桐花咏兼呈赵使君》)或许诗人与笔下的赵使君是至交,很久很久没有见面了,他用手攀折着桐花枝儿,心里惆怅着年华的流去。每年满树的红花都对着远在海涯的友人开放。可是年年岁岁花落去,总是不见友人来,今年春风又去尽,还是不见故旧面。我把这美丽艳红的刺桐花寄往哪里?谁还值得我寄呢?当然,妩媚燃烧的桐花,撩拨人心弦最多的还是爱情。"刺桐花上蝶翩翩。唯有夜深清梦,到郎边。"(宋谢逸词句)桐花就是蝶吧?!白天艳丽的开放,发现中意的郎君,不好表白。就深夜托梦到郎君的身边,蝶为花的媒吗?!花盼望蝶在夜深人静的时候,引领自己与心爱的郎君约会呢!

最感人的莫过于唐李绚的《菩萨蛮》:"回塘风起波文细,刺桐花里门斜闭。残日照平芜,双双飞鹧鸪。征帆何处客,相见还相隔。不语欲魂销,望中烟水遥。……隔帘微雨双飞燕,砌花零落红深浅。捻得宝筝调,心随征棹遥。楚天云外路,动便经年去。香断画屏深,旧欢何处寻。"春风轻拂,湖水漾波,刺桐花深处有门半开半闭,残阳照着旷野与平湖,有对对情鸟,亲密嬉戏盘旋。此时有一征帆驶过,门里的女子与船上的男儿隔着层层刺桐花,隔着水面的距离,只能朦胧相望。但男子并未说话,分明不是自己的郎君,女子因此魂销天外。望着浩渺无边的烟水,徒生无奈的哀叹。女子在艰难中忍着思念的痛苦熬过一年的时间,又一个春天来了,都到了砌花零落的时候,透过窗帘,看见微雨中双双轻飞的情燕,却不见心中人的踪影。纤手轻拂思念的乐曲,心却随征棹去了遥远的地方。楚天的路是天外的路,遥不可及,情人动身走了一年了,先前的爱之欢乐到哪里找寻呢?

桐花给了我美妙的念忆和情感的咀嚼。它火辣的身材和激情,必然令更多人为之迷恋和倾倒。忽然想到了台湾著名诗人余光中也曾有过这样的诗句:"桐花开了多少个春天?东西塔相望究竟还会多少年?多少人走过了洛阳桥?多少船驶出了鲤城湾?"其实我还有秘密在其中。

梦回

情系北戴河
后海徜徉
空号的快递
意外
欲望
同鱼骨飞翔
一个叫金山的故乡
尝试
相思满山

33 情系北戴河

之一

与樱桃和水蜜桃约好

到芍药居相聚

腼腆,调皮,细腻,诙谐……

几个词聚在一起

一下子就把气温升高

从四环到三环再到二环

然后又到京城的中心地带

北戴河的车票被挤压成一朵花

然而就在北京站,我

邂逅一次陌生

像每一次出远门一样

总是要与许多人擦肩而过

连善意的微笑也是短暂

可是我却记住了他

因他帮我找回了二十年前的记忆

有一种友情不需要长久

同样能在心里留存

也许偶然的一次邂逅

造就另一种永远

难道这也是一种宿命

回忆的滋味是多么香甜

烤羊肉吃下上百串

可还是没能让我长胖

带鱼的味道真好

怀念伯母的深情

尽管别离我还是心系远方

北戴河,是我一张握在手心早已滚烫的车票。多年来我朝夕翘首,昼夜渴望。手握来自中国作协北戴河创作之家疗养通知单,心像离弦的箭,梦驰神往。

　　朋友从丰台九点半出发到芍药居,偌大京城,三环向来阻车厉害,又是几经问路,到达酒店已是正午了。朋友提着一大袋的樱桃与水蜜桃,亲自净洗,让我在旅途食用。距离上车时间尚早,原想去肯德基餐厅坐一会,可是,内已人满为患,很多人站着吃汉堡。无奈只好走进候车室,旅客们一脸疲惫,有的坐在自己行李箱上,有的倚着柱墙。我在台阶的最角落席地坐等。不一会,一位浓眉大眼高健温文的男子拖着行李箱,也在我旁边坐了下来。我们俩不约而同地相视一笑,许是因了同为旅人,在我们同时进候车室时又互相会意一笑,原来是同班车次。在排队过程中,他主动帮我提行李不由攀谈起来。当他得知我有个二十年未联系的朋友在锦州时,他让我安心等待消息,这让我欣喜若狂。不一会,他就得到了我朋友的联系方式,并且得知他现任某报总编。

　　记得朋友当记者时,对广东话特别兴趣,我将几个常用语以中文的谐音进行对译,发表在本地的一家报纸。有一回寒冬清晨,专程驾车陪我去辽中找朋友,同行有董霞与潘杰,行车半天整,四人急急吃一碗羊肉膜,经辽中直抵老观坨乡老观坨村。结果朋友身在远地,仅见了她父母与爷爷,我们又匆匆拜别回程。北方的夜晚来得特早,返回锦州已是七点多,一路风尘一路欢声,往事一幕幕如潮水般袭涌。

　　我握紧手机的手禁不住颤抖,心也加快了跳动,一种来自兴奋又紧张的情绪顿时贯穿了我的全身。曾经多少朝夕,遥望北方那个曾让我驻足的城市。曾经多少次北行,让我蠢蠢欲动为之奔赴。曾经多少次,猜揣生活的状况,虽然知道他出生干部之家,父亲委任不小官职。可是，岁月变迁，很多事情未必一味朝着正常的轨道行驶。见过太多的突变，心往往在不能承载之重下变得坚硬。如今，当得知命运恩赐他如此美好的前程，瞬间卸脱了之前所有的忧虑。真好！感谢苍天恩惠我所有的相识的、相交的、相知的吉祥如意！

我兴冲冲急匆匆编辑了一百多字的信息刻不容缓的发了去，感觉自己是做一件神圣的使命。为了避免他的模糊，提及几件往事。惴惴不安的等待，在等待中回忆一幕幕往事。

锦州最繁华的商业街，有着当时最为先进的电器商店。我们经营的电器比别人先进高端，开着高喇叭的音箱，各种功放机、均衡器、喇叭音箱以及几百张CD与VCD，喇叭声震动着左右对面附近的商店，吸引着行人，特别是那台摄像机，行人走过可以看见自己在屏幕里，让大家惊奇不已！我们在他们的表情里得到一种满足感。

过了十余分钟，对方回信了。短短几言，但已明确还能记得我，并且对我今天的突变颇感震惊。于是，一个下午，我们就在信息中彼此交流，共同追溯起过往点滴。如梦人生，一切给我太多的意外与惊喜。

北戴河车站，通道上的两则广告牌示特别别致，"生命的怒放只有一次不重播""天睡我睡、海醒我醒"，步出广场，放眼远望，如芬兰、瑞典、丹麦等国家的建筑风情。

这条名唤安一路的街道，一座座各安家门的墙院相接着，它们就像一个军人，威严认真的驻守着属于自己的阵地，为一批又一批优秀人士提供了延年益寿的疗养宝地。风和、日煦，花盛、树青、天蓝、海碧，整座城市散发着罗曼蒂克。风情、诗意、浪漫、闲适，远离京城的喧闹与杂乱,如同走进一个漫画世界。

中国作协北戴河创作之家,我来了。

之二

多么想和你

牵手行走在辽阔的海边

海边的尽头就是苍茫的天涯

大海的云天里有美丽的浪花

那是我从初春到深秋的幻想

映在蓝天的影子

昔日的梦想

被慢慢苍老的岁月埋葬

我在这漂泊的记忆里寻找

爱人的眼光

不知前方

细软沙滩上

是否风沙弥漫

梧桐树上的信鸽是否依在

是谁带走了从前的温暖

还有我深深的爱恋

没有人告诉我

只有柔柔的海风一路和我诉说

　　天睡我睡；海醒我醒。

　　启开窗门，一轮火红圆浑的太阳透在玻璃窗左方，以为那是东边。直待我趴出窗台遥望时，我才知道，那是一轮照影。右边上空的太阳正徐徐穿越云际，若一位霓裳少女姗姗碎步，时隐时现。

　　厚实的窗帘拉向两边，房间所有的东西都瞬间映照得明亮，脑海遂即闪出几个词：崭新、雪白、净洁。这个有着四星级设备的创作之家，工作人员告诉我，房子重新装修后我们是第二批入住的幸运者。我居住在西边的最高层，窗外有齐高的杨柳。崭新的家具，雪白的床铺，净洁的设备，它们如同一位亲人，热忱而温情的接纳我的到来，我如同回到了亲人的怀抱。

　　院子的核桃树，已经结满密实的果子，枝丫长长地蔓垂地面，似乎一席碧绿的树帐。街道隔栏喜植各种颜色的黄花菜，有的怒放，有的含苞，风吹花枝颤，袅袅娉娉。黄花菜是一种营养丰富味道鲜美的宫廷菜肴，又能复合生长，摘了又长，充分体现了北戴河领导的英明。

　　浪漫的城市就连每一家店铺都洋溢着浪漫的字眼，吉平、云屋、海韵、甄馨、维拉，宾尼，华颖，蓝岸，碧海，渔舫，芳菲。沿着海边街道行走，但见一个个俄籍女郎，每个角落都是一道风光。大街上许多俄国女郎毫无顾忌的穿着三点式外面披着七彩透明的纱巾，白净的肤色、丰满的身材一览无遗。细软的沙土泛着温柔，游人们或坐或躺在沙滩椅上,享受着海风海浪的沐浴与包围。北戴河的海畔设计特别人文,铁栅中间分别挂着海燕、救生圈形状的玻璃节能灯。夜幕低垂,灯光闪亮,别具景致。沙滩上,人们对着大海,喝着啤酒,闲话桑麻。偶有飞艇掠过,雪亮的浪花随之起舞。

商场挂着许多七彩长裙,又激起了我的购买欲。帽子、裙子、鞋子,一买俱全,干脆及时换了行装,一路行一路拍照。都说旅游区的物品价位比一般城里商场贵,可是在这里却丝毫没有这样的感觉。

之三

年年的雨水

一穗一穗

自天上落到地面

沉甸甸　像闪亮的稻谷

扎入民间的雨水

淅淅沥沥

挂在农历的节气里

像一幅山水画

来自民间的雨水

犹如心头上点亮的香火

净魂涤心

心愿袅袅上升

天睡我睡；海醒我醒。

骤雨潇潇，树木更加碧绿，空气更加清新，由安一路经联峰路前往集发园。

集发观光园已十余年，是一个集公园、果园、菜园、民俗为一体的大型农园。种植百余种珍贵品种的观赏植物，置身于花的世界、花的海洋，充分领略异域风光。步入观光园内的瓜果蔬菜区，惊叹这个奇妙的植物世界。硕大无比的瓜果、形状奇异的蔬菜已经足够吸引人们的眼球，更奇特的是它们竟然都长于水中，周围没有一点儿土壤。导游小姐热情地介绍这种"西瓜上树"、"青菜绕柱"等奇妙的生长方式，我们逐渐了解了无土栽培、立柱式种植等农业科技知识。那不知名的花，有着棕色茂密藤须，用红绸带绑着，完完全全成了纱线门帘，就像走入一间刚刚装扮好的新娘房。

花卉园内色彩纷呈、香气宜人。比利时的杜鹃、台湾的蝴蝶兰、美国的金虎、荷兰的丽格海棠、哥伦比亚的火鹤等名花云集于此，争奇斗艳。采用基质和水培等先进的栽培技术，以及立柱式、墙壁式、牵引式等种植各种蔬菜。百香果、龙眼、荔枝、莲雾果、枇杷、香蕉、菠萝蜜、蒲桃、芭乐、杨桃等二十几个优良品种，形成了北半球百果大聚会的奇观，开花的槟榔树，硕果累累的椰子树，奇特的炮弹树和造型别致的人心果树。还可亲手采摘时令水果，一个年轻小伙热情地邀请我们去瓜园选摘黄瓜，每根仅一块钱。我禁不住诱惑，跑到瓜园摘了五根，当下即品食。黄瓜虽然短小，但是因为细嫩而且只是细微的仔,特别的可口松脆。其中最大南瓜最重达300多斤,堪称南瓜之王;五彩斑斓的奇瓜长廊,置身于奇特瓜果的王国。游客们简直不敢相信这是真的新鲜南瓜,喜不自胜的站在巨瓜旁边一一留影,俨然成了瓜后。

观光车带随我们穿梭在荷叶满塘、花盛林荫丛中,眼前又到了另外一个世界。木匠、铁匠、渔民、磨豆腐等劳动人民生活的画廊,塑造了粗犷、刚健的劳动者的形象。一座宽阔低矮的院落,呈现许多农具用品与农耕景象,原来是民俗文化村。未及踏进门,就被一股浓烈的酥香味吸引了去。几位男士正低头忙着手中的活儿,一刀刀的切开已经制作完整的核桃酥。有细小成块的核桃酥摆放在柜台任游客任意品尝,几位同行均争相购买。他们保持最传统的包装,用一张薄纸包扎成四四方方,面上再贴着一张印有图案的以及核桃酥字样的绘纸,而后绑一条细绳,就像回归到了童年时代。一间豆腐坊,除了有免费的品尝豆皮外,还有锅里热气腾腾的豆浆。

木匠坊有,锛,凿子,刨子、刀锯、鱼头锯、墨斗、木锉,有角尺、直尺、画规、斧子、还有雕花的刻刀;铁匠坊内铁为原料,只凭手中一把小小的铁锤就能打造出各式各样的生产工具和生活用品。铁盆、面盆、水舀、油桶、洗脸盆、面皮罗、锅盖、菜刀、铲、镰刀、锄头,应有尽有。渔民坊挂着整墙的渔具还有各种鱼篓。几位阿姨正盘坐在炕上纺线,那木制的简单纺线具,记得小时候还与母亲抢着纺线,母亲的纺线既结实花纹又漂亮,那时惊羡不已,发誓长大后一定要纺出比母亲更独特的花纹。草鞋坊内有各种草鞋与坐垫,都是用稻草或麦秆制成。一台简旧的弹棉机,又令我陷入对母亲的怀念,母亲为我准备的出嫁棉花被,至今依然完好的封锁在柜子,不舍不忍相用。另外一面摆放着上百只旧时钟与旧茶缸,可以让人追寻岁月的变迁与经济的腾飞。

众所周知,中国古代历来重视农业,从尧舜迄明清,无时无刻不把农业放在首位。"农为国本,食为民天",在经济上,农业是经济繁荣、国富民足的根本。在政治上,是政治安定、长治久安的根本。当今虽然农业经济得到了迅猛发展,取得了举世瞩目的成绩,但是务必不能忘本。在集发园,可以让后人充分了解农民辛勤劳作吃苦奉献精神,期待在希望田野上编织斑斓画卷。

让我倍感震撼的是《集发园赋》,摘选分享:时维六月,岁在庚寅,淑风拂野,昊天流云。联峰碧兮松柯举,戴河悠兮波粼粼。千岁名槐舒臂,十载嘉园驰心。欣此桃园胜境,绩在盛世成春。英雄起于村野,田园秀出群伦。集发骎骎之业,膺此荡荡之勋。

日出东方兮霞晔,戴河清漪流泄。渤海雄涛日夜声,长诉群雄创业。犹忆当年歃盟,共富豪情似铁。傲寒霜而对风雪,战炎魔而披星月。功成相期再上岭楼,不负仁义桃园之约。问汩汩如涛兮何以溉名园?男儿热汗兮和心血。问琅琅如诗何以著嘉章?妙手丹心兮绘史页。

日出东方兮霞举,戴河清漪如绮。农家之乐尽备一园,讨得少长皆喜。祖先万古乡风,活现民俗院里,春耕夏锄不违时,秋收冬藏有恒序。勤欤恳欤,劳兮碌兮!观睹何似身临,悠然恍若亲历,都市娇娘坐牛车兮,平添一段生趣。

日出东方兮霞烂,戴河清漪潋滟。万众趋临兮赏名园,笑靥如花纷绽。或冒盛夏骄阳,挈妇将雏挥汗;或聚三五同好,偕亲引友相伴;或自远埠成伍兮,遥遥驱车寻探;或自异邦专访,万里抟风如雁。或赏或观,或行或恋,或摘或采,或饮或饭,或舞或歌,或讶或赞,或照或摄,或论或辩,或乘或游,或聚或散,或学或研,或歆或羡。凤来仪兮栖梧桐,云来雨兮祛炎旱。客若云兮肩相摩,名如雷兮绩相范。

咏曰:日出东方,戴水生光。祥云化雨,穆野歌扬。锦绣集发,名实相彰。千秋盛业,亦隆亦昌。天人和谐,君子自强。康宁行健,鲲越鹏翔。青山不老,永续辉煌。

之四

那个海滩不是我所要追逐的

尽管在清政府时期,它就是"各国人士避暑地"

我的热情来自于一种梦想

一种曾经是多么不切实际的梦想

如今我来了,仿佛跨过几个世纪

也仿佛一下子就进入了来生

我的梦想是蓝色的

也可能是五颜六色的

当我来到这里时,我的梦突然醒了

不,应该是进入到了现实的梦境

我惊喜于偶遇,更惊喜重逢

人生最奇妙之处就在于不期而遇

谁能告诉我这是偶然还是奇遇
我漫步在这充满异国风情的大街上
等候那个骑着白马的人
他会突然出现吗，歌声已远
但我还能看见海边的群鸟
还有乘着月色泛舟归来的渔船

我静静地站在海边
原谅我经不起对你的思念
那一夜，你的衬衣上沾满荷香
你傲然独立的样子令我神伤
这个时候我才突然明白
爱，其实是有距离的

我无法抛弃对你的冥想
正如时光无法抛弃岁月的依托
我暗中为自己谱好了一首曲子
谁知刚在音符上为自己找到位置
有一阵风就从上面呼啸而过
惊动了沿途落英满江

天睡我睡；海醒我醒。

上午游览鸽子窝，途中雨滴渐大，临进公园时，骤间倾盆大雨，海风肆虐，大家被吹得摇摇欲倒，枝杆枝叶撞击吟唱，伞也扑打着无力的翅膀。海风怒吼着，滚滚海浪一排一排铺天盖地奔涌。海潮就像冲锋的千军万马，鼓噪着，呐喊着，拼命地冲上沙滩。翻滚着、吐纳着，又吐一地白沫潇洒离去。塔松在暴雨的凌辱下依然顽强地耸立着，荷花贴着水面怒放。

暴雨没有阻碍我们高登鹰角楼，大家撑着雨伞踩在蜿蜒的木制台阶上，阶台右侧伫立着块木牌，只有三个字：浪淘沙。古今中外多少英雄好汉著下鸿篇浪淘沙，篇篇荡气回肠，章章豪情万丈。这让我想起毛主席笔下的大浪淘沙的诗句。

还记得曹操的《观沧海》："东临碣石，以观沧海。水何澹澹，山岛竦峙。树木丛生，百草丰茂。秋风萧瑟，洪波涌起。日月之行，若出其中；星汉灿烂，若出其里。幸甚至哉，歌以咏志。"海水、山岛、草木、秋风，乃至日月星概括其中。起头二句点明"观沧海"的位置：诗人登上碣石山顶，居高临海，视野寥廓，大海的壮阔景象尽收眼底。虽然已到秋风萧瑟，草木摇落的季节，但岛上树木繁茂，百草丰美，给人生意盎然之感。茫大海与天相接，空蒙浑融；在这雄奇壮丽的大海面前，日、月、星、汉都显得渺小了，它们的运行，似乎都由大海自由吐纳。诗人拯救苍生于水深火热之中、一统天下宏大政治抱负的真切比拟。刚柔相济、德威并举政治谋略的施展，"唯才是举"政策的推行，不也正如这山、这海么。有山一样的品格，有海一样的胸怀，乃"周公吐哺，天下归心"。

也知道毛泽东挥写《浪淘沙·北戴河》:"大雨落幽燕,白浪滔天,秦皇岛外打鱼船,一片汪洋都不见,知向谁边?往事越千年,魏武挥鞭,东临碣石有遗篇。萧瑟秋风今又是,换了人间。"毛泽东在北戴河林木葱茏、气候宜人的海滨胜地一边休养,一边工作。一天,海面狂风骤起,暴雨斜飞,怒浪排空,他突发去中流击水之想。身边的警卫人员以风浪太大为由,尽力劝阻,毛泽东却满怀豪情地说:风浪越大越好,可以锻炼人的意志。他坚持下海,在滔天白浪中尽兴畅游了一个小时。上岸后到了寓所,他仍意犹未尽,以雄浑沉郁之情泼墨挥毫,一气呵成这首壮美与缅怀之诗。毛主席面对大海,想到了这一千五百多年前的往事,想到了曹操——又一个"浪淘尽,千古风流人物";而主席的眼前除大海之外,有大雨、有凉风、有涛声,还有幻觉中曹操的雄姿,古战场、古将士及古代的诗篇……而这一切全凝结在:"魏武挥鞭,东临碣石有遗篇"这二行之中。然后,诗人并不费力,仅借眼前凉风轻轻往面前一带,镜头又切入目前了。是的,今天又逢萧瑟秋风,那吹送了上千年的代代秋风,但一切都变了呀,一种新的美已经出现。新中国已诞生在历史的长河之中。

南唐李煜的《浪淘沙·怀旧》:"帘外雨潺潺,春意阑珊。罗衾不耐五更寒。梦里不知身是客,一晌贪欢。独自莫凭栏,无限江山,别时容易见时难。流水落花春去也,天上人间。"帘外,是潺潺不断的春雨,是寂寞零落的残春;五更梦回,薄薄的罗衾挡不住晨寒的侵袭。这种境地使他倍增凄苦之感。追忆梦中情事,睡梦里好像忘记自己身为俘虏,似乎还在故国华美的宫殿里,贪恋着片刻的欢娱。眼前绿竹眉月,还一似当年,但故人、故土,不可复见,"凭栏"只能引起内心无限凄凉。"想得玉楼瑶殿影,空照秦淮",却加倍地感到痛苦。

　　该死的李煜与当今众多男人一样,吃在碗里,看在锅里,很多男人趁妻子怀孕期间或则生病期间贪吃窝边草或外边觅食。尽管李煜已是国君,却是一桩包办婚姻,附带政治色彩,带有笼络元老大臣,巩固李氏家族统治地位的目的,只是他运气好,不像有的人娶的是粗枝大叶歪瓜裂枣的三八婆。妻子娥皇,不但人长得漂亮,堪称"国色"而且还多才多艺。李煜从此之后过上了一段相知相爱相惜的幸福日子,可是,娥皇好景不长,身染恶疾,妹妹来宫照料,从此她的幸福开始绝缘。最坚固的堡垒往往最容易从内部攻破,让娥皇万万想不到的是,打破她对李煜感情垄断的第三者,竟然是她自己的亲妹妹。她想到平时本来对自己百依百顺的丈夫此时与自己的妹妹眉来眼去、寻欢作乐、卿卿我我,愤恨不已,却又碍于国母身份,不得外露。"恚怒,至死面不外向。"愤怒到把头转过去对着床内侧的墙壁,到死的时候也没把脸转过来。可见她的痛楚无以复加。

之五

　　　　千年万年

　　　海不枯石不烂

　　听惯了太多的甜言蜜语

　　　不再羡慕与相信

　　　　潮起潮落

  一日又一日

  一年又一年

  更珍惜相视无语

  让浪花去互相交吻

  让飞鸥去互相嬉戏

  灵魂的对话不需要表达

  一切都回归于自然

  天睡我睡；海醒我醒。

  万里长城横亘中国北方辽阔的土地上，宛如一条巨龙盘旋于起伏的群山之巅，气势磅礴，壮严雄伟。老龙头依山襟海，长城耸峙海岸。由入海石城、靖卤台、南海口关和澄海楼组成。澄海楼上有明朝大学士孙承宗所书"雄襟万里"和清乾隆皇帝所书"澄海楼"匾额。自澄海楼南下三层城台有一独耸的石碑，镌刻着"天开海岳"四个苍劲有力的大字。但见游客仿如海潮，一浪接一浪，几乎没有转身的余地，纷纷站在老龙头的石碑前留影。

  满心以为从老龙头可以直接下到沙滩，其实只能按原路返回，面对波涛汹涌、云水苍茫的大海，怅望海的那边。"长城万里跨龙头，纵目凭高更上楼，大风吹日云奔合，巨浪排空雪怒浮，斯人何处吹笛箫？"从老龙头到天下第一关仅需10分钟车程。站在城楼，雄视四野，可俯视山海关城全貌及关外的原野。经过2000多年的风化，当年长城的砖块复已不在，我脱下鞋子梦想与历史最近距离接触，只是现在的脚下踩的已然都是1987年重新铺就的。

改变的是脚下的石头，历史从来没有改变。秦始皇嬴政生于公元前259年，据《秦史稿》记载他的外貌："虎口、日角、大目、隆准"，看来秦始皇是个浓眉大眼、英俊高健的美男子。可郭沫若评他是个丑八怪，幸许是因为秦之凶狠毒辣特意贬之吧！是中国第一位皇帝，也是皇帝尊号的创立者，同时也是中国皇帝制度创立者，使中国进入了中央集权帝制时代。他扫灭韩国、赵国、魏国、楚国、燕国、齐国。他是个暴君，但是同时他又是个出色的政治家、改革家、战略家、军事家。统一海内，废分封，立郡县，创立皇帝制度。北击匈奴，南征百越。奠定了中国两千多年的政治制度的基本格局，被李贽誉为"千古一帝"。有历史记载秦始皇嬴政实则吕不韦与爱妾赵姬所生之子，当时吕不韦将爱妾献与秦庄襄王子楚时业已有孕在身。都说私生子更聪慧，或许这又是一个佐证吧。

言及秦始皇，不得不说有个河南上蔡的乡巴佬，一个县属乡镇的小文书，也有说是粮管员，灰尘般的小人物，爬上当时世界顶尖强国虎视六国的大秦帝国总理即丞相的高位，这个文人就是李斯。

一个梦开始就在他心中掀起不可遏止的狂飙巨澜："诟莫大于卑贱，而悲莫甚于穷困。"他先北漂拜荀子门下，学帝王术，然后揣度，周失其鹿，天下共逐，七雄之中除秦，均不足谋大事，最后必定是秦吞天下，君临万邦。在他的眼中不仅上蔡是厕所，其他六国也成了厕所。只有"西说秦王"，才能成就梦想。

至秦，他求职吕氏相府，勤恳三年，显示非凡，受到器重，当上幕僚长，得到了接近秦王的机会。他对秦王说："现在最适合用间谍战，能收买的就收买,不能收买的就刺杀。"又用极富煽动性的语言影响秦王:"以秦国的强大,大王的英勇神武,贤明睿达,吞并六国,成就千古帝业犹如除掉灶上的污秽一样简单容易。而这个机会现在是唾手可得……"一席话,说得秦王频频点头,虽然觉得这些话阴险,也太有野心,但没有拐弯抹角,很实用,句句说到自己的心窝里,就任命李斯为长史。这可是个惹眼的秘书长级别的官了。他并没有到此为止,继续坐着火箭往上升,转眼又被任命为客卿。

天有不测风云。正当李斯官路畅达之时,发生了一件事,差点使他的前程毁于一旦。秦国抓住韩国的间谍。秦王认为,各诸侯国入秦的人员都是游弋于三秦大地的定时炸弹,于是决定清除一切不是秦国的人员。李斯自然也在驱逐之列。为此,李斯写下了《谏逐客书》:"……夫物不产于秦,可宝者多;士不产于秦,而愿忠者众。今逐客以资敌国,损民以益仇,内自虚而外树怨于诸侯,求国无危,不可得也。"

严谨的逻辑,恢宏的雄辩,让秦王读后心悦诚服,立即废除了逐客令,复并重用李斯,任命他为廷尉(国家司法部长)。这一次的逢凶化吉,转危为安,为他日后登上秦国最高的政治舞台做了最好的奠基。而后,秦王用李斯计,"二十余年,竟并天下",秦王称自己为始皇,李斯则顺利当上了当时世界上顶尖强国的总理即丞相。

就在李斯如日中天的时候,韩非来到秦国。他与韩非同为荀子的高足,他深知自己的思想、运筹、决策和学养均不及韩非。所以,当韩非两脚踏上秦国土地时,他感到自己的地位权力如发生地震一样在晃动。本来他就为秦始皇渴盼韩非的"寡人若得此人与之游,死不恨矣"的话而不安,眼下看到韩非立马得到秦始皇的赏识,他更加惊恐。为保自己顶峰权力之梦做得安稳、圆满和永远,他暗下狠毒之心,一定要让韩非在秦始皇的视野里尽快消失,用自己撵兔子的肌肉特别发达的腿脚,活活踏死这个韩国公子。于是,他对秦始皇说:"韩非为韩国公子,是有家国之人,最终他的心是向着他的国家的,而不是陛下。"这一成功挑唆,不仅断送了韩非的前程,连韩非的性命也取了,彻底杜绝了他的后顾之忧。正直的韩非糊里糊涂吞下他同门好友送来的毒药。

  人在权力高峰,脑袋膨胀,控制不了自己。一日,李斯置酒于家,百官前来祝寿,门庭车骑千数。他想到荀子"物禁太盛"的话,喟然而叹:过去自己乃上蔡布衣,闾巷百姓,"当今人臣之位,无居臣之上者,可谓富贵极矣。物极则衰,吾未知所税驾也!"此时李斯虽然说了这样清醒的话,实际他正沉睡在权力的巅峰呢!他虽然还能记得老师"物禁太盛"的话,但并不准备照此去做,甚至还想以他的聪明和铁腕,把自己的巅峰权力梦一直做下去,直到寿终正寝。

  他从没想急流勇退,直到秦始皇死时,还痴迷高位而不悟。始皇三十七年出游会稽,带李斯、赵高和爱子胡亥,至沙丘突然病逝。以李斯在朝中的相位和威望,完全能掌控局势,立即布告天下,并顺利完成扶苏接替帝位的过渡。秦始皇二十余子中,扶苏是长子,且又是能力最强者,由扶苏继承父位天经地义。可李斯没有这样做,反而苟合赵高,密不发丧,并矫诏让扶苏自杀,立啥事不懂的胡亥为秦二世。有计谋者,一旦不走正道,为非作歹起来,破坏性更大。李斯由官梦引导,一直往前走,一点不知回头,继续与心毒手辣、无所不用其极的魔鬼赵高苟合结盟,干蠢事、丑事、恶事。他用计把朝廷里一切能干的正直的有势力的大臣统统干掉;同时又极力讨好二世,怂恿这个傻皇帝肆意广欲、穷奢极乐,以求得胡亥的信任,保住自己的相位。最终,李斯被赵高谋害,处以五刑,可谓惨之无以复加。物极必反,物禁太盛,顶峰就是人生的尽头。

鹿因角毙命,象因牙丧生。

秦始皇一声令下铸就万里长城创下丰功伟绩,但也铸就了孟姜女哭长城的悲剧。其寻夫哭塌长城,感动天地,露出丈夫尸骨。她能够令秦始皇给万喜良立碑、修坟,采购棺椁。出殡那天,万喜良的灵车在前,秦始皇紧跟在后,披着麻,戴着孝,当了一回孝子。尽管如此,孟姜女对暴君秦始皇之"青睐"依然无动于衷,最终跳海也不愿享受荣华富贵。

之六

  北戴河,在作协疗养院
  我幸遇了王蒙大师
  并敬邀与合影留念

  我心目中的王蒙
  就是面前的亲切模样
  毫无半点架子

他就住在对面那幢小楼

除了三餐定时能够看到他的身影

其余都在奋力思考疾书

当我与他合影时

鸟儿歌声悠扬

北戴河的天空仿佛刹间明亮

最真挚的际逅是面对面

最纯洁的心灵是敬慕

一个签名让我感动一生

一次不期而至的偶遇

足以让生命更加闪耀

正如那简洁的寄语

天睡我睡；海醒我醒。

　　联峰山公园山势远视犹如莲蓬状，故又名莲蓬山。莲花石旁有石碑，碑的正面是时任民国第三任大总统徐世昌的建园题词《题莲花石》，"海上涛头几万重，白云晴日见高松。莲花世界神仙窟，孤鹤一声过碧峰。秦皇汉武一刹过，海山无恙世云何。中原自有长城在，云壑风林独寤歌。"这座山不因其巅而名，亦不以其秀而名，只因山中曾居住过许多大人物。毛泽东、周恩来、刘少奇、朱德、邓小平等老一辈革命家在此留下许多感人故事。伴随着共和国的历史,这里有说不尽的人物,道不尽的历史风云,留给人们无限神秘的向往。

　　我们一路以缓步上山,快乐人生演讲大师蒋夷牧先生一旁教诲:走走,看看,停停,想想。这短短八个字,道尽人生哲学。看他的后背,完全一个小伙,矫健的步伐与古稀之年风马牛不相及。姑且摘取他的一段诗:太阳升起来了 / 儿子背起他的大书包上学去了/妻子描画好她的眉眼上班去了 / 老爸提着他的宝剑晨练去了/老妈挎着她的菜篮买菜去了/幸福就这么简单/ 幸福是她每天为我削的一个苹果/幸福是我悄悄为她选中的一条项链 / 幸福是一生说不完的家常话 / 幸福是一桌吃不厌的团圆饭。

　　听说,他被德国邀请讲座时,他计算了下,那次的讲座正是第200场,眼下,他又要提早离开疗养院,马上回到上海,出发前往俄罗斯办讲座。他的笑声与儒雅,一直徘徊在我心中。以前参加旅行团,常见年轻人当众亲热温存、恩爱甜蜜,可瞬间反目怨怼,争吵打架。而唯有经过岁月的磨合,直至白发苍苍步履蹒跚,方相互依赖宽容照顾。爱恋中,青年人之间是火与火药的亲吻,年长者之间是春风与柳条的携手,虽然各有各的风景,但我更愿意看年老的漫步。

　　攀至望海亭眺望,渤海一览无遗。蓝空碧海、波涛闪亮、静浪滔天、蜂飞蝶舞、知了欢唱。通往观日岩的半坡上,尽是青青郁郁的草,那么的蓬勃,那么的苗壮,在清风安抚下,飘扬着如同妙龄姑娘般的秀发。曾几何时,我牵着牛渴望寻找这样的青草,嫩细,汁浓,清香,无论是牛羊还是兔鹅,都是最滋养的佳肴。可是它们的生命往往长不到一寸,因为早已被一群又一群的家畜啃食了一遍又一遍。我温柔的抚摸柔绵细滑的青草,不忍践踏。它们不再丢失年轻的生命,可以自由的生长或枯尽,我对它们充满了欣慰。

之七

是谁吹响的魔笛

又是谁在海边歌唱

我独自在海边

散步

这个时候

围在脖子上的纱巾

不小心飞了

我追啊追

追啊追——

突然,它化成了

一群白色的海鸥

在海面上飞翔

我听见了

那声音是海风在呼唤

而这里就是

传说中的仙境

它的名字叫

——北戴河

天睡我睡；海醒我醒。

记得第一次坐船是在 1991 年,从广州西堤码头远航厦门轮渡码头,整整三十六个小时航行。乘坐的是二等票,四个人一个房间。狭小但舒适,等同火车软卧,也是上下铺。那蔚蓝的无垠波光,那甲板上欢欣高呼的游客,那清歌群舞的卡拉 OK 厅,一幕幕让我忆想。

此时此刻,我的心就像船底的海水,翻腾、激越、澎湃,变成卷卷浪花、层层涛光。假如我是海里的一滴水,我也愿意自己最大化,让游船飞驰过身,让鱼儿自由飘游,让珊瑚从容成长。假如我是一片云,我愿飘浮在我爱人的城市上空,掩住日头的猛晒。

北戴河的每一朵浪花,都是我脉脉含情的心花;北戴河的每一滴雨水,都是我沁人心脾的情露。山海关的每一块砖石,都是永恒的追梦见证;秦皇岛的每一幢别墅,都是幸福的感应器。我来了,暑天为之凉爽,大地为之欢畅,北戴河为之换装。

日日忽其不淹兮,春与秋其代序。

手上的餐券以一开始的老大一沓而渐渐变成薄薄几张,每回用餐时交上一张心里就涌起一阵疼痛。这餐券的减少,意味着我们离开的日子愈近,意味着我将要离开这个天堂仙境般的家院。这些大哥哥大姐姐,曾给了我多少的关心与温暖,共乘一台车、共登一台阶、共聚一餐饭。他们大多已是年过花甲、古稀、耄耋的作家前辈,带着伴侣,形影不离。

晚饭后,独自走在步行街,歌声悠扬,一群女性穿着相同款式的休闲装在音乐的抑扬顿挫下有节奏的锻炼,众人旁坐或驻足观看。

远处传来清亮的歌声,窃以为是像绝大多数城市中以卖唱为生的艺人,近步才知,一群白发苍苍古稀之年的老人在吹拉弹,一位同龄阿姨站在周围满是观众的中间,握着微型话筒正从容自如的一首接着一首演唱着。每当一首结束,观众便热烈欢掌,阿姨的歌声愈加温婉,愈加甜美,愈加动听,愈加铿锵。

一个剪士自称为倒数第一剪,摆个画摊在岸畔。当我走过他身旁时,他立即对我说剪个纸影吧你五官这么美。见惯了街头艺人,听惯了商人赞美,我没驻足,只是看了他一眼,缓慢了前去的脚步。但是过了一个多小时当我回头又经过他的摊位时,见他一人独坐,我便主动对他说,来吧,听你的,剪一个。于是他让我站好,取过一把小剪刀与一张黑白两面的卡纸,眨眼之际就将剪影交到我手上。看过北京后海的剪影,看过大连的剪影,看过香港旺角的剪影,但都没有眼前这位师傅的眼疾手快。钦佩之下,我又让他再剪五张,在他将剪影装进夹本的时候,我对他作了简单的了解。得知他从事这行业已有二十七年了,男士因为一般平头用时三秒,女士因为长发一般十秒。他还说客人愈多灵感愈强,就像车轮,轮子滚动快车子才前行得快。他的手心手指满是茧。在我作别之际,他忙碌于收摊,说一般每天八点回家,还有十几公里路程。我一边走一边回看他的背景并深深地致以祝福。

之八

不要轻易叫出这座城的美丽

波涛涌来海水的气息

充满雄性的味道

不要轻易叫出那朵花的名字

经过它的身旁小心翼翼

每次看见它的身影都会想起曾经有过的暴风雨

答应我

把重生的希望交给我

那是一次刻骨铭心的等待

列车经过的轨道

崭新锃亮

彩虹在远处的山边隐现

这座城的上空始终有一个声音回响

春天像候鸟一样在飞翔

  天睡我睡；海醒我醒。

  仙螺岛位于北戴与南戴之间，仅一河之隔。河不宽，大抵50米，过了桥就是南戴河了。远远就见一条长长的索道连接对面的岛屿，听说这是人工岛。乘索道的游客，大多出双入对，或三五成群。有的是带着父母，有的带着小孩，还有的是年轻情侣。队员排满入口长廊，约摸便有300人。仙螺岛位于碧海金沙南戴河近海一公里处，是依据民间海螺仙子的美丽传说而建,该岛以 1038 米的索道连接岛屿海岸,用时近一刻钟。整座索道在海空,脚底碧海,头顶蓝天。因是独坐,不敢自如后望,凌空的感觉像是飘至远方,此绪无穷。

距离下索道尚余百米时,喇叭传来"端正坐姿笑颜拍照"的提示,这是商家捕捉游客难得一游仙螺岛的心理,特驻此以数码拍摄立等即取,专拍乘索道的景象,一般游客都买下纪念,每张十元。若以每日游客 3000 人计,以百分之五十的比例,一天的收入是 15000 元,一个月即 45 万元,一年以八个月的旅游季节计,这笔可观的数字与投资利润是多么的丰厚啊!

一下索道,就见海螺仙子的喷泉,一个体态绰约的海螺仙子雕塑在池水中间。传说中的海螺仙子的故事家喻户晓:很久很久以前,南戴河一户单姓渔民在海里捕捞到一个很大的海螺,回家后把海螺放入盆中,只见盆中海水映得五颜六色,就像开了一片奇异的花,让人心动神怡。一天,夜暗星稀,细雨蒙蒙,渔民父子俩因操劳体累,都昏昏睡去。盆里的仙螺彩光频闪,随彩光升起一个亭亭玉立的女子,眉清目秀,黛发油亮,十分靓丽。螺女常常幻化人形为苦难的渔民治病、送粮,还冒着风雨搭救遇险的落水者。后来渔民的儿子海蛙和螺女在简陋的房子里结成了夫妻。

从此后,海蛙早出晚归下海捕鱼,勤劳不辍,螺女持家奉母,十分勤快。渤海龙王发现仙螺不在身边,命海龟丞相到处寻找,发现了海螺仙子的踪迹,回龙宫禀报了龙王。龙王大怒,立即招来蟹将,下令捉拿仙螺回宫。众虾兵来到海螺仙子家一拥而上,抓了螺女便走。

海娃闻听,操起鱼叉,直奔蟹将所去的方向追赶。海娃抡起鱼叉大战虾将,你来我往,叉叉相碰,叮当作响,直打得昏天黑地。这时,宫门大开,龟丞相告诉海娃,仙螺已经被压在了"仙螺岛"。南戴河的父老乡亲,为铭记螺女的恩德,在"仙螺岛"上修了一座"海螺仙子"汉白玉雕像,让螺女站在"仙螺岛"上,深情地望着南戴河,从古至今。

　　索道台二楼是一座供游人朝拜的道观,道士一见游客便敬奉一支香。我恭恭敬敬地朝拜,为我所有的朋友祈福。

　　高达56米的观光游乐塔,可乘电梯而上。与蹦极同一座铁塔,这座塔形似上海的东方明珠,最顶中间也是圆形观光台。正有勇者抱住塑绳悬盘在海空,对着塔底口中高呼我爱你,想必他的爱人就守候在此。

　　那年去泰国,朋友安排跳伞与蹦极,我原拒之,好友坚决怂恿,不允我退缩。因为害怕,临时几度欲作逃兵,又被好友强行拉住。工作人员让我穿上救生衣,捆实绳索,从客船甲板上借着海风的惯性,撑开伞后由绳索牵引缓缓升高,整个身子单薄地飞在海空,那一刻似乎停止了呼吸。别人都一次安全降落,可我的伞不知怎么回事就是降不下来,在即将靠船时又被绳索拖回,沿着海面飘荡,又将我腾空,早已吓得我魂不附体。蹦极从几百米高空凌空一跃,着地之后,早已心室语塞,失魂飞魄。

　　从仙螺岛回望南戴沙滩,颇似芭提雅的风光。芭提雅是位于泰国的东海岸边的一个珊瑚岛,被美誉为"东方夏威夷"。每当夜晚,灯火通明,大商店、大酒店、歌舞厅,霓虹灯闪烁耀目,街道两旁亭式小酒吧鳞次栉比,流行音乐充塞大街小巷,马路上行人摩肩接踵,车水马龙,通宵达旦。海滩阳光明媚,蓝天碧水,沙白如银,椰林茅亭,小楼别墅掩映在绿叶红瓦之间,一派东方热带独特风光,令人心旷神怡。

索道回程途中,紧张感已消,可从容转头,亦能四眼张望。浮云悠悠,白鹭翱翔,客艇疾过,游人欢呼。

之九

    那些红男绿女
    像潮水一样涌来
   岸边的礁石挺起伟岸的身子
   痴眼凝望着那些异国女郎
   挺着胸部高鼻梁的她们
   叽里呱啦地谈论着什么
   冰雪一样的肌肤亮成一道风景
   身上自然的香水味很特别
   莫非她们都是龙王爷的私生女?

谁能告诉我风情与浪漫是什么样子的
  海风鼓动着海浪去恣情相爱
  潮水一般的热情燃烧着她们
  而我只是一名匆匆的过客
  我一边分享着她们的快乐
  一边哼出自己人生的小调

我发现,这里每一块礁石都可以独立成风景

　　　有人在不远处看风景

　　　看风景的人自己也成了风景

　　天睡我睡;海醒我醒。

　　感念石湾先生惠赠随笔,在这离别前夕,相约坐在长满密密麻麻的松果的树下,谈青春,谈过去,谈未来。还有,最终"揭露"了他自己在墨宝上两个闲章的制作过程。因为要留个纪念,有人提出全体做锦旗,有人倡导石湾老师留墨宝,让大家签名。只是,临到装裱之际,才发现问题出来了,落款还得有印章。于是,石湾自创。分别用墨汁的瓶盖与底座,涂上印泥,盖在宣纸,有了凸凹感,又用房卡,沾上印泥。这样的思路,这样的杰作,也唯有石湾能够想得出来,并且制作得如此完美。全体人员都猜想是用萝卜,或是土豆制作,看来这个工序可以申请专利。

　　旁边瀑布哗哗流淌,碧藕丰盈,摇曳着婀娜,地灯明亮。歌声笑声起伏,一群文艺作家们在此载歌载舞。石湾老师的太太童心,是国家话剧院演员。虽然现在已经古稀之年,但是声音甜美、身姿柔软、面色红润、皮肤细滑、行步如风,到底是有功底,且格外亲切,就像一位同为邻居多年的朋友。轻柔的跳起新疆舞,翻腕、柔腕、托帽手、点肩式、绕腕、移颈,满脸的喜悦、得意,灵敏度绝不亚于年轻姑娘。《天池》主编黄灵香也特别踊跃,群体唱完《康定情歌》又唱《红日》,唱完《谁不说家乡好》又唱《见到你们格外亲》、《送战友》。

　　童心朗诵秦皇岛作家王三堂的诗歌《人生》时,声情井茂,大家都走进了诗歌的灵魂。虽简短但将人生概括得极其全面,可谓淋漓尽致。戴冠青也朗诵了余光中一首诗,其构思意象与艺术张力接近王三堂的《人生》。余光中献给母亲的诗《母难日》:今生今世/我最忘情的哭声有两次/一次,在我生命的开始/一次,在你生命的告终/第一次,我不记得/是听你说的/第二次你不会晓得/我说也没用/但这两次哭声的中间/有无穷无尽的笑声/ 一遍一遍又一遍/回荡了整整三十年/你都晓得/我都记得

  巧合的是,在这离别前夕的聚会中童心老师主动告知,今天正逢她与石湾结婚四十五周年。顿时,大家不约而同地起立,举起茶杯,以茶代酒,向二位敬贺。祈愿:年年有今日,岁岁有今夜。相约二十年,再会北戴河。

之十

    心中的北戴河近了又远了
    迷离了多少情思
    402房,还有那针线盒、地图、润肤露
    成了我追梦的云梯
    十天时间眨眼就过去了
    依依不舍,又只好离别
    人生有多少旅途与此相识?
    这是上帝的眷顾
    也是人生的另一种期盼

地铁站的车票

比原票贵了三块钱

可它却解了我的疲劳

干渴的不只是喉咙

还有裂开了嘴的床单

我的双眼湿润了

仿佛回到了从前那个车站

漂泊是一条谋生的船

弯弯曲曲的人生路

梦想总是被挂在天边

如今,心中的北戴河

让我的梦想又更近了一步

看到努力的枝头结满硕果

有时疲倦的感觉真好

天睡我睡;海醒我醒。

独自踏上归途,百感交集。离别依依,十天眨眼就过去了,纵然不舍,还得各奔归程。带着一份来自全国各地的友情,带着一份难忘的甜蜜记忆,十天时光带给我绵绵无穷的眷恋。

北京站,这是个多么熟悉的地方,曾经一度为自己感到骄傲。在那几年中,我便是无数次站在北京站的出口处,迎接一个个远方亲朋好友,让他们在一开始踏进京城的土地上就消除了迷茫与无助。在那几年中,我便是无数次站在北京站的进站口,欢送一个个远方亲朋好友，让他们在即将离开京城的土地上感受一份温暖与浓情。

出站望着茫茫的士长龙，只得改乘地铁，临到地铁口才知，购票队伍与的士队伍一样。幸听得有人喊卖票，当机立断求购两张。虽然每张比原票贵了三块钱，可是此时此景，怕是贵一百倍我也愿意买。三块钱，掉在地上许是很多人不愿拣，但是眼前却有这么多乘客冒着烈日宁愿排队。也不免有人是为守纪，避免贩票市场的滋延。虽然禁贩，但对于急赶时间且疲于劳顿的我，却又不免感激他的及时提供才得解困。幸好行李不多，可以从容应对。

乘二号线到达西直门转十三号地铁，西直门地铁向来熟悉，曾经留下我多少足迹，只是近些年增建了火车站，即北京北站。从地铁站的窗口可览入口，只见长长长长的队伍，在正午的炙阳照耀下，人群慢慢慢慢向入站口移步。经过弯弯曲曲、高高低低复又远远长长的中转台，才到达十三号地铁站。面对长队，我觉得双眼湿润了，似乎看见了我自己当年的影子。多少人，为了谋生，漂泊在一个又一个城市，辗转在一个又一个站台。他们为了改善年迈父母的生活质量，为了使孩子有个优良的成长环境，他们带着梦想带着希望穿梭在人流街头。当年，我也是拖着沉重的样品，流连于一家又一家商场，纵然疲惫，纵然挫折，但是每一回奔波，感觉离梦想就更近了一步。

此刻，我唯有默默地为奔走着的旅人祈福……

34 后海徜徉

  清明假日期间,我将原有的几册电话本统统找了出来,终于还能找到你的号码。我将这个号码随即存在了手机,可是我不知自己是否还有没有找寻你的勇气。当那天重游纪家庙时,我无法再拒绝自己联络你的渴望。电话接通时,我神志不清,语无伦次,好一段时间我才表述出身份。当你说记得我时,我自己就已惊愕得未还过神来。天,分别十余载后,我们居然还能联系上,居然约定了在望聚期。

  下午确定你已在来路,我握着话筒狂喜,如同中大奖般地激奋。当年的青春都已轮为今日的残年,彼此不知都已变了什么样?还记得当年羞涩得语出言拙流浪在京城彷徨的姑娘?我的眼眶此刻已不知不觉丰盈起来……

  你的越野车飘一般地疾驰出我的视线,我再也按捺不住在夜风中独自挥泪,走进园子,回味着今天的整个过程。未见你时,我似乎蕴积着满腹委屈,怀疑自己是否会借靠在你肩头大珠小珠。当你告诉我你已行走在鲁院的池塘边,你却不知道我的房间正好在你上方,我倚着窗口对你偷偷一望,正好见到你从塘边转过来的脸庞。斜阳照亮你一身的英姿,16年的光阴并没有在你身上留下印痕,你的步子依然如此轻悠,你的身材还是如此清瘦。我迫不及待地冲下楼去,在四目共对握手的一刹那,仿佛顿时回到当年的时光。你说我还是老样子,我说你还是旧模样,你的声音还是如此轻柔,你无改往日的文质彬彬、谦谦有礼。

我们对着品茗,细说当年的壮志豪情,倾诉当年的欢悲喜愁,叙述当年的奋斗历程。你说怎么也想不通我会放弃那么好的机遇,当时在那么短期内就可以进入6家规模商场,却在97香港回归前夕离开。没有料到的是,而我当年所放弃的,如今居然已经成为中国的巨头,已是神化般地占领半壁江山。而你,却因你的性情,始终做不到先锋领袖,宽慰的是也能有你的一方天地。在这如此恶劣的竞争中,你以你的坚韧与坚忍,做得安稳活得洒脱。

当年的我,只是你诸多品牌中其中的一个供应商,始未意料今日相见,我却以一个文人的身份出现你面前。北师大毕业的你,学的又是中国汉语言文学,我们却倒置了位,所幸的是,我们都一样风采的活着。倘若当年我坚守京城,或许我现在餐餐鲍燕,穿梭在各名流宴会。而今之我,萝卜一碟青菜一盆,也未必不是适合我的肠胃与营养。

晚霞落幕,华灯初上,你带着我游走在地安门鼓楼大街,这是我多么熟悉的街道。后海环圈缓行,夜风吹起我的头发、我的裙裾、我的披肩,同时也吹动我澎湃心潮。那霓虹耀目、那古筝飞扬,那行人如水、那星光安详,那酒吧林立、那小舟悠荡,那么动容那么美妙,我的高跟鞋清脆地敲击着湖畔石板，仿佛细诉重逢的欢乐时光……

　　这是 16 年后的第一次聚首，我必须敲击下这简短文字，以供来日凭吊艰辛的过往美丽的创伤、纯洁的友情永恒的祈祷！我敬重的哥哥！

35 空号的快递

  数日前,接收一份快递,足有手掌厚宽。举手之间,相当的有分量,感觉是纸质品。倘若是样刊,一般都是三两本,重不到哪去。未查看邮址,迫不及待的拆封,只见露出一堆整整齐齐的信笺。起初不以为然,给我寄信笺作甚,难道怕我写文章买不起纸么?但凡朋友都知道,我手举一机写天下,从不需书写纸上,莫非是他?

  前段时间一位好友告诉我,他的朋友因为看了我的《月上》,颇为赞赏,内中一些文字引起他共鸣,故希望能请我抄一篇手稿相赠。好友的朋友我见过,言行长相颇斯文,多年前曾经领骚诗坛,后因经商将诗文搁浅,但至今交往着一大批为文者。想来不久前还有一位故友说我写字几十年不曾进步,惭愧不已。如今他既然不嫌弃,自是欣然。平生还是第一回有人向我索手稿呢,顿感被人注重的快乐,于是我答应他将在我第三本书出来后一同寄与。难道他也知我不会写字,特意寄来信笺让我练字么?好家伙,也太夸张了吧,千里迢迢的!

  我一边思忖一边将信笺翻开,定睛一看,却是一篇我的初作《破碎》，继而再翻阅，我的天呀，俱是我的一篇篇文章，篇篇手抄稿，楷、行、草、隶、篆、魏诸体书法穿插其中，有的标题、关键词句配上英文，线条勾勒的插图点缀、画龙点睛。其繁体铁画银钩、力透纸背的字体，绝非凡辈。《破碎》初稿是在手机上完成的，然后输入电脑，之后曾有打印成铅字，但从不曾以手稿的形式出现，而今这么一大叠文字均是手稿，书写的人却不是我自己。

更不可思议的是，居然还有几篇诗稿英译文（初稿），要知道，中文翻译成英文往往困难过英文翻译成中文，其中的准确度尽管我无从考究，可是，已经令我完完全全的敬服与惊叹了。

"我来时，如果你恰当含苞欲放。那该多好，我会是一粒阳光，一条河流。奔赴每一个春天，奔赴你。可我来时，你将一个世界盛开了。"

我一页一页再次默念这些从我心中淌出的文字，如同与她痴缠，我紧紧地紧紧地抱在怀里，仿佛面对一位知心爱人，阅读着我的心事，我的痛苦，我的快乐，我的憧憬……我抚摸着这些带着炽热的体温的滚烫的爱心的文字，犹如望见对方为我昼夜朝夕奋笔疾书。这些文字，断断不是对着书本抄写的那么简单，而是每个篇章都是从博客上截取的。

要知道，对着电脑抄写是多么的费神，这近乎抄全了我整个博客洋洋几十万字，是需要花费多少时间与精力啊！我迅疾取过邮包，惴惴不安地查阅所寄名址，这分明是个熟悉的城市，却是一个陌生的单位一个陌生的名字，印象中不曾与此有过交往。因为是快递，我按捺不住心头的狂喜，我一定要亲口告诉对方，这是我平生收到最珍贵的礼物。我感动这份唯美的真情，我感动这颗炽烈的真心。这整整十一位数字在我眼前幻化成十一朵鲜花，绽放、飞舞，我的全身沾满芬芳，又恰似十一个音符，跳跃出亢奋激昂脉脉柔情的歌声，萦绕回旋，无止无息……我不知道对方是谁，不管是女是男，是少是老，都让我将铭心刻骨，永生感怀，我要与对方一生相交，互为知己。

这世间，得到某些东西真的很容易，易如反掌俯拾皆是。人往往很轻易地说情道爱，也很轻易地对人允诺。对一个人示爱意何其容易，大不了几句甜言蜜语、一番山盟海誓，或者买一束玫瑰，一只钻戒，甚或买一台豪车一间洋楼。而对一个人真正的关怀与关注，需要花费足够的耐心、恒久的坚持，我不知道，对方是基于什么原因如此，我只知道，这不是常人口花花、肠花花，而是付诸了心血著成。我只知道，拥有这份礼物我很快乐，在我寂寞时、失落时、年老时，它是供我品味的佳酿、甜蜜的果实。它足以陪伴我共度漫漫岁月、绵绵相守。

我止不住泪如雨下，颤抖着按出那十一位数字，不料，语音回答：您所拨打的号码是空号，请查清后再拨。

36 意　外

认识他是个意外。由于我的小文时常出现在副刊，于是他找到在报社的朋友，要了我的号码。在一个初春的清晨，我收到了一则很长很长的信息，言极坦率与诚恳，仿佛是一个分别多年的知交。其对我的成长经历与坚持不懈的努力表示敬意。从文字上不难看出，对方是个极高文学修养的人，特别是当他描绘到他身处的城市："我在新疆塔城阿尔泰山深处的高山草原，粗犷的春天的草甸很纤细、很唯美，星星点点的绿叶含托着小花与远山的雪峰呼应着，本来婉约内敛的小溪沉默了一个漫长的冬季突现了生命的张力、咆哮着奔向它远方的归宿，这是中国境内唯一流向北冰洋的河流：额尔齐斯河。新疆大美，有着旖旎的自然美、厚重的人文历史沉淀、繁花般的宗教流派。我渴望登上慕士塔格峰，7509米，希望有朝我能成为您的向导，恭盼您的到来。"在春天的清晨读到这样的文字，让我欢悦不已，顿生幻念游览一番美景。

彼时正是去鲁院没几天，同学交流甚疏，他的问候如同温煦的阳光,暖和了我整个身心。我贪卧在被窝,欣喜这份文字表达的交流。他给我讲印度的文化,给我讲俄罗斯的作家,给我讲法国的画家,也给我讲本土的资深作家,还有北大的名师,我不知他是何许人,亦不知他姓名,甚至不能断定对方是男是女,因为他的信息署名就一个姓氏。然而,我的直觉让我确定他是个男性,并且在我的脑海揣摩他的形象。

随后的日子,总会收到他在中国偏远城市的问候,并且收到他远递来的一些当地的食品。他给我说当地的风俗与小吃,山水与花草,怎么他像百度,无所不知,无处不往。有一回在他寄来的一大包核桃中,且附着一把夹子,这让我几欲哽咽。

随后的日子,我似乎忘记了还有寂寞时分,因为他的惦念总让我时感充实。直到一个初夏黄昏,手机显示出那熟悉的号码,那是第一回听见他的声音。有些急盼,有些心颤,接听键按下,那朗朗的笑声极具穿透力,传至我的全身,我的每个细胞仿佛都跳跃起来,似乎他就在眼前。他说,他带了樱桃来看我,就在院门口。

我一下惊呆了,手举着手机向院门作跑,我们这算什么呢?没来得及再想,就在那棵葳茂的杨树下,一个高大的男子笑盈盈地提着两只袋子面朝着我,远远的,只见他穿着一件白底蓝条的衣衫,一条黑色的休闲裤,很朝气很干净很利落。我慢下脚步,行近,对望,沉默片刻,几乎同时伸出手道你好,相视而笑。我欲接过他手中的袋子,他执意不肯,两只袋子装满了我至爱的樱桃与泰国荔枝,他不肯将袋子放在地上,宁愿就这么重重地拎着。打量眼前这个人,居然颇似"蜗居"中的宋思明,长得一身正气,一身凛然,怎么让我忽然觉得他更像个真正的警官,怎么也无法将他与一个商人联系一起。想他周游四海,定是个从商的成功人士吧?

我们靠在那棵杨树下闲话,他却首先主动掏出身份证递给我看,并且一边说我绝不是个通缉犯,这样的见面方式很特别,这样的戏言迅即拉近了距离。一个小男生走过来问路,他取出纸笔居然详细地画了示意图,天,他哪像个外地人呀?从东门进院沿着院区整整环绕了一圈,他说这比旧鲁院漂亮多了,可是旧鲁院也很有文化氛围,他的话语俨然一个老北京,只是他的学养见识与年龄不仿,这让我有些琢磨。可是,我干吗要琢磨呢?最重要的是与他交流的过程中我可以增知长识,感受一份清澈的谊情,足矣!

一隔几月,他的问候如常。今天忽然收到一本文友的书,翻开序言,那序言的作者与笔风是如此的熟悉与相近!我几乎从未将他与文坛相联系,虽然他可以与我谈离骚谈李煜,谈李清照谈林徽因。

人生总是很多意外,感谢他带给我另外一份惊喜!

意外

37 欲　　望

　　美国作家亨利·戴维·梭罗说得好："一百万人中,只有一个人清醒得足以有效地服役于智慧;一亿人中,才能有一个人,生活得诗意而神圣。"金光闪闪的金子和受用不尽的权力,很少有人能制止自己占有的欲望。对金钱和地位的一次次占有,总是赶不上一颗贪婪之心的急剧膨胀。

　　网络上遍传高官成囚,令人作呕。他们都是同类人,甜言蜜语,见异思迁,喜新厌旧。他们不值得眷恋,更不值得仰视。他们身处高位或名戴高望,不过是社会赋予了他们一件遮丑盖污的冠衣。他们冠帽高档、仪表堂堂,他们的思想比任何一处角落的垃圾更肮脏,尽管他们文凭高级、见多识广,他们的行为比任何一个欺凌霸主更无耻。他们形象公仆、亲和民心、掷地有声,他们的内心比任何一个海盗窃贼更凶狠毒辣。

　　他们属于黑夜,属于阴暗,属于浊秽。他们是一只攀爬在屎坑中的蛊,哪有肥沃附会哪儿。他们是一堆恶臭的粪便,哪儿积滞哪儿臭味熏天。他们是牛身上的吸血虫,有进不出,总是将自己弄得大腹便便,数不清那腹中曾经承载多少名酒名烟,更不知曾经与多少攀龙附会的女子淫贴。他们生来便是魔鬼、恶棍,在欲求中征服一个又一个青色女子,在欲望中实现一次又一次的最大价值。他们觉得有权不用对不起自己,对不起亲朋好友与对不起乌纱。他们从来不知恶极必反,否极泰来的规律。

人类情感不断退化,诸如一夜情,闪婚。记得丹麦有个叫卡尔松的人,20岁结婚,然后出海,不料92岁后才得以回乡。他居然发现还健在的妻子始终等着他。他立即跪下,请求与妻子再举行一次婚礼。汉堡男爵威廉是德国著名的政治家、作家、诗人,在38年时间每天给妻子写一首100行的诗,他妻子死后六年中他依然坚持每天给妻子写一首100行的诗放在妻子的墓前。这是何等纯洁、坚贞而伟大的爱!!! 这是万世不朽的楷模!!! 可是当今社会彻底将其遗忘了,美好的事物甚至被当成落后的观念给抛到九霄云外了。真爱一个人,就要恪守到底。同自己真爱的且灵魂和精神合一的人造爱,其感觉、价值、意义天渊之别!一旦离开立即求寻新的刺激,与动物世界何异,我们人类许多地方已远远不如动物了。

欲望总是驱使他们不断向更大的权力和更多的金钱发动冲击。说白了人不过是禁不起噬齿的叶子。不管你是何等显赫的人物,如果卸不掉贪婪的欲望、虚荣的牵绊和坠落的隐忧,如果不能自知和自制,生命和前程说不定哪天突然枯黄,被一阵风雨扫荡得无影无踪。出身贫寒之家,从清宫当抬轿侍卫一跃进入中央最高层,28岁做了军机大臣的和珅,是威震天下的第一宠臣第一权臣,几乎握过大清帝国所有实权的职位,国家的人事权、财权、军权、文化教育大权、民族事务及外交大权都直接控制在他手里。仅从和珅府抄出的家产就值银九亿两,而乾隆时期整个国家每年收入才七千万两,也就是说,和珅的财产相当于他当政的二十年间清王朝整个国家财政收入的一半还高。千方百计研究官场技巧,宦海秘诀,如何韬光养晦,怎样左右逢源,溜须拍马,曲意逢迎,唯上命是从。"福兮祸所伏,祸兮福所倚",世间万事万物盛极而衰。乾隆驾崩五天后,嘉庆皇帝赏他一条白布,物极必反,乐极生悲,一位红到极点的人物从膨胀的顶峰转眼跌入无底深渊,《红楼梦》说得妙:"终朝只恨聚无多,及到多时眼闭了。"秦汉隋唐宋元明清,哪个王朝不是从顶峰跌落下来的?

　　记得几年前有个大贪官,终成阶下囚,内幕报出他的种种劣行。其名下房产一线大城市均有,三妻四妾均不在话下。可悲的是,他的唯一的孩子却是个傻姑娘,二十多岁了,还流着口水说不清话。他曾经挥霍无度玩弄明星,他曾经一掷千金澳门豪赌,他曾经饮下多少名酒燕窝鱼翅汤,他曾经遍访名山佛家与禅房,可是,他终结一生牢狱下场。他拥有那么多的财富能给孩子带来什么?除了瞬间的欢愉、刹那的辉煌,却背负永远的罪恶。

　　欲是一座永远的坟墓,欲是一把全刃利剑,欲是汹涛骇浪,欲是恶魔之首,只要你心存贪欲并使之以手腕,你必将万劫不复,面临牢狱之灾、臭名远扬。

38 同鱼骨飞翔

我没想到的是

海水也是一片陆地

并以波浪的形式存在

我更没想到的是

世界上最美最天然的花

是鼓浪屿的风鼓起来的

并以石头的形式绽放

我终于梦见了它们

浪花互相依偎的情形

突然间,我在梦的最深处

听见了歌声,那美妙的旋律

顿时把我吸引

同时迷住我的还有

那一堆堆闪着白光的鱼骨

是谁在它们的身上发现了美

又是谁在鱼骨中听见了美妙的旋律

当梦想变成了现实

我终于梦见了那个人

那个在梦中驱赶鱼群的人

他借助大海的呼吸生存

又以梦的形式旅行

缘于厦门市委统战部组织的一次活动,幸识了鱼骨画家林翰冰。

"我是曾经几次差点死去的人。"当林翰冰说出这话时,我被震住了。"有几次,连身边的人都以为我死了。"可见他曾经经历过的苦,仅这两句话足以概括。每个人生都是一部书,各人有各人的难处和精彩,真是如此。

有时候,认识一个人并不需要花很多时间,也不需要认识很多方面,只需认识其某一点就够了。认识林翰冰,只要认识他的鱼骨画。

提起鱼骨画,他一边对我忆念过去一边垂泪。能够走出这条路,实在太曲折太艰辛了。不过,现在的林翰冰很感谢生活,感谢过去曾经遇到过的一切困难和不幸,正是因为有了这段不平凡的经历,才有今天的鱼骨画。也正是因为有了鱼骨画,才让他的人生出现转折点并有了新的追求。了解林翰冰的人就知道,确实是鱼骨画让林翰冰复活了,并让他的生活开始充满诗意。然而,我始终认为,能够说出以上这种话的人,必须是曾经经历过或走过来的人。同样的道理,只有真正懂得生活和人生的人,才能够真正理解话中的不容易。艺术来源于生活,这是真理。

林翰冰,上个世纪六十年代初出生,福建平和人,毕业于福建工艺美术学校。从小他就热爱艺术,喜欢画画,喜欢幻想,考上艺校后,便开始追寻自己的梦想。

1989年,艺校毕业后,也许是命运安排,本来梦想搞艺术工作的林翰冰没有进入艺术类单位,而是进了鼓浪屿的一家高频设备厂,当上一名普通的工人。两年后,鼓浪屿搞旅游纪念品开发,他的艺术才能受到赏识,调出那家设备厂,到胶木电器厂去开发旅游工艺品。五年后,这家企业因效益不好而解体了。林翰冰又成了艺术的流浪者。之后,辗转不定去打工,挣钱养家糊口。但他即使在最困难的时候,也没有放弃对艺术的挚爱。平时,或写字,或画画,或搞工艺品开发,甚至搞一些艺术化的小发明,就这样度过了好几年艰难的时光。

天造万物,自有各自因缘。谁能想到,就是平常人们吃剩的鱼骨救了林翰冰,并成就了他追求艺术的梦想。"美在于发现",这是先哲总结出来的经验。一次偶然的机会,让林翰冰对鱼骨产生浓厚的兴趣。他发现,用鱼骨创作出来的画竟然有一种无以言喻的美。那天,他跟人一起用餐,点了一条桂花鱼,吃完鱼后,他用筷子夹起那鱼骨头来看。那是桂花鱼的嘴巴,当鱼肉都被吃干净之后,鱼嘴骨的形状清晰地呈现出来。突然,灵光一闪,照亮了林翰冰的内心。"好美啊,这骨头真像是一个美丽少女在拉小提琴啊!"就这样,林翰冰入迷了。四年后,他在厦门鼓浪屿创办了第一家鱼骨画馆,从而开始了他的鱼骨人生。

"遵其意,保其神韵;仿其型,保天然美;画随骨,不失特色。"这便是画家林翰冰创作鱼骨画最基本的要诀,也算是秘诀之一吧。有时候,对艺术的领悟就来自对生活的观察,而摸索的过程其实就是一条创作的心路。刚开始时,林翰冰为了创作鱼骨画,曾经一个月买下几万元的鱼,而这些鱼不仅让他和家人吃怕了,也让身边的亲友们吃怕了,见到他常常是谈鱼色变。有时,他只好将鱼肉加工成鱼松,再送给那些为他收集鱼骨同样吃怕了鱼的亲友们。此外,他还不惜花重金大量收集鱼骨,只要是没见过的鱼,不知道鱼骨长什么样,再贵也要买下。为了得到更多的鱼骨,他到处联系酒楼、大排档、鱼类加工场等进行鱼骨回收,近则老家漳州沿海一带,远则甚至大连海南,他将托付别人为他收集的几十种鱼骨,经过脱肉、净白、去腥等12道工序,能够迅速归类还原成不同的鱼。

对于一个鱼骨画家而言,"鱼骨虽小,乾坤可大。"这是必然的,也是必须达到的一种境界。废物与珍宝似若天涯,亦是咫尺,其在于发现与创造。林翰冰说,厦门人最常吃的鱼中,水尖鱼的骨会有一对鸳鸯和一对凤凰,野鳗鱼全身都是刺,可用来做蝴蝶的触角,西宫格鱼骨则可做花卉、叶子和果实。丝丁鱼则骨头太软,不能做鱼骨画,鲨鱼也比较难。第一次听见这样的高论,真是大开眼界。不过,林翰冰也会卖关子,他说,鱼骨头利用率最高的数某种淡水鱼。话说至此,他的脸上划过一丝狡黠的自信和神秘,他故意这样说,至于是哪种鱼就不明言了,也算是一种商业机密。此鱼骨里会有三对"小鸟"两对"人物"还有老鼠、猫、狗、猪、羊、猴等,另外鱼鳞则可制树干与枝叶,硬的鱼鳍可做树枝,软的做树梢,极尽利用,几乎全条鱼都是宝贝。

艺术家有所保留创作秘诀是可以理解的。

其实,林翰冰不是一个吝啬的人,他毫无保留地畅谈自己创作的灵感和体会,包括经验分享。他说,在创作过程中要尽量将鱼骨保持"原生态",只要能表达出意境,就是一幅美好的作品。其表达的中心思想不外乎爱护与奉献,在生态环境日渐恶劣的今天,林翰冰一眼就能从鱼骨中透彻断定该鱼是生活在什么水域,倘若鱼骨颜色发黄,骨质会略带斑点,并且骨头出现奇状,那么一定是曾被长期污染。他曾创作了一幅题名《渴》的画,就是融入了作者对环境污染的忧虑,借此引起世人的警醒,提倡环保,人人动手,美化家园。艺术的良知往往产生于瞬间创作的灵感,又贯穿于整个过程中。人品决定艺品,艺品决定作品,就是这个道理。

什么样的鱼骨创作什么样的作品,似乎是命定的,而又是经验的结晶。在林翰冰的系列作品中,我最喜欢的是《清风竹韵》《十里荷花万里香》《河魂》《桃花依旧笑东风》《欲望之花》,这些作品不仅能带给人以一种无边的想象和美的享受,又能获得艺术的启迪。此外,他用鱼骨"画出"厦门二十景,也是让我怦然心动的杰作。譬如,单从鸿山织雨、东渡飞虹、金榜钓矶、鳌园春晖、菽庄藏海、鼓浪洞天、天界晓钟、胡里炮王、云顶观日、太平石笑、虎溪夜月等等,这些名字就已经足够让人浮想联翩,并渴望一饱眼福了。

经过数年的潜心研究和创作,林翰冰的鱼骨画艺术逐渐成熟,一幅幅鱼骨画摆在鼓浪屿的鱼骨画馆里,可谓惟妙惟肖,虾胡须成含苞花蕾、鱼尾巴摇身成鲜花、鱼鳞变成小舟……林翰冰给人的联想越来越多越来越丰富了,且让我们以微笑和会意的眼光期待他再创奇迹吧，艺术散发出的魅力总是无穷的，也往往是会给人意外的。何况，鱼骨画本身就是美的传奇，也是大海的另一种传奇。

如今，林翰冰在鼓浪屿创办的厦门东方鱼骨艺术馆，每天迎来众多参观宾客，看到这情景，他的内心充满了感激。多年来的梦想，终于快要实现了。

林翰冰每天背着鱼骨，同鱼骨飞翔，令人称羡和期待。

39 一个叫金山的故乡

　　第一次驱车来到厦门，毫无目标地开着车子游逛。当驶至金尚路时，许是母亲在天的指引，转进了枋湖路。那时没有成功大道，也没有仙岳快道，更没有 BRT，周边毫无高楼，旁有一座被烧毁的家具城以及低矮的一些民房，唯有"金山小区"让人感觉像个住宅地。于是顿然下车，一进小区，立即被它所呈现的敞阔吸引。一律以六层小楼为主体的架构，区内林木葱茏、百花盛艳，不仅设有大大小小小的超市与饭馆，还有游泳池、门诊、篮球场，一座高耸的人工奇石假山，以及人工瀑布，尤其重要的是，两座公办学校，金山幼儿园与金山小学就在社区内。这不就是我日思夜想的家园么？当下急不可待，遂与小区门口房产中介咨询。当中介将手中的两处住房任我挑选时，我毫不犹豫地选择了靠近假山的这处。在一个春光妩媚的日子，我终于住进了这个鸟语花香的殿堂，住进了属于我的家园。

　　朋友，你每天醒来时听见了什么？你每天清早看见了什么？是一声接一声交错复杂的车轮声么？是一阵又一阵不停顿的机械声么?是一个又一个推着早餐的叫卖声么?还是看见仿如过江之鲫的人流与车流,还是看见一座高一座耸入云端的高楼?还是闻到由远而近冲刺鼻腺的污烟浊气?而金山的清晨有清脆的燕呢雀喃,金山的清晨有蝶舞蜂飞。我为自己改写了《陋室铭》:山不在高,有树则荫。水不在深,有鱼则欣。斯是陋室,唯吾德馨。荷塘映庭绿,草色入簾青。谈笑有鸿儒,往来皆雅宾。品茗聊天下,侃古今。无噪声之乱耳,有鸟鸣伴笔耕。芗城望江楼,鹭岛金山亭。怡霖曰:独爱此庐。

窗前的树木日渐增高,花枝日渐丰茂,青草日渐厚肥,燕雀日渐欢叫。说不尽的激动,道不完的满足。金山,不仅是我身处的故乡,也是我心灵的故乡。心思缜密的他,将一条长达30米的电线抱给我时,我满是诧异:"让我电线当饭吃么?"谁料他从里边摸出一个有两孔与三孔的插座,一个插头,他说:"咱们虽然买不起别墅,但你将插头在家插上,电线从窗口放下去,坐在楼底的石凳上写作,那不是就成了自家的别墅了?这么好的花草,还有免费的园丁呢?"

豁然开朗,是啊,我们家楼底是空架构的,设有石圆桌,配有石圆凳,屋角有不同的花草,每年春日有绝艳的泣血的杜鹃花。此后,无论是底楼的圆桌还是在花丛石板上写作,享受怡风、蝶舞、鸟鸣,花瓣儿落在身上,桂香随风轻送,旁边老叟稚童笑声。无论是蓝天白云,艳阳照耀,还是雨打芭蕉,虫窜蛙响,都是一曲悦耳动听的唯美音符,都是一道永不疲倦的精美风景

楼梯门一开,就是茶花,团团簇簇,开得高低错落的茶花,让我出门与回家都有愉悦的心情。花色缤纷绚丽,有的灿烂如霞,有的洁白如玉;大红桃红,粉红银细,黄白绿紫,极尽自然之美色。特别是走道

的桂花,不知是什么品种,似乎一年四季都开花,让我一次又一次驻足闻香,不忍离开。丹怡绿叶郁团团,消得娥种广寒,行尽天涯年十八,至今未遇一枝看。英雄树枝头已伸至六楼,就像一位威猛武士,保护着全体草弟花妹。"南粤木棉三月开,满山红炬唤春回。千枝灼灼珊瑚树,一片融融玛瑙杯。临风昂首群英壮,沐日扬眉独秀魁。茎端何惧严寒拆,正气凌云雅量恢。"

站在阳台,每当喷泉一开,水花击射,一浪一浪的,洒向假山,洒向亭子。假山上,书香二字刚劲有力,倘若捧上一本书,偎在书香的假山旁,可谓书中自有颜如玉,书中自有黄金屋。一到黄昏,学子四散,有的追逐嬉闹,有的静默作业,有的跳绳下棋。夏日石板清凉海风怡爽。冬天坐在亭子对日取暖。每日清晨,一队队阿姨阿公做操练剑,每日夜晚,一群群阿姨阿公唱歌跳舞,一台简单播放器放在石板上,诠释着他们健康快乐的甜蜜生活。

泳池开放的日子,年轻的父母带着稚子,年长的老人带着童孙,细心地教练,那满足的笑颜,是世间最和美的乐园。篮球场上,一个个矫健的身姿,飞燕般的敏捷,神采飞扬,挥汗如雨却乐此不疲。这是青年小伙的激情,他们时刻喷涌欲望,时刻喷发征服,他们在你追我夺中争求价值与力量。绿荫间,四处奇石柱立,上刻警言戒句,让你时时以德善规范自己,提高素养。更激励人的是一尊尊前人石像。"人民的好公仆"焦裕禄,他用自己的实际行动,铸就了亲民爱民、艰苦奋斗、科学求实、迎难而上、无私奉献的焦裕禄精神。谷文昌曾在东山县苦干14年,终于把一个荒岛变成了宝岛,他用自己的言行赢得了老百姓的信任和敬仰。屈原,他创作了《离骚》《九歌》,忠事楚怀王,却屡遭排挤,怀王死后又因襄王听信谗言而被流放,最终投江而死。这些人物,都是我学习的榜样。他为我们子子孙孙,倾尽了力量与生命,是我们永远尊崇的神。

  由于时常出门,几乎三天两头有邮递上门,不是稿费就是来自全国各地的杂志书刊,或是同学朋友寄来的特产。我就托付给保安,所有的物件请他们代收。保安们热情礼貌,多年来,不辞辛苦地为我服务,不厌其烦地收下愈千件快递。每日早晚,总会见到一个骑着自行车,车头挂着一个喇叭的保安,喇叭播放的是提醒大家注意安全,别上当受骗以及防备火烛。有一回午后,我正睡香,却听见急切敲门声,原来是我停在车场的车子后箱没有关,保安去物业查到了车主,故急急赶来敬告。我赶去一看,后箱放着齐齐整整的酒与一包衣裳,丝毫未少。

  我可以大言不惭地告诉全世界人,我居住在金山小区,非但拥有了硬件的锦绣完美金山,更是拥有了软件的精神海拔金山。只有当硬件的风度与软件的高度相结合,才能让人活得更加精彩,更加和谐。

40 尝 试

一

能在荧屏亮相,这是我的梦想。认识一位媒体朋友,问我可愿意客串一把,我毫无思索就答应了。得知是大腕李少红导演,更是兴奋不已,满怀期待。当我将生活照传与制片助理时,当即问我头发可有染过,是烫发还是自然卷,可会驾车等等。

岂料翌晨,寒风刺骨,早上接到导演助理的通知,要我火速赶往同安片场。前几天曾经问我是否头发有染色,是否会驾车,我以为饰演等同生活的角色,可是,去了现场,才知要我饰演一个与我当下装扮天翻地覆的角色。

当我赶到时,一大群人在一间海边简易大排档,表情很焦急。化妆师见到我似乎见到救星,不容我相问,即让我换上惠安女的大襟单衣,平底布鞋,一番粉妆,戴上笠帽,然后牵着我到导演面前。李少红本人不在,有人告诉我那是她爱人。他面对着我左右前后端详,颇感奈何地说试试吧。彼时正值初春,风寒雨冷,单薄的衣裳令我不由颤抖。

简陋的临时竹篱建搭,玻璃水缸有鱼嬉游,几张木桌椅。导演要求我坐在低矮的小板凳上,眼前摆放着简单的烹饪物件,作满腹心事状与紧张状,双手不停搓着,忽而张望,忽而沉思。画面播放,简陋的海边棚房,仅靠卖炒田螺为生的惠安女子。被一个黑社会老大倾心10年之久,天天光临吃她的炒田螺。此时,惠安女子孤独地坐在板凳上,面前有一盆炒好的田螺,看似等待顾客的光临,实则期待那人的出现。可是,有一个小男生忽然举着一大束绚烂的玫瑰花出现,说是有人送给她的。她目瞪口呆,我怎么可能有人送我玫瑰花呢?是谁送的?她轻轻地又切切地求解答案,顿时怅然若失,似乎已经知道了谜底。只见花瓣里嵌有一张便签,熟悉的字眼,亲切的语言,纸短情长,一切尽在不言中。她目视前方,黯然伤怀,紧抱玫瑰,无语也无泪,久久地,久久地,不愿松开……

无论对白与动作其实都很简单,但因毕竟是第一次面对导演以及全剧组人员的审视,紧张得极其不自然,连续重复了六七回才通过。

结束后已是正午,剧组人员安排就餐,一辆装有几桶菜式及米饭的货车停在公路旁。寒雨飘零,每人领一份盒饭,有人提着走回排档坐着吃,有人索性蹲在公路边吃。我胡乱扒了几口,那菜实在索然无味,便先行告辞了。

事后得知，原来是饰演惠安女的演员临时未能到场，故让我顶替，原本我的角色是饰演一位知性女人。不过，无论什么角色，都是一种体验。人生不正是经过不同的体验，才能慢慢走向成熟么。

二

春雨潇潇，寒风袭襟。

再次接到剧组通知客串电视剧，正在福州参加省委统战部组织的一个活动，本来次日结束，只好提前当夜赶回。没有任何关于角色的通告，只通知我时间与地点。

位于环岛路黄厝的小村庄，从来不知道还有这么一个大村子，沿着山路往里走，还有好多家企业。导演说剧组就在路边一家家具厂，我一个劲地在寻找家具厂的厂牌，由于暴雨，也没有下车仔细观看。兜兜转转找了半天，无奈之下去了家小卖部询问，都说不知道，最后终于有一家工厂的保安人员，告知了隔着几栋厂房的确切位置。当我找到他们时，我才知道自己其实已经来回经过了几次，也看到很多人在厂区内站着，只是因为门口挂着的是制药厂的牌子，才没有顿悟这就是剧组。加上导演并没有告知剧名，如提醒剧名与药有关联，那我定会留意。

家具厂被临时挂牌为制药厂，导演与几个主要演员都已经准备妥当正坐在当化妆室的大巴上等我。化妆师见我到达马上催我更衣化妆。因为饰演一位痛失幼子的农村妇女，面容憔悴、头发松乱，化妆师把我整个脸部以及唇色用粉底涂得苍白。穿上宽松的海蓝军裤,像我奶奶当年的大襟裤,有我两个腰身大。没有合适我的皮带,我只好在自己车上找了条裙带暂时解决。更好笑的是,饰演我丈夫的居然是一位年龄小我整整十岁的男子,听他说已经参与几十回了,虽然明知是辛苦活,但是对此还是抱有兴趣的,可以分别体会每个演员不同层次的不同情绪不同况味。

云顶山庄到前埔方向的环岛干线向里行向外围,又是一番别样的景况。这里居然有着与厦门都市天壤之别的农舍小屋,以及坑坑洼洼的泥地。茂密的荔枝树,简陋的竹篱茅舍,有一家村民家院,剧组就设在这儿,一股鸭屎味窜涌鼻腺,鸡飞狗叫。我们相继按照自己的台词默念,导演拍完一个场景继续另外一个场景,每个场景换不同的人物。

记忆中最深刻的是《地道战》《铁道游击队》,对鬼子恨得咬牙切齿,而后是《高山下的花环》,牺牲了那么多战士,每见一个倒下心揪痛一场,怎么也想不到银幕中滴血成河的场面纯属人工伪造。天真的童年,对虚表与真实没有识辨能力。如今回想起来,惊讶自己真是愚昧彻底,总以为那些中弹后汩汩流出的鲜血,真是出自身体。

巧合的是,屡次涉足影剧,都是属于悲伤角色。剧片中,因为家境贫困,我的年仅14岁的儿子小志进城在药厂打工,因老板昧心,孩子不堪其重,居然跳楼身亡。得知噩耗后,我们带着亲友赶往药厂讨说法,不仅没有见到药厂老板,还被老板的外甥带着一帮打手轰出厂区。这时,正遇公安来调查案件……

原本大家说说笑笑的现场突然要我表现满腹痛苦状。每拍一场,我都必须酝酿情绪,生怕哭得不够逼真,达不到效果。而导演则盼咐化妆师递一瓶眼药水来,轮到我的镜头赶紧多滴几下。镜头前试演哭了几回,直至后来,我真的被融入剧中,居然真的号啕起来,想着自己才14岁的孩子已经离开人世,同时回想起自己年少时的情境,不由悲从中来。其他人一演完就笑开了,只有我还沉浸其中,导演还直夸我能够进入角色,只有我自己明白怎么回事。

通过这两次体会,我了解了做演员的辛苦,风吹雨淋,日晒霜打,还要付出真情。只有付出真情才能够打动观众。

三

你能,因为你知道

高等学府的三尺讲台

彰显着人类文明的深厚积淀

你能,因为你知道

实践出真知,你的厚重成果

已为文明大厦添砖加瓦

莘莘学子的自负目光

有期待有渴求更有挑剔

你能,因为你知道

一把钥匙的重量,力量千钧

它开启了通向圣殿的大门

宽大会堂的沉沉回音

有沟通有探问更有考验

你能,因为你知道

把梦想变成现实,天降大任

扼住命运的咽喉有几人

从容和睿智,笑靥和激情

在芝麻开门中把你包围

你能,因为你知道

坚强才是硬道理的臂膀让你依偎

命运之神注视着你的痛与笑

我把这首诗注进了我的血液。因为它,给了我勇气,给了我信心,给了我力量。

六月的一个午后,步进泉州医高专主体大楼,但见《怡霖漫谈文学》大字一直轮番滚动在校方两边大型屏幕。双脚不由慌乱起来,这太隆重了!受邀泉州医高专院校讲座时来已久,诚惶诚恐!眼看学期就要结束,才决意赶鸭子上架一回。从接受邀请到真正步上讲台,一份课件改了又改。

这所有着近万学生的公办大专,坐落在著名的侨乡、历史文化名城、中国最佳魅力城市—鲤城。毕业生遍布全省各级医疗卫生机构,许多毕业生旅居港澳台、东南亚,不少人已成为所在单位的医疗骨干和管理骨干,为医药卫生事业发展做出了重要的贡献。面对宽敞明亮设备齐全装修豪华可容400多个座位的学术报告厅,台下是个个比我文凭高的大专生,一双双殷切期望的目光,我不由心速加快,脸红耳赤,双颊冒汗,一度无法平息。直至讲到姐姐因交不起两块五毛钱的学费而参加生产队劳作赚取一天两工分,自己由六岁开始每天放牛赚一分的工分,一工分价值相当一毛钱。从摘茶采桑到推着三轮车辗转于大街小巷叫卖,从关闭远地公司到投稿一发不可收拾,继而进入文学圣殿——鲁迅文学院。我一字一字咀嚼墨香、一寸一寸蚕食文字,一步一步靠近文学。与文学魂灵恋爱、缱绻,在文学圣殿交合、起舞。一直坚持着童年时代的爱好,追求文学,虔诚守候,从而有了如许浅绩。

回想去年今天,我正端坐在鲁迅文学院的高堂上聆听名师教导,时隔年整,却以一个讲师的身份出现在讲台上。

北宋大儒张横渠有四句话:"为天地立心,为生民立命,为往圣继绝学,为万世开太平。"由此,我向听众送上美好的寄语:

青春,它既像太阳刚刚出山,前头是看不尽的一片蔚蓝,又像嫩芽刚刚冒尖,前程是望不完的春光灿烂;

青春,既如茁壮成长的马驹,即将在万里征途上奔腾驰骋,又如初离源头的潺潺小溪,憧憬着大海里的波浪滔天。

具有了青春,奔腾不息的激情属于你们,绚烂多彩的想象属于你们,如饥似渴的学习属于你们,艰苦卓绝的探索属于你们,因此可歌可泣的创造也一定属于你们!关键是有没有持之以恒的意志和万难不屈的精神。真正想有大作为的青年,应当做到:

即使命运从不发芽,我也不惋惜千百次的播种;

即使花朵结不成果实,我也不遗憾千百次的凋零;

即使永远找不到大海,我也不停息寻觅的歌声;

即使脚印被风雪掩埋,我也珍惜走过的路程。

世间没有比脚更长的路,没有比人更高的峰!

这些寄语在报告厅里久久回荡……

41 满山相思

从没有见过一座山如此诗意,从没有见过一种树如此痴情。一座山单纯为一种树而坚守,一种树单纯为一座山而繁荣。究竟是什么原因令一座山愿意为一种树而存在?又是什么原因令一种树拥有一座山?到底是山的刚毅吸引了多情的树?还是树的风情迷恋了刚毅的山?

她常年葱葱郁郁,四季不变,坚忍不拔。来自五湖四海的游客,无不为之叹服。远望那满山碧树,异株同干连理枝,如同恋人交颈拥抱,情意缠绵;近看树影倒映,似鸳鸯戏水,鸾凤穿花,此树名曰:相思树。似一个身披霓裳羽衣的千年树妖,缠绕在东坪山的通体与悬崖;匍匐在东坪山的幽壑与心脉,铺天盖地成满山遍野的相思。不畏山土贫瘠,不畏风雨吹残,不畏酷暑严寒,旺盛与团结是你的性情。

那繁繁盛盛的枝叶,是你丝丝缕缕的秀发,宛如一位婀娜多姿、亭亭玉立的少女;那健健实实的树冠,是你密密匝匝的豪眉,宛如一位俊逸焕发、翩翩风采的男子。错落有致的枝杈交合一起,就像一对热恋中的男女,泛起情涛爱浪;从春到秋,从冬到夏,始终簇拥,不离不弃。

那洋洋洒洒层层叠叠飘落的是你的烦恼丝?你剔透世道的险恶,体悟世间的冷暖,感知人间的疾苦。你不愿与浊群为伍,不愿同流合污,宁愿以孤独的方式,远离繁华与尘嚣,坚贞不渝地独守一方纯净的天空。不作攀附权贵,不羡莺歌霓虹,不作娇柔献媚。我敬崇你的坚韧、敬畏你的信念、敬仰你的忠贞,你表里如一,朴实无华。以自信与坚定,固守你的神话。

来来往往的人从你身边经过

一次次的离别又相聚

又有多少人许下承诺

能够如相思树这般顽守

千年万年你站成独立的风景

相思的样子让人垂怜

大海在你身旁

把道路让开,天空秀出自己的秘密

万般的情语都化成等候

离去的身影让人愁肠百结

谁走进了你

谁就不愿意再回头

用什么来安置我的相思

我听见了那棵树内心的呢喃

岁月老了许多

但不老的是那颗心

相传战国时宋康王舍人韩凭之妻何氏美,康王夺之。韩凭自杀。何氏也投台而死,遗书愿合葬。康王怒,使里人分埋之,两冢相望。宿昔之间,有大梓木生于两冢之端,旬日而合抱,根枝交错,又有雌雄鸳鸯栖宿树上,晨夕不去,交颈悲鸣,这棵树后来就叫相思树,表达了对爱情的歌颂。

另有传说,河东的凤家公子与河西的姚家小姐自幼同窗共读,青梅竹马,两小无猜。后因凤家败落,凤公子虽学识渊博,能书善文,进京应试,却无银两奉献考官而落第。凤公子遂为这浑浊世俗扼拦贤路而忧郁成疾。凤公子抱病返乡,行至村口,不觉悲愤交激,病情陡增,口吐鲜血,惨死在路旁。姚小姐惊闻噩耗,带着丫环前来奔丧。见凤公子惨死之状,悲痛欲绝,即死于凤公子身旁,实现了"生为凤家人,死为凤家鬼"的夙愿。由于封建族规,未成婚的凤公子、姚小姐分棺安葬于相思河两岸,各生长出一株枫杨树,渐渐地向河心上空倾斜,长成一体,便成了如今的相思树。

树本无言,为信誓而坚守,为情爱而鲜活。山本有情,默默地等待就是为了守候。它甘愿伫立在海岛中心,昼夜与山雀野兔为伴,与蝴蝶蜜蜂相依。它与风为伴,倾听海的心潮。它与水为伍,欣赏那碧波万顷。它吐雾含烟作意娇,它疏影拂春潮。为谁栽此相思树,远近愁眉近似腰。

旭日东升、山雾弥漫。朝阳似一只神奇的巨手,霞光一寸一寸温柔地轻抚,晨露一颗一颗晶莹地闪烁。沉睡的相思被一声一声燕雀的啼唤眯着杏眼,似醒非醒地梳洗那飘逸轻舞的秀发。枝叶是你的青丝,掉落的每一叶,就是你的每缕情思;晨露是你的泪珠,掉落的每一滴,就是你的每寸柔情;她们深入爱的土壤,生长成无以计数的相思树,繁殖成千秋万代、万代千秋的一往情深。

残阳如血,百鸟归林,山林因为相思而生机浪漫。当夜深人静,月明星稀,满山的相思在风中摇曳,发出动听的声响,像是谁吹响了一支巨大的竹箫,演奏着一支深沉的乐曲。东坪山的四季让人浮想联翩,激情满怀。

丽日临空,碧空如洗。春是你的渴望,你的新枝舒展着细腰,仿佛挥动裙裾,召唤爱人翩翩起舞;骄阳似火,暑气蒸人。夏是你的热情,你的枝头俯伏着知了,为你的缠绵吟唱;天高云淡,万里风轻。秋是你的付出,你从来不言回报,围绕你的只有蝴蝶蜜蜂。冬是你的坚守,你始终挺拔地郁郁葱葱。纵然山冈贫瘠,可你的情意肥沃。

云涌卷雨的情人湖心,烟波浩渺,湖光山色,碧绿的湖水泛起层层的涟漪;情人湖畔,草木苍翠、山幽路僻,苍劲的树干激起叠叠的思绪。那交错层叠的枝叶婆娑起舞,你相思的倩影辉映在情人湖畔;你相思的呐喊回荡在怡情谷壑;你相思的足迹踏遍了山冈林莽;你相思的眼眸遗落在梅海岭山;你相思的花瓣飘舞在怪坡路埂。

谁能似你这般宁静平和的朴实奉献?谁能似你这般丰润淳挚的芬芳温柔?谁能似你这般剖心掏肺的长相厮守?谁能似你这般顽强坚韧的勇往直前?谁能似你这般一如既往的蓬勃绽放?你没有艳丽娇媚的花朵;你没有美轮美奂的身姿;你没有迷醉心魂的妙香。

山与树肝胆相照,相互惠顾;山与树生死相依,彼此怜惜;山峰兢兢业业地不退不缩,树根勤勤恳恳地深入更底处,树叶浩浩荡荡地昼夜飞舞;山与树的轰轰烈烈的爱情,见证了一座山相恋一种树,一种树依恋一座山。

还记得北宋晏几道的《长相思》:长相思,长相思。若问相思甚了期,除非相见时。长相思,长相思。欲把相思说似谁,浅情人不知。长相思,永不弃;长相见,永不离。待到繁华落尽,年华凋朽,绽放、枯萎、绽放,年轮悄然刻在树枝,生命的脉络历历可见。人声消匿,旷野荒漠,可是你依然独驻东坪,望破星月映湖、片叶成冢、雨露干枯,痴守成蘸血盈泪风情万种的魂魄。你用你纯洁爱恋,温暖的心怀,一任俗庸的流言,一任尘世的践踏,一任凡夫的横指。而满山相思,则如战场中的勇士,刚毅、坚强地驻守在鹭岛腹肺,驻守成一道千载固守永不更变的唯美圣境。

壬辰秋夕怡心斋

人性、尊严、信仰和爱

——《人约黄昏后》跋

丁一

这是我第三次给怡霖的散文集作跋。

在我的编辑生涯中,应各地作家之约,给新著写序跋,每年都会有不少。前些日子,我的忘年交,年已耄耋的于铸梁老先生还汇编了我的一些序跋旧稿,出了一本数十万字的《序跋集》。然而,两年时间内我给一位青年作家连续三次作跋,却是绝无仅有的。倒不是我沽名钓誉,实在是怡霖在文学领域里的成长和进步让我吃惊,就她近一年来创作的新作,使我不由自主地想再写一点读后或感想。然而,似乎我又有些惰性,每次给她作跋,又总要拖上好些日子,只有当我在职业与性情的坐标轴上入定时,我才能真正进行思考,我应该如何负责地去把握她的文字,如何负责地去写好她。

怡霖涉足文学时间并不长,2007年才正式发表文章,五年多来,她不断努力,先后在全国许多报刊发表了各类文学题材的作品达近百万字,出版了四部个人文学选本,去年还被推荐到鲁迅文学院15届高研班进修,并被中国散文家协会推选为常务理事,今年又顺利加入了中国作家协会。作为福建省无党派人士,前不久又被推选为省青联委员。今年3月初,我到广东、福建等地采访,在厦门大学出版社和怡霖有过长谈,因而对她的家史有了进一步了解,我再次建议她潜心地再写出一些边缘人弱势群体的亲情散文,静静地追随那些鲜为人知被忽略被噤声的有弹性的往事,写出那些亲人鲜活淋漓的贫穷与希望的生活状况以及表露他们的性格特征,也许那样的题材更能打动人也更有生命力。这部新著《人约黄昏后》,计40余篇文稿,都是她去年下半年至今的新作,而且不少篇幅都比较长,特别是《苍穹之王》、《少年侣伴》、《狼族》、《猴性》等篇幅,大多在六七千字以上。《情花》、《情潭》等多篇散文还在我主编的多家刊物发表。

　　作家是被高度社会化了的那么一群人,他们的透明度往往高得令人难以想象,连个人隐私也难逃世人犀利的目光。他们的德行、学养、智慧、社会责任、行为规范乃至个人嗜好无不受到广泛的挑战与监督,甚或一篇文章的出笼,也难免会引发种种悖论。就连明哲而同道的这类人群,也时常会产生一些隔膜而相互轻视。这些道理反过来告诉我们,在如履薄冰的文学航道上,作家时常会遭到"翻船"的厄运。19世纪至20世纪初的俄罗斯诗人作家洛札诺夫认为,文学的本质并非在于虚构,而在于内心倾诉的需求。文学性是文学先天的品格,作家的精神维度决定了作品的高度。读怡霖的作品,总能感受到她以非虚构情感的文学姿态,通过对生活中各种事件和人物的表达,使作品保持着一种从容与格调,那些对乡村的人和事温暖的书写,特别是她写亲情的文稿,都能给读者以灼烫的疼痛。文学创作既是一种秩序史是一种艺术,它源于生活又高于生活,但在文学创作中她没有被那些十分将就的概念所束缚,她总是那样清晰那样明白:非艺术化的作品,很快就腐烂了。因而,她始终认为有信仰有思想有爱就是一种幸福就是人的尊严,而信仰、思想、爱潜伏在生活的每个角落,它们的渗透无处不在。那些文稿里,文字充溢着人性与尊严,充满了她对生活的宣言。应该说思想者都是独立的,独立是衡量文字宽度的一把标尺,《那年豆花香》一文中,她用生活视觉的另一种维度、用文化的养成与艺术的锤炼,从而使笔下的母亲让人纠结让人泪流满面。"豆腐渣喂猪长得快,娘在亲戚家赊了两头猪苗。娘对猪的照顾不亚于人,夏天用驱蚊草焚烧,冬日将猪圈稻草铺得厚软,猪便睡得安安稳稳、踏踏实实。果然长势特别,正好半年时间,猪就可以出栏了。娘咬咬牙,卖了两头猪的钱,正好一半清还了之前猪苗的赊账,又再向亲戚要两头猪苗,买一头欠一头,剩下的四分之一用来还债。母亲更加早出晚归,农人习惯了大清晨买好豆腐就外出干活,母亲三更起床,磨豆,制作,挑着担子叫卖。娘的双脚一步步重复地踏在石土路上,布鞋的声音沙哑而沉重,娘的双脚没有歇停……"她排除了种种复杂而消极情绪,在她的笔下,只是用文字宣泄心中的不平和人性的矛盾,揭示着现象背后的本质。她并没有怨天尤人的埋怨,而是用淡淡的调子,把那些心酸的往事定格在异常美丽生动的江南水乡。

怡霖的文字写得很凄美,精致且暖意,醇和而温厚,不疾而不徐。那篇十分经典的《温暖的隐痛》文稿,她记录了那个片断的一个断面:"记得年少时,买不起过年货,母亲只能将自家养的一只鹅杀了过年。可我终是不舍,因为鹅是我喂大的,每天看见我放学回家便亲昵的扬长脖子急切的欢呼我,仿佛我是它的救星。我会马上放它出窝,带着它去棚舍牵了牛,一边赶鹅一边牵牛,漫悠在门前基根路的小道上,鹅经常食到脖子粗粗也不肯罢休,一边拉屎一边食草,因此鹅养三个月就很大了。母亲杀的鹅并非成为我们的佳肴,而是用来待客之用。鹅在除夕当日杀了祭祀,然后切好用竹笼悬于厨顶。春节客至,母亲夹出两块早已剁好的鹅肉,煮好一碗面条铺上鹅肉。很多客人了解我们家境,食前就将鹅肉夹出,仅吃完面条。夹出的鹅肉尽管令我们垂涎三尺,但我们都会乖乖的听从母亲处置。客走后鹅肉被母亲夹回竹笼等下次再用。"过年在每一个孩子的心中都是向往的,怡霖也一样,但过年在她的记忆中却是另一道风景,生活就是这样,许多可以人化为文学的事件,总是潜伏在思想的某个神经末梢里,一旦抓紧了它,那些刻骨铭心的往事就会随着她的思想介入某一篇文稿。

第62届美国国家图书奖获得者非洲裔美国人杰丝明·沃德在她的著作《拾骨》中给我们以这样的启迪:没有创伤,就没有成熟;没有理解创伤的能力,就不会真正地长大成人。不是吗?人生,总是在创伤中不断成长,而成长就是得到了一些东西也放弃了另外一些东西,走出人生的惶惑与苦恼,完成内心的救赎。那篇《路那头的颤栗》的散文,写了她受尽人间苦难的母亲,接听女儿从远方打给母亲电话时,那个过程是那样的令人唏嘘:"有一回,我还是如常打电话到同学店铺,可是一直无人接听,我心急如焚,却又苦于无其他联系方式。整整一个下午,我就这样独自一个人在陌生的街头游荡,尽管刺骨的寒风不住地伏击我弱小的身体,我始终不愿放弃那仅有的希望,于是一次又一次地拨打,直到傍晚,电话那头才有人接,让我意外的是接电话的人竟然是我的母亲。我问母亲怎么知道是我的电话,母亲说她来的时候我同学去城里进货了。原本她想等上一会就回家,可是在门外等的时候却听到电话每隔一段时间就响一次,所以她确定是我打的。想着母亲在寒风中等候的情景,我眼泪不由自主地飘落……"这些源于创伤的写作虽说很苦涩却很强硬,笔触温柔而犀利,在艰难的世道面前,那些苦涩的往事被描摹得纤毫毕现,直抵人心的隐蔽之处,无不让人咀嚼出怡霖童年时种种令人心酸的况味和她坚强的内心,从而给他的亲人们带去亮度,这是一种智慧,更是一种勇敢。没有忧愁没有苦难没有创伤就没有真正意义上的大爱,她直面创伤又通过她自身的努力修复了创伤,于是,她的"牵挂系列"《声声慢》、《路那头的颤栗》、《那年豆花香》、《起舞》、《温暖的隐痛》、《一个女人的乡愁》、《妆成每被秋娘妒》、《竹篮千里寻乡音》等10余篇章便自然而然地在她的创作生涯中诞生了。一本能让人人叫好的书,无疑是人生十字路口的一个路标,《人约黄昏后》其他篇章节如《风语》、《精灵》等,同样成了怡霖生命色彩中最为神圣的博览,是她生命意义的盛大展示,这是她一笔最丰厚的人生财富。

江南是一个地理,也是中国传统文化根深叶茂之地,江南在中国历史上是经济最发达的地区,物产丰饶,人文渊薮。江南带给人们的印象似乎总和唐代诗人杜牧写下的那首《江南春》无法分割:"千里莺啼绿映红,水村山郭酒旗风;南朝四百八十寺,多少楼台烟雨中。"怡霖就生长在浙江农村一个没落的大户人家,一个不折不扣的江南女子。

著名作家白描在给怡霖的这本新著作序的开头写道:

"很多作家都有自己坚守的生活领地和感情领地。这个圣洁的领地孕育了无限的血缘和对于生命的热切幻想,有暗河与血管相通,有脐带与泥土相连,带着母体的热度,又承继了祖辈的遗传密码。这是一个高度敏感的区域,喜悦、痛楚、甜蜜、苦涩、激越、悸动、哭、笑、欢跃、呐喊……人类这些极端感知和浓烈情绪时时汇集于这个共鸣区,它是生命的载体,又是生命的内容,更是生命的灵魂和精神的所在地。

"怡霖的散文中就有着这样一个广袤的情感区域,从情绪色彩来说应该归入暖色调,她给人以温馨、柔软,给人以缅怀、追溯,能够感受她的温度,又能够触摸她的隐痛。她在这种暖色的情感中寻觅,游走,以她独有的细腻和敏感,以她宽厚的悲悯和温情,实现着对自我的释放和救赎。她以她的文字记忆和重温她的没有终点的情感长征……"

这是对怡霖的这本新著最好的思想和艺术定位。文学是朴素的但又是崇高的,对人生的关注和对生命的礼赞,是每一位有良知的作家不可或缺精神的元素。时代进入到 21 世纪,我们的物质生活发生了天翻地覆的变化,可人们的信仰却丢失了,思想也随之而越来越稀释。17 世纪法国著名哲学家、数学家、物理学家帕斯卡说:"人是一根会思想的芦苇。"我们全部的尊严不就是来自于思想吗?当下一些写手不知出于什么心理动机,欢喜拼凑一些别人或者干脆连自己也没有弄清不知所云的诗句,自以为是的向社会标榜,嘲弄读者更糊弄自己,文学的进一步湮没,除了社会道德风气的倒退败落之外,与这类写作现象不无关联。其实一个不趋时、不媚俗、远功利、拒浮躁的文学时代,在一些政治操手与腐败文人的玩弄与挥霍下已经结束多时了,目前的后文学现象,于当今的社会仅仅是一种摆式、一份功利、一个工种、一件劣质的商品而已。当然体制与待遇让才俊们难以逃脱功利的诱惑,很少有人释怀,也许这是人之常情,但这毕竟不是什么光鲜之事。记得有一位文学评论家说过:在快餐式、功利式、忙碌的、速朽的现代文化语境下,作家应该清醒地做文学的自觉者、捍卫者,毕竟文学的主动权很大一部分掌握在作家们手中,这些话无疑是给一些时尚的作家们一声断喝。所幸,作为70后青年作家的怡霖,没有被那些浮躁的、功利的后文学现象击倒,而是循着她做人为文的原则,在文学的最高圣殿里,用自己的良知与作品捍卫着尊严,风格鲜明个性独到,用诚实的态度去书写自己的历史,可谓鬼斧神工独具魅力。这是生命中最宝贵的质料,人的生命往往是靠这样的养料才变得更具张力才变得不朽,就这个意义上来说,怡霖正本清源,褐橥真实,无疑是凤毛麟角。

每个时代都有它们特别的忏悔与审美机制,散文诗能够得到越来越多的人喜爱,这充分说明了散文诗的存在意义与审美价值。散文诗这种形式是承载思想、袒露情感、揭示人性深层体验、表达感悟、最为自由最为华丽也最为凝练的一种贵族式的文体,当代中国多元价值观的生存背景促成了散文诗的逆向繁荣。我曾在我的《散文诗美学》提纲中阐述过关于诗和散文所生成的散文诗文体的理论:散文诗这一新的美学形式形成了新的散文诗美学规律。在诗——散文——散文诗的文体演绎和发展进程中,诗和散文从对抗到谅解以及从否定到肯定的过程,终于完成了由诗向散文最终向散文诗的美学形式的转化,从而形成了自己的散文诗美学形式。散文诗解放了诗和散文本身文体的一种不完全性和压抑潜能,也一定程度地解放了人与自然的压抑潜能。在《人约黄昏后》这个集子里,我要特别地提及一下《情花》和《情潭》,这是两章经典的散文组诗,字里行间那些丰沛酣畅的句式,进化了诗和散文文体在句式表达上的不足,更表现在怡霖把握散文诗文体上的强大。在情感领域最为开阔的空间维度中,她毫不犹豫更是毫无顾忌地缠绵悱恻舒展才情。读着这些情爱浓得如蜜又纯得如清泉一般的散文诗,如同品一壶清酒,让人心消化得很透明。这里不妨录一段《情花》最后章节的描述——

> 你是我唐朝的皇,你是我抱梁的尾生,你是我化蝶的梁山伯,你是我朝思暮想的放翁,你是我鹊桥相会的牛郎,你是我宿命的西楚霸王。
>
> 昔我往矣,杨柳依依。今我来思,雪雨纷飞。
>
> 那百鸟朝凤的婉转是我为你倾诉的心声,那不灭的星光是我为你照耀的希望。那未圆的是前生的梦想,那阴缺的是今世的遗憾。
>
> 鲐背之年,我依然是你天真的丫头,无邪的毛孩,掌心的珍宝。
>
> 情花无色,却是你不变的誓言;情花无味,却是你永恒的承诺;情花无形,却为你盛放春冬秋夏。
>
> 青青子衿,悠悠我心。但为君故,沉吟至今。
>
> 他日鬓发苍苍,愿能记起岁月有位女子,为你,独独为你,写下这虔诚心意,耿耿字迹,一朵无语的情花为你盛放在海角

天涯!

　　生生世世、不离不弃。情花有花语唷——

　　圣情之花!

艺术天才、黎巴嫩文坛骄子、伟大的散文诗人卡里·纪伯伦,纪伯伦《沙与沫》中有这样的描写:"你在白天的太阳前面是自由的,在黑夜的星辰前面也是自由的;在没有太阳,没有月亮,没有星辰的时候,你也是自由的。但是你是你所爱的人的奴隶,因为你爱了他。你也是爱你的人的奴隶,因为他爱了你。"这些文字太美了,不但中文的底子很厚实,句斟字酌抑扬顿挫,这一章《圣情之花》丝毫不比纪伯伦的《沙与沫》逊色。在《情潭》第九节中,她对爱与美的表达,达到了情感领域的一个高峰——

　　人生总恨水向东,可我,却恨世无长绳系缠绵啊!

　　吾爱,你是蒲公笔下的艳狐,牵我三生魂魄。

　　倘若今生注定千山万水,我凛凛风骨也宁愿化为一叶扁舟,静泊在你前世今生的渡口,苦等偶然成为你的摆渡手。

　　你我十指相扣,从东至西,从北至南,耗尽我的余生的温情,烘暖你的冰冷。走进只属于你我的幽谷,我一遍又一遍地拨动,一次比一次凶猛,一回比一回强烈,直至你娇喘叠叠,娇汗绵绵,吾爱,我甘愿销魂中尽亡。

　　吾爱,请允我今生只在你体内奔腾,只在你体内驰骋。请允我此世为你奔放,此世为你凋谢。山无棱,天地合,乃敢与君绝。

　　吾爱,你是痴情的杜十娘祝英台,你是才情的唐婉貂蝉,你是豪情的秋瑾,你是媚情的夏姬。你是宋代的李清照,春秋的西

施。你是秦朝的孟姜女，唐代的贵妃。

时光更替，纸页会发黄变脆，但怡霖的《人约黄昏后》肯定还是会存在的，在读者的手里，譬如一群少男少女在阳光下的花园里朗读，或是在月光下背诵，当然也可能是呢喃，抑或在 QQ 或博文中相互引录，那一定是一些爱恋的人儿，在缠绵中用怡霖的散文诗互诉衷肠，一如传递着泰戈尔、希梅内斯、川端康成……怡霖用生命的时光，给那些涉世未深的妙龄男女带去了快乐和享受的同时，也带去了关于爱与美更深层面的生命思考。

是为跋。

（丁一：中外散文诗研究会副会长，中国散文家协会副会长，中国作家协会会员，国家一级作家，中国国际文化出版社华东分社社长，《华夏散文》月刊副主编，《中国散文家》双月刊常务副总编）

图书在版编目(CIP)数据

人约黄昏后/怡霖著. — 厦门:厦门大学出版社,2012.10
(2013.10重印)

ISBN 978-7-5615-4400-6

Ⅰ. ①人… Ⅱ. ①怡… Ⅲ. ①散文集－中国－当代 Ⅳ. ①I267

中国版本图书馆 CIP 数据核字(2012)第 223625 号

厦门大学出版社出版发行

(地址:厦门市软件园二期望海路 39 号 邮编:361008)
http://www.xmupress.com
xmup @ xmupress.com

厦门市明亮彩印有限公司印刷

2012 年 10 月第 1 版 2013 年 10 月第 2 次印刷
开本:787×960 1/16 印张:19 插页:4
字数:200 千字
定价:25.00 元

本书如有印装质量问题请直接寄承印厂调换